クリスティー文庫
18

杉の柩

アガサ・クリスティー

恩地三保子訳

早川書房

5399

SAD CYPRESS
by
Agatha Christie
Copyright ©1940 by
Agatha Christie Mallowan
Translated by
Mihoko Onchi
Published 2004 in Japan by
HAYAKAWA PUBLISHING, INC.
This book is published in Japan by
arrangement with
AGATHA CHRISTIE LIMITED,
A CHORION GROUP COMPANY
through TUTTLE-MORI AGENCY, INC., TOKYO.

ピーターと
ペギー・マクラウドに

杉の柩

登場人物

ローラ・ウエルマン……………………金持ちの未亡人
エリノア・キャサリーン・カーライル……ローラの姪
ロディー（ロデリック）・ウエルマン……ローラの義理の甥
メアリイ・ジェラード……………………ウエルマン家の門番の娘
エマ・ビショップ…………………………ウエルマン家の召使頭
ピーター・ロード…………………………医師
アイリーン・オブライエン
ジェシー・ホプキンズ　｝……………看護婦
テッド・ビグランド………………………ガレージに勤める青年
エドウィン・ブルマー卿…………………弁護士
サミュエル・アテンブリイ卿……………検事
エルキュール・ポアロ……………………私立探偵

プロローグ

「エリノア・キャサリーン・カーライル。あなたは、去る七月二十七日に起こったメアリイ・ジェラード殺害容疑によって起訴されています。あなたは有罪を認めますか、無罪を申したてますか？」

エリノア・カーライルは頭をあげて、背筋を真っ直ぐに立っていた。輪郭の美しい整った顔だちをしている。瞳は鮮やかな深い青。髪は黒い。寄せた眉根にかすかなたてじわが見える。

しばらく沈黙がつづいた——そうとう目立つほどの長さで。

彼女の弁護士、エドウィン・ブルマー卿は思わず息をのんだ。彼は思った。「なんてことだ、罪を認める気なのか。頭がおかしくなったのかな」

エリノア・カーライルの唇が開いた。「無罪を申したてます」

弁護士はほっと腰を落ちつけた。危機一髪だ。彼は思い、額《ひたい》の汗を拭《ぬぐ》った。

サミュエル・アテンベリイ卿が立ちあがると、法廷に向かって事件の大要を説き始めた。

「裁判長閣下、ならびに陪審員の皆さま、メアリイ・ジェラードはメイドンスフォードのハンターベリイにおいて、七月二十七日、午後三時三十分に死亡いたしました……」

その声は朗々と心地よく耳にひびいてきた。そして子守唄のようにエリノアを忘我状態に誘っていった。その簡潔な叙述のなかから、ときおりきれぎれな言葉がわずかにエリノアの意識をくぐる。

「……事件は、簡単明瞭でありまして……動機ならびに機会をあきらかにするのが、検察側の義務であります……ただいままでに判明いたしましたかぎり、被告以外には何人《なんびと》も、この不幸なる娘、メアリイ・ジェラード殺害の動機を有しないのであります。誰にも愛される、じつによい性質の娘――この世にただ一人の敵も持たぬ、とでも申せるような……」

メアリイ・ジェラードだって！　遠い遠いことのようだ、何もかもが。まるで現実のことだったとは思えないのに……。

「……とくに、次の諸点にご留意ねがいたいと存じます。第一に、被告が毒薬を用いるためにいかなる機会および方法を有したか。第二に、かかる行為を犯《おか》すいかなる動機を有したか。

この件に関し、皆さまが正当なる判断をくだされる助けとなるべく、証人の出廷を求めるのが、私の義務と存じます……。

……メアリイ・ジェラード毒殺に関し、私は、被告以外の何者も犯罪を行なう機会を有しなかったことを、とくに言を強くして申しあげます……」

エリノアは深い霧にまかれているような気がしていた。ばらばらになった言葉は、その霧を通して、漂い寄ってくる。

「サンドイッチ」……「フィッシュ・ペースト」……「人気《ひとけ》のない家」……

こうした単語が、厚い布にまかれたようなエリノアの頭脳《あたま》に次々と突き刺さった。息ぐるしいほどにまつわりついたヴェールごしに突つくピンの尖《さき》だ。

法廷だ。顔で埋まった。幾列にも並んだ顔々！　そのなかにひときわ目立つ、堂々たる黒い口ひげと鋭い瞳を持った顔。それは、エルキュール・ポアロだった。彼は頭をちょっと振ってかしげ、思いぶかげな目を彼女にじっとすえていた。

エリノアは思った。あの人は、なぜわたしがあんなことをしたかを突きとめようとしている。わたしの頭のなかに入りこんで、わたしが何を考えていたかを知ろうとしているのだ——どんな気がしていたのかを……で、わたしは、いったいどんな気がしていたのだろう？……それはショックに似た、めまいのするような、とりとめのない感じだった……あ、ロディーの顔が見える——あの細い鼻、神経質な口もと。あのいとしい、いとしい顔。ああ、ロディー！　そうだ、もの心ついてから、わたしはいつもロディーのことばかり思っていた……ハンターベリイのキイチゴの茂みで、養兎場で、小川のほとりで、一緒に遊んでいたころから、ロディー、ロディー、愛するロディー……。

そして、ほかの顔、顔、顔！　看護婦のオブライエンだ。少し口を開けて、そばかすだらけの元気のよさそうな顔を突き出している。そして、看護婦のホプキンズも。よそゆきの、とりつく島もないつんとすました顔だ。ピーター・ロードの顔が見える。あのピーター・ロードだ。とても親切な、ものわかりのいい、じつに、そう、じつに心安まる、いい、いい、ものを持っている人だった。それが今は——いったい、どうしたのだ。戸惑ってるのだろうか。そうなのだ、たしかにそうだ。あまり心配しすぎて——こんなことになったのをひどく心配しているのだ。主役のわたしのほうはまるで平気だっていうのに。

そのとおりだった。殺人罪で起訴されて被告席についているエリノアは、冷静そのものだった。法廷にいるというのに。

エリノアの心のなかで、何かがさわいだ。頭のまわりに幾重《いくえ》にもからんでいた布が、急に軽くなり、影のように脱け落ちた。そうだ、わたしは法廷にいるのだった。そして皆は……。

その皆は口を開け、体をのり出し、彼女、エリノアに目をすえている。怖ろしい、残忍な喜びを体中にみなぎらせて、あの背の高い男が言っていることを舌なめずりして味わっているのだ。冷酷に一言でも聞きもらすまいと聞き耳をたてて。

「この事件の犯罪事実はひじょうに明確でありまして、論議の余地がありません。ごく簡単に、それをお伝えいたします。事件の当初から……」

エリノアは考えた。初めって？　事件の初めはなんだったのだろう。あの厭《いと》わしい手紙の来た日だ。あれが初めだったのだ……。

第一部

第一章

1

匿名の手紙だ。エリノア・カーライルは、開いた手紙を手に、じっと見つめたまま棒立ちになっていた。こんなものを貰《もら》ったのは初めてだった。いやな胸さわぎがする。字は金釘流だし、綴りはでたらめ、それに使っているレターペーパーは、やすっぽい桃色だ。

ご警告のこと（とそれは書きだしている）。名前は言えませんが、ある人間が、あなたの叔母さんをたぶらかしてます。気をつけないと一文も取れなくなります。若い女ってやつは、なかなか腕がいいもんだし、お年寄りのご婦人てのは、おべっかにはころりですからね。ともかく、お出でになってとっくりようすを見たらどうです。あなたやあのお若いお方が、取り分をとりそこなうって法はないですからね。あの女はやりてだし、お年寄りは、いつぽっくりいくかわからないですからね。

味方より

この自称親書を、エリノアが眉をひそめて厭わしげに見つめていると、ドアが開いた。メイドが「ウエルマンさまでございます」と告げ、ロディーが入ってきた。

ああ、ロディー。ロディーを目にしたとたん、例によってエリノアの胸はあやしくさわぎ、軽いめまいに似た気分がした。そして、ことさらに無感動をよそおい、さりげなくふるまうことで、やっとそれを見破られずにすむのだ。というのも、ロディーのほうでは、愛してはいても、けっして彼女のような気分になってはいないことが、あまりにもはっきりしているからだ。エリノアは、彼を見ただけでもう気持ちがおかしくなり、胸はきゅっとしめつけられて痛みさえ感じるのだ。こんなことってあるものだろうか――ごくあたりまえな、ありきたりの青年に、こんな想いを寄せるなんてことがあるだろうか。ただその姿を目にしただけで、あたりがくるくるまわりだし、その声を耳にすると、妙に泣きたいような気がしてくるなんて。恋愛とは、歓びの感情ではなかったのだろうか――こんな押しひしがれるような苦痛であるはずがない。

だが、これだけは忘れてはならないのだ——さりげなく、自分の感情を押し隠して、淡々としていなければいけないということ。男性は、献身だ、恋慕だということが嫌いなのだ——すくなくともロディーはそうなのだ。

彼女は軽く言った。「こんにちは、ロディー」

「こんにちは。なんだか、えらく深刻な顔だな。請求書？」

エリノアは首を横に振った。

「そうかな、と思ったんだ。時は、真夏。例の妖精が舞い踊る。請求書も足どり軽くご入来かなと思ったのさ」

「ちがうわ。いやなことよ、もっと。匿名の手紙なの」

ロディーの眉があがった。神経質な、潔癖な顔の線はこわばり、表情が変わった。鋭く、吐きだすように彼は叫んだ。「まさか！」

エリノアは、また同じ言葉をくりかえした。

「いやなことだわ……」

そして、自分の机のほうに歩きかけて言った。

「破いてしまったほうがいいわね、きっと」

そうしようと思えばできないことはなかったのだ。現に破きかけていたのだ。ロディーと匿名の手紙とは、およそ縁が遠いものなのだから。捨ててしまい、二度と考えまいと思えば、そうもできたのだ。ロディーはけっして止めはしない。彼は好奇心に釣られるには、あまりに潔癖なのだ。

けれど、衝動的にエリノアは気が変わった。

「でも、あなたも読んでおくほうがいいんじゃないかしら。それから焼いてしまいましょう。これ、ローラ叔母さまのことなのよ」

ロディーは驚いて眉をあげた。「ローラ叔母さんのこと？」

彼は手紙をとり、目を走らせ、嫌悪に眉をしかめ、それを返した。「たしかに、燃やしちまわなければいけないな。あきれた人間がいるもんだ！」

「召使の誰かかしら？」

「そうだろうな」ロディーは、口ごもりながら、「だが――いったい、誰のことだろう、その、ほのめかしてある人間は？」

エリノアは思案して言った。「メアリイ・ジェラードのことよ、きっと」

ロディーは眉をよせ、記憶をたどった。

「メアリイ・ジェラードって、誰？」

「門番小屋《ロッジ》の住人の娘よ。子供のときは知ってるはずよ。ローラ叔母さまは、あの娘《こ》をいつもかわいがっていらしたわ。目をかけて面倒をみて。教育費だって、ピアノだ、フランス語だ、お稽古ごとだって、全部、叔母さまが費用を出していらしたのよ」

「そうそう、やっと思い出した――ブロンドの髪をモシャモシャさせてた、手足のやたらと長い、やせっぽちの子供だったっけ」

「そうよ。あなたは、ママやパパが外国《あちら》にいらしてたころの夏休み以来、あの娘《こ》に逢っていないんだわね。わたしほど始終ハンターベリイに行くこともなかったわけだし。それに、彼女も外国《あちら》住まいで、ついこのあいだまではドイツに行ってたんですものね。でも、わたしたち、子供のころ、よくあの娘《こ》をひっぱりだして一緒に遊んだものだったわ」

「どんな娘になった？」

「きれいになったわ。なかなかおしとやかだし。立派な教育のおかげでしょうけど。とてもジェラードじいさんの娘とは思えないくらいよ」

「いっぱしのレディになったってわけ？」

「そうね。でも、そのせいで、ロッジでは暮らしにくくなってるらしいわ。ジェラードのおかみさんはだいぶ前に亡くなったし、それからっていうもの、なお、メアリイは父親とうまくいかないのよ。ジェラードは、娘の教育だの〝礼儀作法〟だのを、鼻で笑ってるんですもの」

ロディーはいらいらしてきた。「やたらと人を〝教育する〟ってことが、とんだ罪つくりになるのを、なぜみんなわからないんだろう。残酷だよ、親切でなんかあるもんか！」

「あの娘《こ》は、ほとんど家のほうに来ているらしいわ。ローラ叔母さまに本を読んであげる役なのよ。叔母さまが脳溢血でたおれておしまいになってからは」

ロディーはいぶかった。「看護婦が読んであげられそうなものなのに」

エリノアは微笑をうかべる。「看護婦のオブライエンは、我慢できないほどひどいアイルランド訛りですもの。ローラ叔母さまが、メアリイのほうがお気に入るのもあたりまえよ」

ロディーはいらいらと足ばやに部屋を歩きまわったあとで言った。「ね、エリノア、ぼくたち、行ってみるべきだと思うな」

エリノアはちょっとためらってから言った。「この手紙のことで？」

「いいや、そんなことはないさ……いまいましいけど、本当はそのとおりってとこかな。そりゃあ、あんなものはまやかしにきまってるけど、その、火のないところに煙は立たないからね。ともかく、叔母さん、そうとう悪いんだろうし……」

ロディーは、例の魅力のある微笑をうかべてエリノアを見つめた。だまされやすい人間性を自ら認めるように。そして彼は言った。「それに、例の金《かね》のことは、おおいに重大問題だからね。これで……きみにも、ぼくにも。ね、エリノア」

エリノアはすぐ同意した。「ええ、そりゃあそうね」

ロディーは真剣に言った。「ぼくは、べつに金銭ずくでばかり考えてるわけじゃあないんだ。だが、なんていったって、ローラ叔母さん自身何度も言ってるとおり、きみとぼくが唯一の身寄りなんだからな。きみは叔母さんの姪、つまり、叔母さんの兄の子供だし、ぼくは叔母さんの連れあいの甥なんだから。前々から始終、亡くなったあと、全財産をぼくたちのどちらか……いや、たぶん二人にそれぞれ分けてくれるようなことを叔母さんは言っていたんだから。相当な額だよ、ねえ、エリノア」

「そうね……相当なお金だわ」

「ハンターベリイを維持していくのは、ちょっとやそっとの財産じゃできないことだぜ……ヘンリイ叔父は、いわゆる楽な身分だったと思うよ、きみの叔母さんのローラに逢ったころはね。だが、彼女だって親ゆずりの遺産を持っていたんだ。相当な遺産をきみのお父さんも彼女も相続していたんだから。まったくお気の毒だったね、きみのお父さんが、株に手を出して、財産をあらかたなくしたのは」

エリノアは吐息をもらした。「かわいそうに、お父さまはお金儲けの才能が全然なかったのよ。亡くなる前、あとのことをとても心配していらしたわ」

「そう、ローラ叔母さんのほうが、そういう点では、彼よりはるかに頭があったんだな。ヘンリイ叔父と結婚して、ハンターベリイを買ったんだし。いつかぼくにも話してくれたけど、投資したものは、すべてうまくいったそうだから。持ってた株が暴落したなんてことは一度もなかったそうだ」

「ヘンリイ叔父さまは、全財産を叔母さまにお遺しになったんでしょう？」

「そう」ロディーはうなずく。「彼があんなに早く亡くなろうとは。悲劇だね。叔母さんはついに、再婚しなかったんだから。貞淑なもんだ。そして、ぼくたちにはいつもよくしてくれた。ぼくのことも、血のつながった甥と同じように考えてくれていた。進退きわまったときには、かならず助けてくれた……そうそう始終ってわけでもなかったから、よかったけど」

「わたしにも、そりゃあ寛大だったわ」エリノアも感謝をこめて言った。

ロディーはうなずく。

「ローラ叔母さんは話せる人さ。だがね、エリノア、そのつもりはないにしても、きみもぼくも、相当贅沢《ぜいたく》に暮らしてるんじゃあないかな、多少、身分不相応に」

「まあ、そうでしょうね」エリノアは悲しげに、「なんでも高いんですもの……着るものも、美容院のかかりも……それに、映画だのカクテルだの、つまらないものだって……レコードでさえお金がかかるわ」

「きみは〝野の百合〟だものね、〝汝、労せず、また紡《つむ》がず〟だから」

「いけないかしら?」

彼は首を振った。

「今のままでいいよ——やさしく、たおやかで、超然としてて、ちょっと皮肉で。きみが、あくせくしだしたら幻滅だ。ただ、ぼくは、ローラ叔母さんがいなかったら、きみも何かつまらない仕事に追いまわされてるだろうと思うだけさ。

ぼくだってご同様だ。ぼくの仕事なんてものは仕事のなかには入らないんだから。ルイス・アンド・ヒューム社なんか楽なものだし。自尊心を保つためだけに仕事を持ってるってとこだ。ぼくが将来のことを思い煩《わずら》わないですむのは、先の保証があるからだってことはたしかさ——ローラ叔母さんからの」

エリノアが口をはさむ。「なんだか、わたしたち、人間の姿をした蛭みたい」

「冗談じゃない! ぼくたちはそのうち遺産を貰うってことを知っている。ただそれだけのことだ。当然、ぼくたちの行動がそのことに影響されるってわけさ」

エリノアは考え考え言った。「ローラ叔母さまは、遺産をどう分けるかってことについて、まだはっきりしたことはおっしゃらなかったわね？」

「そんなこと、問題じゃない。おそらくぼくたちに等分に分けるつもりじゃないかな。でなかったら――きみは血族なんだから、全部または大部分をきみに遺すか……いずれにしたって、ぼくはやはり、分け前にあずかることになるんじゃないかな、きみと結婚するんだから。そして、もしもウエルマン家の男性代表者として、ぼくに大部分を譲るべきだとおばあちゃまが思ってるにしたって、それもいいさ。きみはぼくと結婚するんだから」彼はいとしげに笑いかけ、「ぼくたちが愛しあっていたとは、幸せだったね。きみ、ぼくを愛してるね、エリノア？」

「ええ」

この言葉は冷淡に言われた。つんと気取ってさえ聞こえた。

「〝ええ〟か！　きみはすてきだよ、エリノア。そんなきみのようす――超然として、よそよそしく、うわの空姫《ロワンテーヌ》のごとき――きみのそんなところにぼくはまいっているんだな」

エリノアははっと息をのんだ。「ほんと？」

「ほんとさ。よく、なんて言うか……」彼は、眉をしかめて、「ひどくしつっこい女がいるね。——ほら、犬っころみたいに、ありったけの愛情を捧げたてまつるっていうような——まるで、そこらじゅうに、思いのたけを振りまいて歩いてるみたいな。ぼくは、そういうのは我慢がならないんだ。ところがきみは……ぼくはいつも不安なんだ。いつなんどき、きみが、例の冷たいよそよそしい顔をして、そっぽを向いて、気が変わったの、なんて言いはしないかと思ってね——およそ平然と、まつげひとつ動かさずに。きみはじつにすばらしいよ、エリノア。芸術作品みたいだ。じつに、じつに磨きがかかってる。

ね、ぼくたちは理想的な結婚生活ができると思うな。おたがいに充分愛しあってはいるが愛しすぎてはいない。よき友でもあるし。趣味もぴったり合うし。それに、とことんまでわかりあってるしね。いとこ同士の利点はたっぷり持ってはいるが、血族じゃあないんだから、何も障害はない。ぼくはきみにあきることなんか、絶対にないだろうな。とにかく、つかまえどころのない人だから。でも、きみのほうでぼくにあきちまうかな。こんな、ごく規格版の人間だから……」

エリノアは首を振った。「あきるなんて……ロディー……けっして」

「ありがとう」

彼は接吻した。

「ぼくたち、ちゃんと事を決めてから、まだあちらに行ってないけれど、ローラ叔母さんはかんがいいから、察してくれてるだろうと思うんだ。だから、いい口実になるんじゃないかな、出かけていくのに？」

「そうね。わたし、このあいだ、ちょっと考えたの……」

ロディーがそのあとを言った。「……だいぶごぶさたしてるってことね。ぼくも考えてたんだ。叔母さんがたおれたときには、一週間おきくらいに、週末に訪ねてたのにね。最後に行ってからもうふた月にはなるだろうな」

「来いっておっしゃれば、すぐにでも行ったんだけど」

「もちろんさ。だが、叔母さんは、オブライエン看護婦がお気に召してて、充分ゆきとどいた看護を受けていることはわかってたんだし。それにしても、多少怠慢ではあったな。これは金のことについてじゃないんだ。純粋に人情から言ってることだけど」

エリノアはうなずく。「わかってるわ」

「すると、あのいやらしい手紙にも取得があったってわけかな、結局。ぼくたちは、我らが利権を護り、かつまたいとしきお年寄りを愛するがゆえにお出かけになる、というわけだ」

彼はマッチをすり、エリノアの手から手紙を取ると燃やし始めた。

「いったい、誰が書いたんだろう？　まあ、どうでもいいようなものだけど——子供のころよく言った〝こっちの味方〟の誰かだってことはわかってるんだから。ぼくたちにとっちゃあ、恩人とも言えるかもしれない。例のジム・パーティングトンのおふくろは、リヴィエラで暮らしているあいだに、かかりつけだった若いイタリア人の美男の医者にすっかりまいって、全財産を彼に遺して死んだんだから。ジムと妹たちが遺言無効の訴訟を起こしたんだが、結局だめだった」

「ローラ叔母さまも、ランサム博士のあとをついだ新しいお医者がお気に入りらしいわ……でも、今の話ほどじゃないことはたしかよ。それに、あのいやらしい手紙は、女の子だって言ってるんですものね。メアリイにちがいないわ」

「ともかく、行ってみてたしかめよう」ロディーは言った。

2

看護婦のオブライエンは、衣ずれの音をさせながら、ウエルマン夫人の寝室を出ると、バス・ルームに入っていった。肩ごしに彼女は言った。「ちょっと、やかんをかけるわね。あなた、お茶を飲んでくらいの時間はあるでしょう」

ホプキンズ看護婦は嬉しそうに応じた。

「ええ、ええ、お茶ならどんなに忙しくたって。いつも言うんだけど、おいしい濃いお茶ほどいいものはないわよ、ね」

オブライエンは、やかんに水を入れ、ガスコンロに火をつけた。「この戸棚に、なんでもかんでも入ってるのよ――ティーポットもカップもお砂糖も――エドナが、毎日二度、新鮮な牛乳をとどけてくれるし。呼鈴をならすことはいらないわけよ。このコンロはすばらしいわよ。あっという間にお湯が沸くわ」

オブライエンは上背のある三十恰好《かっこう》の赤毛の女で、そばかすの目立つ顔にやさしい微笑をうかべる、真っ白な歯並びをしていた。陽気な潑剌《はつらつ》としたようすが、患者にとても好かれていた。ホプキンズは地区看護婦で、毎朝、この肥りすぎの老婦人のベッド直しや清拭《せいしき》の手伝いにやってくるのだ。平凡な顔だちの中年女で、てきぱき動きまわる働き者だった。

彼女は、いかにももっともと言うように、「この家はなかなかいいわ」

「ええ、そうよ。だいぶ旧式だけどね。暖房がないし。でも暖炉は充分あるわ。それに、メイドもゆきとどく娘ばかりだし。ビショップさんがよくしつけてるからね」

「まったく、今どきの娘ときたらひどいのばっかりだから——行きあたりばったりでね、たいていのは。そのうえ、まともに働くことがどういうことかってこともわかっちゃいない」

「メアリイ・ジェラードはいい娘《こ》だわ。あの娘《こ》がいなかったら、ウエルマン奥さまもずいぶん不自由だと思うわよ。今だって、早く呼んでこいって、あのさわぎでしょ。でも、あの娘《こ》はたしかにかわいいわよ、ね、それに、奥さまとはよほど性があってるんだわよ」

「わたし、メアリイがかわいそうでたまらないわ。あのおいぼれじいさんときたら、娘に憎まれ口を叩くほか能がないんだから」

「あの意地悪じいさん、まともな言葉は何ひとつ言えないんだからね。……さて、お湯がチンチン言いだした。よく沸いたらすぐお茶をいれるわ」

お茶が入り、濃い熱いのが注がれた。二人の看護婦はカップを手に、ウエルマン夫人の寝室につづいているオブライエンの部屋に腰を落ち着けた。

「ウエルマンさまとカーライルのお嬢さまが今日見えるのよ。今朝、電報が来たわ」

「どおりでね。なんだか奥さまがそわそわしていらっしゃると思ったのよ。ずいぶん久しぶりじゃないの」

「ふた月以上だわね。いい方ね、ウエルマンさまはちょいとお高くとまってるけどさ」

「わたし、お嬢さんの写真見たわ。《タトラー》に出ていたのよ、このあいだ。お友だちと二人で、ニューマーケットで撮ったのだったわ」

「社交界じゃ有名なんでしょうよ。いつもいい服着てるわね。ね、ホプキンズさん、あの人、美人だと思う？」

「さあ、ああいう連中はお化粧がうまいからね。ちょっとわからないわね。わたしに言わせれば、メアリイ・ジェラードにはとてもかなわないってとこね」

オブライエンは、きゅっと口を結び、首をかしげた。「まあ、そうかもしれないわね。でも、メアリイにはあれだけのお品はないわよ」

ホプキンズは格言ではりあった。「馬子にも衣裳よ」

「もう一杯、どう？」

「いただくわ。ありがとう」

湯気の立つカップを前にして、二人は顔を寄せあった。

オブライエンが話しだした。「きのうの晩、妙なことがあったのよ。いつものように二時にベッドの具合を直しにいったのよ。そしたら、奥さま、目をさましていらしてさ、どうも、夢でも見たらしいの。だってね、わたしが入ってくとすぐ『あの写真。あの写真がほしい』って言うのよ。

わたし、『でも、奥さま、朝になってからのほうがよろしくございません？』って言ったわ。そしたら『今、見たいのよ』っておっしゃるの。で、わたし、『そのお写真、どこにございますか？　お亡くなりになったロデリックさまのお写真のことでございますか』って言ったわ。そしたら『ロデ・リックって？　ちがう、ルイスの』とおっしゃると、いっしょうけんめい起きあがろうとなさってね。起こしてあげると、ベッドのそばのあの小さな箱から鍵を出して、重《かさ》ね簞笥《だんす》の二番目の引出しを開けろっておっしゃったのよ。たしかにあったわよ。そこに銀縁の額入りの写真が。素晴らしい美男だったわ。隅にルイスってサインが入ってて。だいぶ時代ものよ、もちろん。そうとう昔、撮ったものらしいわ。奥さまのところに持ってくと、長いことじっと見ていらしたわ。『ルイス……ルイス』って呼びかけてさ、小さな声で。そして溜め息をついて、わたしに返すと、もとへ戻すようにって言いつけられたのよ。それからさ、うそみたいだけど、わたしが振り返ったときには、まるで赤ん坊みたいにすやすや眠りこんでいらしたのよ」

「その写真、ご主人のかしら？」

「ちがうわよ。だって、今朝、ビショップさんになにげなく訊いてみたのよ、亡くなったウエルマンの旦那さまの名前を。ヘンリイだそうよ」

　二人は意味ありげな目つきをした。ホプキンズの長い鼻のさきが、わくわくする思いでひくっと動いた。考え考え、彼女は言った。「ルイスですって――ルイスねえ。さて、誰だろう。このへんでは、そんな名前、聞いたことがないわね」

「ずいぶん昔のことよ、あなた」相手は注意した。

「ええ、わかってるわ。わたし、ここへ来て二年にしかならないんだから。でもね、はて誰かしら？」

「とても美男よ。騎兵隊の士官みたいにいきだったわ」

　ホプキンズはお茶をすすった。

「興味があるわね、じつに」

　オブライエンはすっかりロマンティックになって、「二人は恋仲だったのかもしれないわ、無慈悲に父親にあいだを割かれた」

　ホプキンズはほっと溜め息をついた。「そして、きっとその人は戦死したのね」

3

お茶とロマンスとですっかり気分がはずんだホプキンズが、やっと腰をあげて家を出ようとすると、メアリイ・ジェラードが戸口のところで追いついた。

「あの、村までご一緒してよろしいかしら」

「いいですとも、メアリイ、もちろん」

メアリイ・ジェラードは息をはずませていた。「わたし、どうしても聞いていただきたいことがあるの。なんだか心配で、いてもたってもいられないの」

年上の女性はやさしく見まもった。

二十一になったメアリイ・ジェラードは、野バラのようなこの世ならぬ雰囲気を持った美しい娘だった。すんなりのびた項《うなじ》の、こよなくいい形の頭は、やわらかいウェーブの出た淡い金髪につつまれている。瞳は深い鮮やかな青だった。

ホプキンズは訊ねた。「いったい、どうしたっていうの」

「わたし、気が気じゃないんです。時間はどんどんたっていくのに、わたし、何もできてないんですもの！」

ホプキンズはすげなく言った。「何もあわてることはないじゃないの」

「ええ、そりゃあ。でも、なんだかとても、あの、とても無計画みたいで。ウエルマンの奥さまには、申しわけないほどご親切にしていただいてますわ、お金のかかる学校にもやっていただいたりして。わたし、でも、もう自分の生活費くらいは自分で稼がなければいけないときだと思いますの。何か身につく仕事を習うことを始めなけりゃあ」

ホプキンズは、いかにもというようにうなずいた。

メアリイはつづけた。「でなければ、今までのことが無駄になりますわ。わたし、奥さまにわたしの気持ちをわかっていただこうと思ったんですの。でも、なんだか、うまくいかないんです……よくおわかりにならないみたいで。ただ、まだ早いっておっしゃるだけなんですの」

「でも、奥さまはご病気でしょう、だから」

メアリイは申しわけなさそうに頬を染めた。

「ええ、わかってますわ。奥さまを煩わせちゃあいけないってことは。でも、わたし、気が気じゃないんですの……それに、父が、とても……とてもひどいんです。わたしがレディぶってるって、何かにつけて皮肉ばかり言うんですもの。わたしだって、好んでぶらぶらしているわけではないのに」

「わかってるわ」

「でも、どんな勉強をするにもお金がたくさんかかりますでしょう。わたし、ドイツ語ならかなり自信がありますから、それで働いてみようかとも思うんですの。でも、わたし、いちばん望んでいるのは、病院づきの看護婦になることなんです。看護をすることも、病人も大好きですから」

ホプキンズはずけずけと言った。「馬みたいに丈夫でなけりゃあ、とても勤まらない仕事よ」

「体は丈夫ですわ。それに、本当に看護婦の仕事が好きなんです。母の妹がニュージーランドにいるんですけど、看護婦をしてましたの。だから、わたしにもそういう血があるんですわ」

「マッサージの仕事はどう」ホプキンズは提案した。「でなけりゃ、ノーランド保母養成所は？　あんた、子供好きだから。でも、マッサージはとてもいいお金になるわよ」

メアリイはあまり気がのらないようだった。「でも、資格をとるのにずいぶんお金がかかるんじゃありません？　わたし、もし……でもこんなこと、厚かましすぎますわね……これ以上、ご厄介にはなれないほどお世話になってるんですから」

「ウエルマン奥さまのこと？　そんなことあるもんですか。わたしに言わせれば、奥さまはそのくらいのことをしてくださる義理があってよ。そりゃあ、たしかに、あんたに一流の教育はしてくださったけど、でも、身につくようなものじゃあなかったんだから。

先生をするのはどう、あんた?」

「それだけのあたまはありませんもの」

「あたまのいい人が多すぎるってことね。ね、メアリイ、わたしはこう思うわ。もうしばらく我慢するのよ。わたしに言わせれば、ウエルマン奥さまは、あんたが暮らしの道をたてるための仕度《したく》には力になっていい義理があるわ。それに、ご自分でもそのつもりでおいでだわ。けれどもね、ほんとのことを言うと、奥さまはあんたがかわいくて、手放したくないのよ」

「あら!」メアリイは息を吸いこんだ。「本当にそう思っていらっしゃる?」

「ぜったいにそうですとも。お気の毒に、あの方はなんていったって心細いのよ。半身不随で、何も、誰も、心の慰めにはならないんだから。あの家のなかに、あんたみたいなきれいな若々しい人がいるってことだけで、どれだけ奥さまの気持ちが明るくなってるかわからないわよ。それに、あんたって、病人の部屋に不思議に合う何かを持ってるしね」

メアリイは声を落として、「本当にそう思ってくださるんなら、少し気が楽になりますわ……わたし、ウエルマン奥さまが、とてもとても好きなんです。いつでも、もったいないほどよくしてくださったんですもの。奥さまのためならどんなことでもしますわ」

「それなら、いちばんいいのは、今のままでいてくよくよ考えないことね。どうせそう永いことはないんだから」ホプキンズはあっさり言ってのけた。

「それ、あの……？」

メアリイの目は怯《おび》えたように大きくなった。

「ずいぶん、よくはなっていらっしゃるけど、もう永いことないわ。かならず、二度目、三度目の発作が来るわ。脳溢血についちゃ、わたし、知りすぎるくらい知ってるのよ。ね、だから、じっと辛抱してらっしゃい。お年寄りの残り少ない毎日を楽しく満たしてあげられたら、何よりいいことになるのよ。ほかのことはそれからで遅くないわ」

「ご親切に言ってくださって、嬉しいわ」

「あら、お父さんがロッジから出てらっしゃったわ——どうせまた、ご機嫌がわるいでしょうよ。楽しい散歩にお出かけってわけじゃあなさそうね」

二人は大きな鉄門の近くまで来ていた。背中の曲がった老人が、痛そうに足をひきずってロッジの階段をおりかけているところだった。

ホプキンズは明るく声をかけた。「おはようございます、ジェラードさん」

エフレイム・ジェラードは不機嫌だった。「ああ」

「いいお天気ですね」ホプキンズは言った。

ジェラード老人は怒りだした。「おまえさんにはってこったろ。わしにゃ、ちっともよかあねえよ。神経痛のやつめ、ひどい目にあわせやがる」

ホプキンズはわざと明るく言った。「きっと先週の湿気がわるい呪いでもかけたんでしょうよ。ここんとこカラッとしてるから、すぐよくなりますよ」

そのきびきびした職業的な言い方に、老人はむかっ腹を立てた。

「ふん、看護婦か。看護婦なんてもんはどいつもこいつも似たようなもんさ。人が苦しむのを見て喜ぶってしろものだ。おまえさんたちに何がわかるかってんだ。ところがメアリイのやつまで、このごろ看護婦になりたいなんてぬかしやがる。もう少しましなもんになるだろうと思ってたのによ。ごたいそうな学校に行ったり、外国を歩きまわったりで、フランス語だ、ドイツ語だ、ピアノだ、それからなんだかんだ、いろいろとおぼえたはずだからよ」

メアリイはきつく言い返した。「病院づきの看護婦になれたら、わたし、立派だと思うわ」

「そうだろうよ。どうせ何もしやしないんだ、口ばっかりでさ。図星だろ。へん、つんとすましてしとやかぶって、有閑婦人気取りでしゃなりしゃなりと歩きまわってよ。おまえが好きなのはなまけることさ、それよりほかなんの能があるんだ」

目に涙をうかべてメアリイは言い返した。「ちがうわ、父さん。そんなひどいこと、言わないでちょうだい」

ホプキンズはわざと滑稽めかして、二人のあいだにわって入った。

「今朝はちょいとお天気のせいでふさいでんじゃない？　ジェラードさん？　あんた、本気で言ったわけじゃないんだわね、メアリイはいい娘《こ》だし、あんたにとってはいい娘ですものね」

ジェラードは、まるでしんから憎んでいるように娘をねめつけた。

「この娘《こ》は、わしの娘じゃねえよ、――今じゃあね――フランス語だ、歴史だ、ごたいそうなお話だときちゃね。ふん、ばかばかしい」

そして二人に背を向けると、彼はロッジに逆もどりしてしまった。

メアリイはまだ涙をためたまま言った。

「ね、おわかりでしょ、とってもやりにくいってこと。あんなにわからず屋なんですもの。わたしをかわいいと思ってくれたことなんかないんですわ。まだ子供のころからあのとおりでしたもの。母さんがいつだって庇《かば》ってくれたんですわ」

ホプキンズはやさしく言った。「さあ、くよくよしないのよ。何もかも神に与えられた試練だと思うことよ。あら、たいへんだ、急いで行かなくちゃ。今朝はまわるところがとても多いのに」

さっさと遠のいていくその後ろ姿を見送るメアリイ・ジェラードの胸は、淋しさでいっぱいだった。結局、本当に頼りになる人もためになる人もありはしない。ホプキンズだって、親切な気持ちはあっても、ありきたりのことをさも新しいもののようにもったいつけて聞かせたのにすぎないのだ。

みたされない心を抱いて、メアリイは思った。「ああ、わたし、いったい、どうしたらいいんだろう？」

第二章

1

ウェルマン夫人は注意深く重ねた枕によりかかっていた。やや重い息づかいだったが、眠ってはいないのだ。姪のエリノアに似た、まだ深い青さを残す瞳を、じっと天井に向けている。大柄の重たげな体で、整った鷹のような横顔だった。自負心と決断力とがその顔を性格づけている。

やがて、その瞳が天井から離れ、窓ぎわに腰かけている姿へと落ち、やさしくそこに止まり、悲しみの色さえうかべた。

そして、彼女は言った。「メアリイ……」

娘ははっと振り向いた。

「あら、奥さま、お目ざめでしたの？」

ローラ・ウエルマンは言った。「ええ、だいぶ前から」

「まあ、ちっとも知りませんで……」

「いいんだよ、いいんだよ。考えごとをしていたんだよ……いろいろなことをね」

「まあ、そうでしたの、奥さま」

その情のある表情とはずんだ声が、老婦人の顔にいとしげな想いをうかべさせた。彼女はやさしく言った。「おまえはほんとにいい娘《こ》だね。とてもよくしてくれるし」

「あら、奥さまこそ。わたし、ほんとに至りませんのに。奥さまはわたしのために何もかもしてくださいましたわ」

「さあ、どうかね……わたしはよくわからないんだよ」病人は落ち着かなげに身動きをした。右の腕はこきざみにふるえる――左のほうは、まるで血の通っていないもののように投げだされたままだ。「いちばんよいことをするつもりはあっても、さて、何がいちばんよいかってことは、これでなかなかわからないからね――何がいちばん正当なことかってことは。わたしは、どうも自分の思うとおりやりすぎていけないらしいよ」

「そんなこと、奥さま。わたし、奥さまは何がいちばんよいことか何がいちばん正当かを、どんな場合にもよくご存じだと思っておりますわ」

ローラ・ウエルマンは首を振った。

「いいえ……そうじゃない。わたしは気にかかってならないんだよ。わたしのどうしようもない悪いところが、何かにつけて出てくるんでね。わたしは自負心が強すぎる。誇りってものは怖ろしいものだよ。家には代々そういった血が流れている。エリノアがやはりそうだね」

メアリイはあわてて口をはさんだ。「エリノアさまとロデリックさまがおいでになるそうで、よろしゅうございますね。きっとお元気も出ますわ。前にいらしてから、もうずいぶんになりますでしょう」

ウエルマン夫人はやさしく言った。「いい子たちだわ……とてもいい子だ。そして、二人とも、わたしを好いてくれている。来てほしいって言えば、いつでもとんで来るのはよくわかっている。でも、そうそう呼びつけるのもどうかと思ってね。二人とも若いんだし、楽しい時だし……人生はこれからってところだからね。もう、余命いくばくもない病人のかたわらになんか、彼らの時間を無駄にして引っぱってくることはないんだよ」

「奥さま、お二人とも、そんなこと、けっしてお考えになってはいらっしゃいませんわ」

ウエルマン夫人は、彼女に、というより自分自身に話しかけるように、「前から二人が結婚してくれるといいと思っていた。でも、そんなことをほのめかさないように気をつけてはいた。若い人たちは、とてもつむじ曲がりだから。かえって二人を離すようなことになりかねないからね。ずっと前まだ二人が子供だったころ、エリノアは、ロディーに心を魅かれているように見えた。でも、ロディーのほうがどうなのかはどうもはっきりしなかった。あの子はおかしな子だ。ヘンリイもあんなだった——うちとけにくくて、気むずかしくて……そう、ヘンリイは……」

しばらく黙ったまま、彼女は亡くなった夫のことを考えていた。

やがて、つぶやくように、「ずいぶん昔だわね——遠い遠いことのようだ。結婚して、たった五年にしかならなかった、あの人が亡くなったのは。肺炎でね。わたしたちは幸福だった……とても幸福だった。あの幸福には現実ってものがなかった。なんだか足が地面から浮いてるみたいで。だのに、わたしは奇妙な、真面目くさった、西も東もわからない娘だった——理想だの、英雄へのあこがれで胸をふくらませていたっけ。何ひとつ、現実ってものがなかった……」

メアリイが小声で言った。「ずいぶんお淋しかったでしょうね……そのあと」

「そのあとって？　ああ、ええ、そう——とても淋しかったよ。わたしは二十六だった——それが、今じゃあ、六十を越してるんだからね。長かったよ。おまえ、そりゃあ、とても」急に辛辣《しんらつ》な口調になって、「そして、そのあげくが、今のこのていたらく、さ」

「ご病気のことですの？」

「そう。脳溢血で倒れるのが、いちばんいやだと思ってたのに。なんてみっともない、何もかも！　まるで赤ん坊みたいに、洗ってもらったり、世話されたり、何ひとつ自分じゃできないじれったさ。まったくいらいらしてくる。オブライエンはよい人間だよ――ということにしておくよ。がみがみ言っても怒らないし、ほかのああいった連中ほどは間抜けじゃないし。でも、おまえがいてくれるんで、どれほど助かるかわからないんだよ、メアリイ」

「まあ、本当でございますか」娘は頬を染めた。「わたし……わたし、とても嬉しゅうございます、奥さま」

ローラ・ウエルマンは、メアリイの心のなかをのぞくように言った。「おまえ、いろいろと気を揉《も》んでるんじゃないか、将来《さき》のことで。それはわたしにまかしておおき。おまえがひとり立ちになるためにいる費用は、わたしがちゃんとみてあげるからね。けれど、もうしばらく辛抱しておくれ……おまえがここにいてくれることが、わたしには何より慰めになるんだよ」

「あら、奥さま、もちろんですわ。どんなことがあっても、おそばを離れたりはいたしません。お暇《ひま》が出ないかぎりは……」

「わたしには、どうしてもおまえがいるんだよ」その声には常にない深いひびきがこもっていた。「おまえは――おまえは、わたしの娘みたいなものだもの、メアリイ。まだよちよち歩きのころから、このハンターベリイで大きくなっていくのを見ていたんだから……そして、今じゃ、こんなに美しい娘になって。わたしは、おまえを誇りに思ってるよ。ただひとつ、おまえにとっていちばんよいようにしてあげていたかどうかが心配なんだけどね」

メアリイはあわてて言った。「あの、わたしにとてもよくしてくださって、わたしの身分には不相応な教育を受けさせてくださったことをおっしゃるのなら、そして、もしそのことをわたしが不満に思っているとでもお思いなら……でなければ、そのために、父が申すようにわたしがレディ気取りが抜けなくなった、とご心配なさっていらっしゃるのでしたら、奥さま、それはちがっておりますわ。わたし、本当に、心から感謝しております。それにわたしが自分の暮らしを立てていくことを始めなければ、と気を揉みますにしても、ただ、わたし、こんなにいろいろしていただきながら、何もしないでぶらぶらしているのはよいことではないと思うからですわ。わたし……わたし、奥さまに取りいって、うまいことをしているなんて思われたくないんですの」

ローラ・ウエルマンは急にとげとげしく、「なるほど、ジェラードがそんなことを言ってるんだね。おまえの父親の言うことなんかけっして気におしでない、メアリイ。おまえが、わたしから旨《うま》い汁を吸ってるなんてばかげたことは、今までだってこれからだって誰にも考えさせない。わたしは自分の勝手で、おまえにここにいてくれるように頼んでいるんだから。もうすぐだよ、何もかもすんでしまう――型どおり事が運んでくれさえすれば、わたしの命はたった今絶えてしまうかもしれない――お医者だ、看護婦だって、から騒ぎがずるずるつづくんじゃたまらないからね」

「まあ、そんなこと。ロード医師《せんせい》は、奥さまは長生きなさるっておっしゃってますのに」

「ありがとう。でも、わたしにはぜんぜんその気がないんだから。このあいだもあの人に言ったんだけど、一応の文明国なら、わたしがもうおしまいにしたいってことを打ち明け、医者のほうでは何か麻薬を使って安らかに逝《い》かせてくれるってことで、埒《らち》をあけたらよさそうにねって。『医師《せんせい》、勇気さえお持ちあわせなら、なんでもないことでしょうに』ってわたしは言ったんだよ」

「まあ。で、なんておっしゃいました？」

「失礼にも、あの人はにやっと笑って、絞首刑になりそうなことはしたくないって言ったよ。そして『もし、全財産を私に遺してくださるのなら、もちろん話はべつですがね』だってさ。図々しい若造《わかぞう》さ！　でも、わたしはあの人が好きなんだよ。あの人が来てくれることが、お薬よりよほどわたしの体にきくんだからね」

「とてもいい方ですわね。オブライエンさんがいつも賞《ほ》めてますわ。それにホプキンズさんも」

「ホプキンズもあの年になったら、もうちっと分別があってもよさそうなものなのに。オブライエンはオブライエンで、へらへら笑いながら『あのう、せんせい』って呼んで、あの人がそばへ来ようもんなら、お世辞たらたらでね」

「まあ、そんなこと」

ウエルマン夫人は寛大になった。「オブライエンはあれでなかなかいいほうよ。ただ、看護婦ってものは人の神経をいらいらさせる。朝の五時に『おいしいお茶を一杯、いかがですか』なんて言う連中だから！」ちょっと、言葉を切った。「なんだろう、自動車かしら？」

メアリイは窓から外をのぞいた。

「はい、自動車でございますわ。エリノアさまとロデリックさまのお着きでございます」

2

ウエルマン夫人は姪に言った。「とても嬉しいよ、エリノア、おまえとロディーのこと」

エリノアは微笑を返し、

「きっと喜んでいただけると思っていましたわ、ローラ叔母さま」

老夫人はちょっとためらってから言った。「おまえ、ほんとうにあれを好いてるのね、エリノア？」

エリノアのやさしい眉があがった。

「もちろんですわ」

ウエルマン夫人は早口で言った。「ごめんなさいよ、エリノア。おまえは思ってることを顔に出さないもんだから。何を考え、どう感じてるかを知るのは、なかなかむずかしいんでね。おまえたちがもっと子供のころ、わたしは、おまえがロデリックを好きになり始めてるのじゃないかしら、と思った——少し度をすごすほどに」

ふたたび、エリノアの眉があがる。

「度をすごすほど？」

老婦人はうなずいた。

「そう。愛しすぎるってことは、賢いことではないからね。齢《とし》の若い娘がよくそうなるんだけど。おまえがそれから逃れるために、ドイツに出かけてしまったときには、わたしは内心ほっとしたもんだよ。ドイツから帰ったおまえは、今度はまるでロディーなんか眼中にないように見えた。それで、そう、わたしはがっかりしたもんだよ、そうなったらそうなったで。わたしって困った年寄りだね。なかなかこれでいいってことがないんだから。だけどね、わたし、いつも思うんだけど、おまえはどうやら相当激しい気性じゃないかしら——家にはそういった血があるんだから。あまりありがたいもんじゃない、持ち主にとってはね……ところで、今言ったように、おまえが外国《あちら》から帰ってからはロディーに無関心になってしまったんで、わたしはがっかりしていたんだよ。わたし、おまえたちが一緒になってくれるといいと、昔っから思ってたんでね。今聞くと、わたしの願ってたとおりになるようで、これで何もかも申し分なしってわけだね。それで、おまえほんとに彼を好きなのね？」

エリノアは重い調子で言った。「わたし、ロディーを愛しすぎない程度に充分想っています」

ウエルマン夫人は、それでいいというようにうなずいた。

「それなら、おまえは幸福になれるだろうよ。ロディーは愛情をほしがってはいる、けれど、あの子は激しい感情は嫌いだからね、しつこい独占欲なんかごめんだってたちだろうよ」

「叔母さま、ロディーをよくわかっておいでね」エリノアは思いぶかげだった。

「ロディーがほんの少しよけいに愛してくれたら——おまえがあの子を想っているよりね——なおさら申し分ないんだけど」

エリノアは突然きつい口調で言った。「アント・アガサの若い娘への忠言欄。〝あなたのボーイフレンドを安心させきってはいけません。常に迷わせておきなさい〟ですか」

ウエルマン夫人は鋭く言った。「おまえ、幸福でないね！　どうしたっていうの？」

「べつに。どうもしてません」

「そう。じゃきっと、わたしが少し軽々しすぎると思ったんだね。若くて感じやすいときだからねえ。でもね、エリノア、人生って案外軽いもんだよ」

エリノアはつらそうに言った。「どうもそうらしいですわ」

「おまえ――幸福でないね？　どうしてだい？」

「べつに――本当になんでもないんですの」立ちあがり、窓に歩みよった。そして、なかば振りかえると、彼女は言った。「ね、ローラ叔母さま、本当のことをおっしゃって。恋って、いったい幸福なものでしょうか？」

ウエルマン夫人は真剣な顔つきになる。「エリノア、そうではない、たぶん、そうではないよ。ほかの人間を激しく慕《した》ってことは、常に喜びよりも悲しみを意味するんだから。でもそれはともかく、そういう経験なしでは、人間一人前じゃあない。本当に人を恋したことのない人間は、本当に人生を生きたとは言えないからね」

メアリイは深くうなずいた。

「そうですわ――叔母さまはよくわかっていらっしゃる――それがどんなものかを――」

くるっと向き直ると、エリノアはもの問いたげな色を瞳にうかべた。

「ローラ叔母さま、叔母さまは……」

ドアが開き、赤毛のオブライエンが入ってきて、明るい声でてきぱきと言った。「奥さま、お医者さまがお見えでございます」

3

ロード医師は三十二歳の青年だった。砂色の髪で、そばかすの多い、不細工だが感じのいい顔をしている。顎《あご》が目立って角ばっていた。瞳は人の心を見すかすように鋭く、明るい青だった。

「おはようございます、ウエルマンさん」彼は言った。

「おはようございます、ロード医師《せんせい》。これ、わたしの姪のエリノア・カーライルです」

ロード医師の気どりのない顔に、あからさまに感嘆の色がうかんだ。「はじめまして」彼は、エリノアが差しだした手をこわれものにさわるようにそっと取った。

ウエルマン夫人はつづけた。「エリノアと甥が、わたしに元気をつけにきてくれましたの」

「ほう、そりゃあすてきですな！　元気をお出しになるのがなによりですよ。ウエルマンさん、そりゃあよかったですな」

まだあけっぱなしの感嘆の色をうかべたまま、彼はエリノアを見つめていた。

エリノアはドアのほうへ行きながら言った。「お帰りになる前に、ちょっとお目にかかれますかしら、ロード医師《せんせい》？」

「はあ——ええ——ええ、もちろん」

彼女は、後ろ手にドアを閉めて出ていった。ロード医師はベッドに近寄り、オブライエンがいそいそとあとに続いた。

ウエルマン夫人はまばたきをして言った。「また、例の小細工が始まるんですか、医《せん》師《せい》。脈だ、呼吸だ、熱だって？　まったくあきれたぺてん師ね。あなた方お医者ってのは！」

オブライエン看護婦が溜め息をついて言った。「まあ、ウエルマン奥さま、医師《せんせい》に向かってなんてことを」

ロード医師もまばたきを返して言った。「ねえ、オブライエン、奥さんはすべてお見通しだよ。ところで、奥さんはともかく、私はやるべきことはやらなければならないんでしてね。ただ、私はいつまでたっても病人の扱いが下手でして、それが困るんです」

「なかなかお上手ですとも。内心、ご自分だって、それが得意なくせに」

ピーター・ロードはくっくっと笑って言った。「まったく、奥さんにあっては、かないませんな」

容態に関する型どおりの質問がすんでしまうと、ロード医師は椅子にもたれて、患者に微笑《ほほえ》みかけた。「さて、なかなか順調にいってますよ」

「で、二、三週間もすれば、わたしは起きあがれて、家のなかを歩きまわれるとでもいうの？」

「いや、そう早くは……」

「できないにきまってるじゃありませんか。ぺてん師よ、あなたは。こんなふうに寝たっきりで、赤ん坊みたいに扱われて、それでなんの生甲斐《いきがい》があるっていうの？」

ロード医師は言った。「それじゃあ、だいたい、その生甲斐っていうのはなんのことですか？　こりゃたいした問題ですよ。奥さんは、例のおもしろい中世の発明のことをお読みになったことがありますか。〝リトル・イーズ〟ってもののことを？　人間が立つことも坐ることも横になることもできない檻《おり》の話ですよ。そのなかに押しこめられた人間は、半月もしないうちに死ぬだろうと思うでしょう。ところが、どういたしまして、ある男なんか、鉄の檻のなかで十六年も生きたあげく放免され、けっこう長寿を全《まっと》うしたんですからね」

ローラ・ウエルマンは言った。「そんな話、どういうつもりでなさるの？」

「人間は、生きる本能を持っているっていうことですよ。人は理性が生きろと命ずるから生きるのではないんです。よく〝死んだほうがましだ〟って言われてる連中は死にたがらず、あきらかに生きなければならない人たちが、ただ闘い抜く気力がないためにこの世から消えていってしまうんです」

「それで？」

「それで、おしまいですよ。たとえどうおっしゃろうと、あなたは本当は生きていくことを望んでいる人のひとりですよ。そして、あなたの体が生きたがっているのに、あなたの頭がほかの部分を放りだそうとするのはよくありませんな」

ウェルマン夫人は急に話題を変えた。「この土地はいかが、お気に入って？」

ピーター・ロードは微笑して言った。「私にはなかなか住みいいところですね」

「あなたみたいなお若い方には、少し退屈すぎやしません？　何か専門の勉強をなさりたくないの？　田舎の開業医の仕事って、少々うんざりじゃあなくて？」

ロードはその砂色の頭を振った。

「私はこの仕事が好きですよ。人間が好きですし、ありふれた、どこにでもあるような病気が好きなんです。わけのわからない病気の珍しい細菌を突きだすなんてことには、全然興味がないですね。私ははしかだの水痘だのなんてものが好きなんですよ。そんな病気が、人によってどんな反応を起こすかを診《み》たりするのがおもしろいんです。ありきたりの療法を、もっとどうにかする方法はないか、なんてことをやってみたいんですよ。

私の欠点は野心が全然ないということですかな。私は頬ひげでもはやして、土地の連中が、『そりゃあ、ずっとロードさんにかかってたんだし、あの人はいい老医師《せんせい》だがね、とにかくひどく旧式だからな。やはり若い誰それさんに診てもらったほうがいいだろうよ、新しいからね。やり方がすべて』なんて言いだすまで、ここにいたいですな」

「へえ、先の先までちゃんと見通しておいでなんですね」ウエルマン夫人は言った。

ピーター・ロードは立ちあがる。

「さて、おいとましましょうか」

「姪がお話ししたいようですよ。ときにあなた、あの娘をどうお思いになった？　たしか、初めてでしたわね？」

ロード医師は眉毛のあたりまでさっと赤くなった。

「ええ――はあ。なかなかおきれいですな。そして、そう、なんというか、頭のよさそうな方じゃありませんか」

ウエルマン夫人は、すっかり楽しくなって心中ひそかに思った。「なんてこの人は若いんだろう」だが、口に出しては、「あなたもそろそろ結婚なさるときね」と言った。

4

ロディーは庭をそぞろ歩いていた。広い芝生を横切ると、舗装した歩道に出た。そして、囲みをした菜園へと入っていった。よく手入れのゆきとどいた豊かな菜園だった。彼は思った。今にエリノアと二人でハンターベリイに住むことになるかな、たぶんそうなるだろう。自分は田舎の生活が好きだから、そうなったらいいと思う。が、エリノアはどうだろう？　彼女はロンドン住まいのほうがいいんだろうな。

エリノアはとらえどころのない人だ。何を考え、どう感じているのかをほとんど表に出さない。そこが好きなのだ。自分の考えていることだの、思いのたけだのをぺらぺら口に出す人間——相手が自分の頭のなかの仕掛けを知りたがっていると決めこんでいるような連中は、我慢がならない。慎みぶかいということは、常に新鮮だ。

エリノアはじつに完璧だ。彼女のことで神経にさわったり、気分を害したりしたことは一度だってない。見ているには心楽しく、話せば機知に富んだ受けこたえをする——なんといってもいちばん心を魅かれる相手なのだ。

「彼女を得たってことは、まったく幸せだった。ぼくみたいな人間のどこが気に入ってるんだろう、エリノアは？」満ちたりた想いでロデリックは考えてみた。というのも、彼はひどく潔癖ではあったが、自惚《うぬぼ》れの強い人間ではなかったからだ。エリノアが彼と結婚する気になったということが、なんとしても納得できなかったのだ。

人生は彼の前に輝かしくひらけている。ありがたいことには、人間は自分の置かれた場所をよく知っているものだ。彼は、エリノアと自分が近く結婚する運びになるだろうと思っていた。「エリノアがその気になってくれさえすれば。だが、彼女はもっと延ばしたいのかもしれない。けっして強《し》いてはいけないのだ。結婚しても初めのうちは、多少暮らしも窮屈だろう。だが、べつに心配することはないんだ」彼は心からローラ叔母が長生きすることを願ってはいたのだ。やさしい人でいつもよくしてくれたし、休暇に招《よ》んでくれたり、彼のすることをいつもよくわかってくれたのだ。

彼は、彼女の現実の死という観念を心から閉めだそうとした（具体的な不愉快なことがらは、なんでも目をつぶって見まいとする傾向がある人間なのだ）。「けれど——いずれそのあと——ここに住むのは楽しいだろう。とにかく、暮らしていくのに充分な金があることだろうし。叔母さんはどういうふうに遺産を遺すだろう？　べつにたいした問題じゃあないが。なかには財産が夫のものか妻のものかなんてことを問題にする女もいることはいる。だが、エリノアはそんな女じゃない。彼女はすべてうまくやっていくだろうし、金で大騒ぎするほど卑《いや》しくはない。

「ともかく、何も心配はいらないのだ——何が起ころうとも！」

菜園のはずれの門を彼は出た。そこから続く林へと歩みを進めていく。足もとには水仙が茂っている。言うまでもなく、花の盛りはすぎていた。だが、木々の葉ごしに落ちてくる陽の光に緑が美しく輝いていた。

一瞬、妙に落ち着かない気分が彼を捉えた。そして、今までの静かな想いにさざ波を立てる。彼は感じた。「何かある……ぼくの得られなかった何かが……ぼくの本当にほしい何か……ほしいんだ、それがたしかに……」

あたりにたちこめる金緑の輝き、甘くやさしい気配。そして、脈は早くなり、血がさわぎ、一刻もじっとしていられない想いが、胸の底から湧きたってくる。

木の間がくれに一人の娘がこちらにやってくる。淡いキラキラした髪、バラ色に輝く頬をしている。

彼は思った。「なんて美しい……おどろくべき美しさだ！」

体の自由がきかない——まるで金しばりにあったように、彼は棒立ちになっていた。あたりがくるくるまわりだし、とんぼ返りを打ち、信じられないほどの狂おしい歓喜に襲われた。

娘は急に立ちどまり、そしてまた歩み寄ってきた。呆《ほう》けたようにものも言えずに立ちつくしている彼の前へ。

ためらいがちに彼女は言った。

「お忘れでしょうか、ロデリックさま？　もっともずいぶん昔になりますから。わたし、ロッジにおりますメアリイ・ジェラードでございます」

「ああ……ああ、きみが、メアリイ・ジェラードさん？」

「はい」

少しはにかみながら、彼女はつづけた。「わたし、変わりましたでしょう？　前にお目にかかりましたころとは」

「そう、変わりましたね。ぼく……ぼくにはわからなかった」

彼はメアリイをじっと見つめた。後ろに足音が近づくのにも気がつかなかった。けれど、メアリイはちゃんと聞きつけて振りかえった。

エリノアは、一瞬身動きもしないで立っていたがやっと、「こんにちは、メアリイ」と言った。

「ごきげんよう、エリノアさま」メアリイは言った。「いらしてくださって嬉しうございますわ。奥さまがとてもお待ちかねでいらっしゃいました」

「そうね、ごぶさたしちゃって。わたし」エリノアはちょっと間を置いて、「オブライエン看護婦に、あなたを探してくるようにって言われたのよ。叔母さまをお起こしするんですって。いつもあなたが手伝ってあげるんですってね」

「はい、すぐまいります」

メアリイはその場を去った。小走りになって遠ざかるその後ろ姿にエリノアはじっと目をすえていた。メアリイは美しい走り方をする。優雅な動きをみせて。

「アタランテー（ギリシャ神話の快足の美女）みたいだ！」ロディーの声は甘くやさしかった。

エリノアは返事をしなかった。しばらく黙りこんでいた。やっと彼女は言った。「そろそろお昼だわ。戻りましょう」二人は並んで家のほうへと歩きだした。

5

「ねえ、行かないか、メアリイ。ガルボが出ている、すばらしい映画だぜ。パリの話なんだ。一流作家の書いた話だよ。オペラにもなったことがあるんだぜ」

「ご親切は嬉しいんだけど、テッド、でも、わたし、ほんとに行けないの」

テッド・ビグランドは怒りだした。「このごろのきみってぼくにはわからないよ。変わったね――まるっきり変わったよ、きみは」

「そんなことないわ、テッド」

「変わったとも。たぶん立派な学校だのドイツだのに行ったせいだろうよ。今のきみは、ぼくにはもったいないってことさ」

「ちがうわ、テッド。わたし、そんなこと」

メアリイはいっしょうけんめい弁解した。怒りながらも、賛美の目で彼女を見つめた。均整のとれた体型そのものの青年は、

「そうだとも。メアリイ、きみはレディみたいだぜ」

メアリイは急にとげとげしく言った。「みたいってこと、ちっともいいことじゃないわ」

テッドのほうは急に思いやりぶかくなった。「たしかにそうだろうな」

メアリイは早口で言った。「だいたい、いまどき誰がそんなことを喜んで？　ジェントルマンだのレディだのなんてこと！」

「そりゃあ、そうだ。昔ほど大さわぎしないよ」同意はしたものの、テッドは考え考え、「けれど、そうは言ってもいいものにはちがいないぜ。きみはまったく伯爵夫人か何か

に見えるぜ、メアリイ」

「また、そんなつまらないことを、わたし、古着屋のおかみさんみたいな伯爵夫人を何人も見たわ」

「へえ。でも、ぼくの言う意味、わかってくれるだろう？」

立派な黒服につつまれた、大柄な堂々たる姿が二人のそばにしずしずと歩みよった。その目がきらっと光る。

テッドは思わず体をひいて言った。「こんにちは、ビショップさん」

ビショップ夫人は、優雅に頭をさげた。

「こんにちは、テッド・ビグランド。こんにちは、メアリイ」

そして、彼女は帆を張った舟のように通りすぎていった。

テッドは感心して見送っている。

メアリイはつぶやいた。「あの方こそ公爵夫人みたいだわね」

「ほんとだ――すっかりできてるよ。あの人の前に出ると、ぼくはいつもへどもどしちまうんだ」

メアリイはゆっくり言った。「あの方、わたしを嫌ってるわ」

「じょうだんじゃない、きみ」

「ほんとよ。嫌ってるわ。わたしには、いつもつんけんものを言うのよ」

「やきもちだよ」テッドはもの知り顔でうなずいた。「そうだとも」

メアリイは半信半疑だ。「そうかしら、とも思うんだけど」

「そうに決まってるさ。あの人、ハンターベリイで長年家事をきりまわしてきただろ。皆を顎で使いまくってやりたいようにやってきたのさ。ところが、ウエルマンの奥さまがこのごろ、とくにきみに目をかけている。で、それが気に入らないのさ。それに決まってるさ」

メアリイの眉がくもった。「わたし、人に嫌われるってことがとてもつらいの、ばかげてるかもしれないけど。わたし、皆に好かれたいんだわ」

「きみを嫌うのは女だけさ、メアリイ。やきもちやき猫めが、きみがあんまりきれいすぎると思うんだよ」

「やきもちってこわいわね」

「そうだろうな。でも、そういうものがあるってことはたしかだよ。ね、先週、オールドアでおもしろい映画を観たぜ。クラーク・ゲーブルのだ。百万長者の男が細君をちっともかまってやらないっていう話でね。ところが、その細君が不倫をしでかしたようなふりをしてみせるんだ。そこにもう一人……」

メアリイは歩き出した。「ごめんなさい、テッド。わたし、もう行かなくちゃあ」

「どこへ?」

「ホプキンズ看護婦のところ。お茶に招ばれてるのよ」

テッドはいやな顔をした。

「もの好きだね。あの女はこの村いちばんのおしゃべりだぜ。でしゃばりでおせっかいやきで」

「でも、わたしにはいつも親切よ」

「べつに、わるい人間だっていうわけじゃないさ。ただ、おしゃべりだっていうだけさ」

「さようなら、テッド」メアリイは言うと、口惜《くちお》しそうに見送っている青年をおいてさっさと行ってしまった。

6

ホプキンズ看護婦は村はずれの小さなコテイジに暮らしていた。メアリイが入っていくと、帰ったばかりのところとみえ、帽子の紐をといているところだった。

「ああ、いらっしゃい。わたし、遅くなってね。カルドコット老奥さまが、またおわるくてね。ほかをまわるのがだんだん遅れちまって。道でテッド・ビグランドと話してたわね」

「ええ」メアリイは元気がなかった。

やかんをかけ、ガスコンロに火をつけかけていたホプキンズははっと顔をあげた。長い鼻のさきがぴくっと動いた。

「何か変わったことでも言ったの、あの子？」

「いいえ。ただ映画に行かないかって、誘ってくれたんです」

「ああ、そうなの」待っていたとばかり、ホプキンズは始めた。「そりゃ、あの子はいい青年だわ。ガレージでもよく働いてるし。おやじさんもこのへんの農夫のなかじゃあまあまあよくやってるほうだしね。でもねメアリイ、あんたはテッドにはすぎたもんだとわたしは思ってるのよ。それだけ教育もあるんだし。前にも言ったように、わたしだったら時が来るのを待って、マッサージを始めるわ。あちこち歩いていろんな人とも知りあえるんだし、体はしばられないしね」

「わたし、よく考えてみます。ウエルマン奥さまがとてもやさしくおっしゃってくださったのよ、このあいだ。あなたが言ってらしたとおりだったわ。今はわたしを手放したくない、わたしがいないと淋しいっておっしゃったの。そして、将来のことは何も心配しないでいい、力になってあげるって」

ホプキンズは、それだけでは安心できないというふうに言った。「何か書きものにして残しておいてくださるといいけどね。病人って妙なところがあるから」

メアリイは訊《たず》ねた。「あなたもビショップさんがわたしのことを嫌っていらっしゃると思っていらっしゃる？　それとも、わたしの思いすごしかしら？」

ホプキンズはちょっと考えた。

「そうね、たしかにおもしろくなさそうな顔をしてるわ。あの人、若い人たちが楽しそうにしてたり、いい思いをしてたりするのが気に入らないたちなんでしょうよ。たぶん、ウエルマン奥さまがあんたをかわいがりすぎると思ってあんたにあたるのよ」

そして、楽しそうに笑い声をたてて言った。

「わたしならそんなこと気にしないわ、メアリイ。そこの紙袋開けてくれない？　ドーナツが少し入ってるのよ」

第三章

1

オバギミ　サクヤ二ドメノホッサニオソワル　キュウヘンノオソレナケレド
デキレバ　オイデコウ　ロード

2

この電報を受けとるとすぐ、エリノアはロディーに電話をした。そして今二人はハンターベリイに向かう汽車に乗っているところだ。

ハンターベリイから帰って以来、エリノアは一週間というものほとんどロディーに会っていなかった。たった二度だけごく短い時間顔をあわせたときには、二人のあいだに妙に遠慮がましい空気があった。ロディーは彼女に花を送ってきた――長い茎のバラの花束だった。彼にしては常にないことだった。食事をともにしたときも、彼はいつもより気をつかい、食べ物や酒類の好みをいちいち訊いたり、コートを脱がせたり着せかけたりするのも、いつになくていねいだった。まるで芝居の役を演じてるみたいだ、とエリノアは思った――献身的なフィアンセの役を。

けれど、彼女は自分自身に言ってきかせるのだった――ばかげたことを思うんじゃない。何も変わったことはありはしないんだ。ただ、そんな気がするだけなのに。例のいやらしい、押しつけがましい所有欲のなす業《わざ》なんだ――と。

で、彼に対してエリノアはことさらによそよそしく、超然とした態度をとっていた。ところで、今急に切迫した事態におかれてみると、二人のあいだの遠慮はとれてしまい、なんのこだわりもなく話しあえるのだった。

ロディーは言った。「お気の毒にね、このあいだ逢ったときには、叔母さん、あんなに元気だったのになあ」

「本当に、なんてお気の毒でしょう、ことにあの叔母さまだからなおそう思うわ。そうでなくても、あんなに病気をいやがってらしたのに。今度はもっと体も不自由におなりでしょうし、叔母さまにはとてもたえられないでしょうよ。ねえロディー、人は本心から願っているときには、苦痛を逃れて楽にしてもらうべきだって気がするわ」

「ぼくもそう思うね。それこそ文明の世の特権だよ。現に動物は苦痛から逃れる安楽死を許されているじゃないか。ところが、人間にはそれが許されない、というのも、それが許されれば、人間てものはあまりかんばしい性質じゃないから、愛する近親がお金めあてにまだまだ永《なが》らえるべき人を片づけかねないからだろうけれどさ」

エリノアは考え考え言った。「もちろん、お医者の手加減次第のことでしょうけど」

「医者なんてものは、どっちにでも転びかねないさ」

「ロードさんみたいなお医者は、信頼できるわ」

ロディーはたいして気にもとめずに言った。「そう、あの男はなかなか正義派らしい。いいやつだ」

3

ロード医師はベッドにかがみこんでいた。オブライエンがその後ろをうろついている。

彼は眉をよせて、患者の唇から洩れる不明瞭な音を聞きわけようとしていた。

「さあ、いいですか、気を静めて。ゆっくり、ゆっくり。『そうだ』とおっしゃりたいときには、この右手をちょっとあげてくださいよ。何か気にしていらっしゃることがあるんですか？」

右手があがった。

「急ぎのことですか？　なるほど。何かしてほしいことがおありですね？　誰かを呼ぶんですか？　ミス・カーライルですか？　そしてウエルマンさんも？　それならお二人とも、もうこちらへ向かっていらっしゃいますよ」

ふたたび、ウエルマン夫人はもつれた舌で話そうと努めた。ロード医師は一心に聴いた。

「お二人にいらしてほしいけれど、それとはちがうことですって？　ほかの誰かですか？　ご親戚の方？　ちがいますか？　事務的なことですか？　わかりました。お金と関係のあることですか？　弁護士ですか？　そうですね？　お宅の弁護士にお逢いになりたい？　何かおっしゃりたいことがあるんですね、その方に？

さあ、これでいい。落ち着いて、充分時間はあります。なんておっしゃるんですか――エリノアですか？」彼は、やっとその名を聞きとった。「あの方が、その弁護士をご存じなんですね? そして、エリノアさんがその方と取り決めの手配をなさる? よくわかりましたよ。もう三十分もすればエリノアさんはお着きになりますよ。奥さんが望んでおいでのことを、私からお伝えしましょう。そして、ここへご一緒に来て、何もかもうまくはからいましょう。さあ、もうご心配はいりません。私にまかせてください。何もかもご希望どおり取り決めるようにしてさしあげますからね」

彼は患者が落ち着くのを見とどけてから、そっと部屋を去ると、階段の踊り場へ出た。オブライエンがあとに従う。ホプキンズがちょうど階段をのぼってくるところだった。

彼は、ホプキンズに軽くうなずいてみせた。

彼女は、声をおさえて言った。「こんばんは、先生」

「こんばんは」

彼は二人の看護婦を従えてオブライエンの部屋に入ってゆくと、いろいろ指示を与えた。ホプキンズはその晩泊まって、オブライエンと交替で看護をすることになっていた。

「明日、もう一人住みこみの看護婦を頼むことにしよう。スタンフォードでジフテリアが流行《はや》っているのは、この場合具合がわるいね。あのあたりの病院では手が足りないだろうからな」

そして、二人に命令を与え終わると(それはうやうやしく傾聴され、彼にくすぐったい思いをさせた）、ロード医師は患者の姪と甥を迎えるために、廊下におりていった。

彼の時計は、二人がまもなく着くことを語っていた。

ホールで彼はメアリイ・ジェラードと出あった。その顔は血の気がなく、気づかわしげだった。彼女は訊ねた。「あの、少しはおよろしいでしょうか？」

「今夜は安らかにやすまれることは保証しますよ――今のところは、それ以上のことは私にもできない」

メアリイは打ちひしがれたように言った。「こんなこと、ひどすぎますわ――不公平すぎますわ――」

彼はいかにもというふうにうなずいた。

「そう、たしかに、そう思えることがときどきある。私は――」

彼は途中でやめた。

「あ、自動車だな」

彼は廊下へ出ていき、メアリイは階段をかけのぼっていった。

客間に入ると、エリノアは、「叔母さま、ひどくおわるいんでしょうか？」と待ちきれないように訊ねた。

ロディーは蒼ざめ、心配そうだ。

医者は気重そうに言った。「あなた方にとっては、相当なショックだろうと思いますが、ひどい麻痺がきています。おっしゃることも、ほとんどわからないくらいです。ところでウエルマン夫人は、何かを非常に気にしておいでですよ。顧問の弁護士をお呼びになりたいようです。その方をご存じですね、お嬢さん？」

「セドンさんですわ、ブルームズベリイ・スクエアの。でも、今ごろはもう事務所にはいないでしょうし、わたし、お宅の住所を存じませんの」

ロード医師は保証するように言った。「いや、明日で充分まにあいますよ。私は、ただ一刻も早く、ウエルマン夫人のお気持ちを安らかにしてあげたいと思いましたんでね。カーライルさん、もしご一緒に今すぐ二階にいらしていただけたら、ウエルマン夫人に安心していただけるだろうと思うんですが」

「もちろんですわ。すぐまいります」

ロディーは頼むように、「ぼくは行かないでもいいでしょうな？」と言った。

彼はいくらかそんな自分を恥じてはいたものの、二階の病室に行って、舌はもつれ、体はまるで自由がきかなくなったローラ叔母の姿を目にすることに、神経がたえられなかったのだ。

ロード医師はすぐ彼を安心させてくれた。

「その必要はぜんぜんありませんよ、ウエルマンさん。あまり大勢、病室に入らないほうがよろしいでしょう」

ロディーがほっとしたのが、ありありと見てとれた。

ロード医師とエリノアは二階へのぼっていった。オブライエンが患者に付き添っている。

深い息づかいをし、いびきをかきながら、ローラ・ウエルマンは昏睡状態で横たわっていた。エリノアは、そのゆがんだ痛ましい顔に胸をつかれて、叔母の姿を見つめた。

突然、ウエルマン夫人の右の瞼がふるえ、そして開いた。エリノアの顔がわかると、彼女の顔にかすかな動きがうかんだ。

彼女は何か言おうと努める。

「エリノア……」その言葉は、彼女が言おうとしていることを推量できる者以外には、ぜんぜん意味をなさないものだった。

エリノアはすぐに応じた。「ここにおりますよ、叔母さま。何かお気にかかることがおありなのね？　セドンさんを呼んでほしいっておっしゃるのね？」

前同様しわがれた、言葉にならぬ音がウエルマン夫人の口から洩れた。エリノアはその意味を推測した。「メアリイ・ジェラードですか？」

右手がぶるぶるふるえながら、やっとあがった。病人の唇から、長いとりとめのない音が洩れる。ロード医師とエリノアは、当惑して眉をしかめた。何度も何度もそれがくりかえされた。ついに、エリノアが一つの単語を聞きわけた。

「約束ですって？ 遺言書のなかにメアリイのための条項を設けたい、つまりお金をやりたいっておっしゃるのね？ わかりましたよ、叔母さま。わけのないことですわ。セドンさんに明日こちらに来てもらって、何もかも叔母さまのご希望どおりにしてもらいますわ」

患者は安心したようだった。そのすがりつくような目から、心痛の色が消えた。エリノアがその手をとると、叔母の指が弱々しく握りかえすのを感じた。

ウエルマン夫人はひどく努力して言った。「おまえが――みんな……」

エリノアは言った。「わかってますよ。みんなわたしにまかせてくださいね。何もかもお望みのようにしますからね」

ふたたび指に力がこもり、そしてその力がぬけていった。瞼がたれ、閉じられた。

ロード医師はエリノアの腕をとって、やさしく病室の外へ連れだした。オブライエンはベッドのそばの席へ戻った。

踊り場ではメアリイ・ジェラードがホプキンズと話しているところだった。彼女は歩み寄った。

「お願いです、ロード医師《せんせい》。なかへ入らせていただけないでしょうか？」

彼はうなずいた。

「だが、ごく静かにしてるようにね、奥さんを安静にしといてあげてくれよ」

メアリイは病室に入っていった。

ロード医師は言った。「汽車が遅れたようですな。あなたは――」

エリノアは振り向いてメアリイの姿を追っていた。彼が急に黙ってしまったのに気がつくと、向き直ってその顔をもの問いたげに見た。ロード医師は、びっくりしたような表情をうかべて彼女を見つめていた。エリノアの頬に血がのぼった。

彼女はあわてて言った。「あら、失礼いたしました。なんておっしゃいましたの？」

ピーター・ロードはゆっくりと言った。「ええと、なんでしたっけ、思い出せませんな。カーライルさん、あなたはじつにすばらしかったですよ、ご病室で」彼の声音《こわね》はあたたかかった。「とにかく、ご病人のおっしゃることをすぐにわかって、心を安らかにしてさしあげたんだから、たいしたものですよ」

ホプキンズがごく控えめに息を吸いこむ音が聞こえた。

「お気の毒な叔母さま。あんなにおなりのところを見ると、本当にたまりませんわ」

「そうでしょうとも。けれど、ぜんぜんそんなふうには見えませんでしたな。あなたは、よほど自制力がお強いと見えますね」

エリノアは表情を硬くして言った。「わたし、いつの間にか身につけたんですわ――感情を表に出さないことを」

医者はゆっくりと言った。「しかしやはり、仮面というものは、ときどきはずれることもありますね」

ホプキンズがせかせかとバス・ルームに入っていった。エリノアはその細い眉をあげ、彼の顔をまともに見あげて言った。「仮面ですって？」

「人間の顔は、結局、仮面みたいなもんじゃないでしょうか？」

「それで、その下に隠れているものは？」

「生地《きじ》の男と女でしょう」

エリノアはくるっと向きを変えると、先に立って階段をおりていった。

ピーター・ロードは戸惑い、常になく考えこみながら、そのあとに従った。

ロディーが廊下に二人を迎えに出てきた。

「どう？」彼は待ちかねたように訊ねた。

「お気の毒に。叔母さまを見るの、とてもつらいわ。ロディー、行かないほうがいいわ。叔母さまが、あの——お呼びになるまでは」

「何か特別にしてほしいようなことがあったの？」ロディーは訊ねる。

ピーター・ロードはエリノアに言った。「では、私はおいとまします。さしあたって、これ以上することもないようですから。明朝早く、ごようすを診にきましょう。じゃ、失礼します。カーライルさん——あまりご心配なさらないように」

彼はエリノアの手をやさしく取り、少しのあいだじっとそうしていた。不思議に心を安め、慰めを与える手のにぎり方だった。そして彼女に向けられた瞳には、気のせいかいたわりめいたものがうかんでいる、とエリノアは思った。

医者が出ていってしまうと、ロディーはまた同じことを訊ねた。

エリノアは言った。「ローラ叔母さまは手続きのことを気にしていらっしゃるのよ。わたし、お気持ちを静めるようにして、セドンさんがかならず明日来てくれるって言ったの。朝早く、電話しなければいけないわ」

「新しい遺言書を作りたいのかな、叔母さん？」

「そうはおっしゃらなかったわ」

「じゃ、なんで……？」

彼は急に黙ってしまった。

メアリイ・ジェラードが階段をかけおりてきたのだ。ホールを横切って、台所へ続くドアから出ていった。

エリノアの声がかすれた。「え？　何を訊こうとしてらしたの？」

ロディーは上《うわ》の空で言った。「何をって？　ああ、なんだっけな？」

彼はメアリイが消えていったドアをじっと見つめていた。

エリノアは固く手をにぎりしめていた。とがらした長い爪が掌にくいこむほど。

彼女は思った──ああ、どうしよう。思いすごしじゃなかった。本当なんだ。ロディ──ロディー、行かないで。

──あの人、あのお医者は、さっき二階でわたしの顔から何を知ったのだろう？　あの人は、何か気がついたことがあるんだわ……ああ、生きているってことは、なんてつらいんだろう、こんなこんな想いをしなけりゃあならないなんて。何か言うのよ。おばかさん。しっかりするの！

そして、落ち着いた声音で彼女は言ったのだ。「お食事のことですけど、ロディー。わたし、まだおなかがすいてないのよ。二階に行って、叔母さまに付き添ってるわ、看護婦が二人そろって食事に来られるように」

ロディーはびっくりして言った。「そして、ぼくと一緒に食事をするっていうの？」

エリノアは冷淡に言った。「べつに嚙みつきはしないわ」

「でも、きみはどうするの？　きみだって、何か食べなけりゃあ。ねえ、ぼくたちが先に食べて、それから二人をおりてこさせたら？」

「だめ。わたしの言うとおりにしたほうがいいのよ」彼女はあわてて言い足した。「あの連中、とても敏感だから、喜ぶわ」

彼女は思う――とても二人きりで食事なんかできない――いつもどおりふるまって、話をしたりなんか――。

いらいらと彼女は言った。「お願いだから、わたしのしたいようにさせてね」

第四章

1

翌朝エリノアを起こしにきたのは、メイドなどではなかった。ほかならぬビショップ夫人自身だったのだ。旧式な喪服をさらさらいわせ、手放しですすり泣きしながら。

「エリノアさま、あの方は、お亡くなりになりました」

「えっ、誰が？」

エリノアはベッドに起きあがった。

「あなたさまの大切な叔母上さまでございます。ウエルマン奥さま、わたしの大事なご主人さま。おやすみのあいだにお亡くなりになったんです」

「ローラ叔母さまが？　お亡くなりに？」

エリノアは、信じられないというように目をすえた。

ビショップ夫人は前にもまして激しく泣き声をあげた。「こんなに」とすすりあげ、「長いことご一緒におりましたのに。わたしがまいりましてからもう十八年にもなります。ついこのあいだのような気がいたしますのに」

エリノアはしみじみと、「ローラ叔母さまは眠ったままお亡くなりになったのね――安らかに。おしあわせだったわ！」

ビショップ夫人はすすりあげた。「本当に急でございました。お医者さまは、今朝またいらっしゃるなどと、なんでもないようにおっしゃってましたのに」

エリノアは少しばかりきつい調子で言った。「そう急ってわけではないでしょう。ともかく、床におつきになってから相当たってるんだし。わたし、これ以上お苦しみにならないですんで、本当によかったと思うだけだわ」

ビショップ夫人は涙ながらに、たしかにそれだけはよかったと言った。そして、「ロデリックさまにおしらせするのは、どういたしましょう？」と言い足した。

「わたしが話すわ」

エリノアはそう言うと、化粧着をひっかけ、彼の部屋のドアの前に立ち、ノックした。彼の声で、「どうぞ」と言うのが聞こえた。

彼女はなかに入った。

「ローラ叔母さまがお亡くなりになったのよ。眠ったまま」

ロディーは、ベッドに起き直りながら、深く息を吸いこんだ。

「お気の毒な叔母さん！　でも、よかった。昨日みたいな状態で、いつまでも永らえている叔母さんを見るに忍びなかったんだ、ぼくは」

エリノアは反射的に言った。「叔母さまにお会いになったの？　知らなかったわ」

彼は、面目《めんぼく》なさそうにうなずいた。

「じつを言うと、エリノア、叔母さんに会うのを逃げたことが、なんとも卑怯のような気がしてね。あれから病室に行ったんだ。看護婦が、あの肥ったほうのだ、何かの用で部屋を出ていった——たぶん、湯たんぽでも替えにいったんだろう——そのあいだにすべりこんだんだ。叔母さんは、ぼくが入っていったのに気がつきはしなかった。ぼくはちょっとのあいだ叔母さんを見てた。そして、ギャンプ夫人（チャールズ・ディケンズ著『マーティン・チャズルウイット』に出る看護婦の名。大きな傘をさしている）の階段をのぼってくる足音を聞いて、そっと部屋を出たんだ。だが、なんとも見るにたえなかったね」

エリノアはうなずいた。「そうね、ひどかったわ」

「叔母さんは、きっとたまらなかっただろうよ、ああなってからの一刻一刻が」

「きみとぼくが、いつも同じようなものの観方《みかた》をするってことは、本当にうれしいな」

エリノアは低く、「そうね」と言った。

「今だって、ぼくたちは同じことを感じてるんだ。叔母さんがあのみじめな状態から脱け出せたことに、感謝あるのみっていう、ね」

「ほんとに」

2

オブライエン看護婦は言った。「どうしたの？　何かなくなったの？」

ホプキンズ看護婦は顔を赤らませて、せかせかと小さな携帯用の鞄をかきまわしていた。前の晩、ホールに置きっ放しになっていたものだった。

「困ったわ。どうしてこんなことをしたんだか、自分でもわけがわからないのよ」

「どうしたの？」

ホプキンズは、まわりくどい返事をした。

「イライザ・ライキンなのよ——あの肉腫《にくしゅ》で苦しんでいる。あの人、二回、注射をしなけりゃならないのよ、朝と晩と——モルヒネをね。昨日の晩、ここへ来る前に古い筒に入った最後のを使ったんだけど、たしかに、ここに新しい筒を入れといたつもりなのに」

「よく見てごらんなさい。とても小さいから見落としってこともあるし」

ホプキンズは、念のためにもう一度、鞄のなかをかきまわしてみた。

「ないわ、ここには。じゃあ、やっぱり家の戸棚に置いてきたんだわね。まったく、こうもの忘れするとは思わなかったわ。たしかに持ってきたつもりだったのに」

「ここへ来る途中、どこかで、鞄を置きっ放しにはしなかったでしょうね？」

「そんなこと、するわけないわよ」ホプキンズはきつく言いかえした。

「まあいいわよ、大丈夫でしょう？」

「もちろんよ。わたしが鞄を置いたのは、ここだけよ、このホールだけよ。そして、この家の誰が、物を盗《と》ったりするもんですか。わたしの思いちがいよ、きっと。でも、やっぱり気になるわ、わかるでしょ。それに、まず家へとんで帰って、それからまたここへ帰ってこなけりゃならないわ、村の端から端まで歩いてね」

「疲れないといいけど、昨日の今日だからねえ。ほとんど寝てないんだもの。お気の毒な奥さま。永いことはないと思ってたのよ」

「わたしもよ。医師《せんせい》、びっくりなさるでしょうよ」

オブライエンは、少し非難がましく言った。「あの医師《せんせい》は、いつでも、あまり軽く診すぎるきらいがあるわね」

帰り仕度をすませたホプキンズは、「医師《せんせい》は何しろまだ若いから。わたしたちみたいに、何度もこういうことに立ちあった経験がないのよ」と、なんともすごい捨てぜりふを残して、出ていった。

3

ロード医師はびっくり仰天した。その砂色の眉が、髪の毛にくっつくかと思うほどあがる。

「だめになったのだって？」

「はい、医師《せんせい》」

オブライエンは事の次第をまくしたてたくてむずむずしていたが、厳しい躾《しつけ》がものを言って、彼女はそれを抑えることができた。

ピーター・ロードは感慨ぶかげに言った。「だめになったのか」

そのままちょっと想いにふけっていたが、不意に鋭く、「熱い湯をもってきてくれ」と命令した。

オブライエンは驚き、煙にまかれたような気がしたものの、訓練された看護婦精神に従って理由をただそうなどとはしなかった。医師が、「ワニの皮を取ってこい」と命令しても、彼女は機械的に「はい、医師《せんせい》」と口のなかで言うと、その難題と取り組むべく従順に部屋からすべり出ていくにちがいないのだ。

4

「きみは、叔母が、遺言をしないで亡くなったって言うんですか——ぜんぜん、遺言書を作らなかったって？」ロデリック・ウエルマンは言った。

セドン氏は眼鏡を拭《ふ》きながら、「そのようですな」と言った。

「しかし、そんなおかしなことが！」

セドン氏はたしなめるように咳ばらいをした。

「べつに、それほどおかしなことではありません。よくあることでして。何か迷信めいたものもありましてね。皆さん、まだまだ早いとお思いになりたいようですな。それに遺言書を作りますと、不思議に死期が早められるようです。妙なことですが――事実ありますんでね」

「この問題について、叔母に、そのう、忠告してあげたことはないんですか？」

セドン氏はすげなく言った。「たびたびいたしました」

「で、叔母はなんて言ってました？」

セドン氏は溜め息をついた。

「べつに変わったことは言いませんでした。まだ早いとか。まだ死ぬ気はないとか。はっきりどうするか決めていない、財産をどういう形で遺すかということを、とか、ですな」

エリノアは言った。「でも、きっと、初めの発作のあとでは……？」

セドン氏は首を振った。

「いや、あのあとのほうがよけいいけませんでした。そのことをちょっと口にしてもいやがっておいででした」

「だが、そりゃあ変じゃないかな？」とロディー。

セドン氏はふたたび言った。「変ではないですな。当然、あのご病気のせいでよけい神経質におなりでしたから」

エリノアはわけがわからないというように言った。「でも、叔母は死にたがってましたのよ」

眼鏡を拭きながら、セドン氏は言った。

「エリノアさま、人間の心は不思議な仕組みになっております。ウエルマン夫人は、死にたいと思ってはおいでだったかもしれません。が、その気持ちと並行して、完全に健康をとりもどせるかもしれないという希望がおありだったわけです。そして、その希望をお持ちだったからこそ、遺言書を作るのは縁起がよくないような気がしておいでだったのだと思います。べつに、最後まで作らないということではなく、ただ、できるだけ延ばしておきたいということだったんでしょうな。

おわかりと思いますが」とセドン氏は突然ロディーのほうを向き、彼ひとりに話しかけるように、「いやなこと、つまり正面切って向かいあいたくないことは、誰しも避けるものですし、ずるずる延ばしにするものではございませんか？」

ロディーは赤くなった。「そ、そうですね。ぼく、ぼくだって、そりゃあ。おっしゃることはわかります」

「そうでしょうとも」とセドン氏。「夫人は、遺言書を作るおつもりはいつもおありだった。が、常に今日よりは明日のほうがよさそうだったってことなのです。まだまだ充分間がある、と始終ご自分に言いきかせておいでだったんでしょう」

エリノアはしみじみと、「それでだわ、昨日の夜、あんなに取り乱しておいでだったのは――あなたをお呼びするようにって、ひどくあわてて」

「そうですとも」とセドン氏。

ロディーは当惑したように言った。「だが、いったい、どうするんです？」

「ウエルマン夫人の遺産の件ですな？」弁護士は咳ばらいをして、「ウエルマン夫人は遺言をお遺しになりませんでしたので、夫人の全財産はもっとも近い親族、すなわち、ミス・エリノア・カーライルに譲られます」

エリノアは気重そうに、「全部、わたしに？」と言った。

「法により、何パーセントかを国家に納めましたうえで」

彼はそのことを細かく説明した。

彼はこう結んだ。「贈与財産も信託財産もありません。ウエルマン夫人のお持ちだったお金《かね》は、すべてご自由になされるものでした。したがって、それはそのまま、ミス・カーライルの所有に帰します。ただ、遺産相続税はたぶん相当な額になりますと思いますが、それを支払いましたうえでもかなりな財産ですし、それも折紙つきの確実な株に投資してあります」

エリノアは言った。「でも、ロデリックの——」

セドン氏は弁解めいた咳ばらいをして言った。「ウエルマンさまは、ウエルマン夫人のご主人の甥御さまですので、血縁はおありにならない」

「たしかに」とロデリック。

エリノアはゆっくりと言った。「もちろん、わたしたちのどちらのものになるかということは、たいした問題にはならないんですわ、どうせ結婚するつもりですから」

けれど、そう言いながら、彼女はロディーから目を伏せていた。

「たしかに」と今度はセドン氏が言う番だった。

なにか口ばやな調子だった。

5

「そのことは問題じゃないでしょう？」エリノアはまるですがりつくように言った。

セドン氏が帰ったあとだった。

ロディーの顔は神経質にぴくぴく動いた。「きみがもらうべきだ。その権利があるんだ。エリノア、頼むから、ぼくが不平に思ってるなんて考えないでくれよ。ぼくはあんな金《かね》なんかちっともほしかあないんだ」

エリノアの声はかすかな動揺を示した。「わたしたち、言ったわね、ロディー、ロンドンで。わたしたちのどちらでもかまわないだろう——結婚するんだからって、ちがう？」

答はなかった。

「そう言ったこと覚えてないの、ロディー？」エリノアは言いつのった。

「覚えてる」

彼は足もとを見つめていた。蒼白《そうはく》な沈んだ顔だった。そのきつく結んだ唇の線に苦痛の色がうかんでいた。

エリノアは、思い切ったように勇敢に頭をあげた。「どちらが相続しようとかまわないんでしょう——もし、わたしたち結婚するのなら……でも、どうなの、ロディー？」

「どうなのって、何が？」

「わたしたち、結婚するの？」

「そういうことになってたと思うけど」そのさりげない声音にはかすかに含みがあった。彼はつづけた。「でも、エリノア、きみが何かほかに考えがあれば……」

エリノアは声をあげた。「ねえ、ロディー、本当のことを言ってちょうだい？」

彼はたじろいだ。そして、ついに低く戸惑ったように言った。「ぼくは、いったい自分がどうなったのかわからないんだ」

エリノアは声をおさえて言った。「わたしにはわかってるわ」

「ぼく、やはり細君の金で暮らすってことがあまり性にあわないらしい」ロディーは早口で言った。

「ちがうわ。そんなことじゃあないわ」エリノアの顔は蒼白になった。「メアリイのせいじゃなくて？」

ロディーは低く頭をたれて、つぶやくように言った。「そうかもしれない。だが、どうしてそれが？」

エリノアはゆがんだ微笑をうかべた。「わかるわ。誰だってあの娘《こ》を見つめているときのあなたの顔を見れば――」

突然、ロディーのよそおった平静は無残にくずれはてた。「ねえ、エリノア――ぼくは、ぼくは自分でも何がなんだかわからないんだ。いったいどうしたんだろう。今にも気がちがうんじゃあないかとさえ思う。彼女を見たとたんに、こうなったんだ――初めて――林のなかで……あの顔なんだ――あれが、あれが、何もかもをめちゃめちゃにしてしまったんだ。きみにはわかってもらえないだろう」

「わかるわ。それで」

「ぼくは、彼女に恋したくはないんだ。きみとじつにたのしくしていたんだから。エリノア、ぼくは、ぼくは、なんてひどい男だ、きみに、こんなことを話して――」

「かまわなくてよ。続けてちょうだい。聞きたいの」

「ありがとう」ロディーは打ちひしがれたように、「きみに話すことで、ぼくは気持ちが楽になる。ぼくは、きみが好きでたまらないんだ。エリノア。信じてくれ、これだけは。もう一つのほうは、呪いみたいなものなんだ！　何もかもをひっくりかえしちまったんだ――ぼくの人生観、ぼくの人生のたのしみ、そして、ありとあらゆる、まともな筋の通った、理屈にかなったものを」

「でも、恋ってそういうものじゃなくて」エリノアの声は静かだった。

「そうなんだ」ロディーは弱々しく言った。

「あの娘《こ》にもう何かおっしゃった？」エリノアの声はやや震えていた。

「今朝、まるでばかみたいに——正気の沙汰じゃない」

「で？」

「もちろん、その場で拒絶された。彼女はびっくりしてた。ローラ叔母さんのこと、そして——きみのことを思って」

エリノアはダイヤモンドの指輪を抜いた。「これ、お返ししたほうがよさそうね、ロディー」

それを手にとり、彼は目を伏せたままつぶやいた。「エリノア、ぼくは、きみに対してどんなに申しわけないと思っているか！」

エリノアは落ち着いた声音で言った。「あの人、あなたと結婚すると思う？」

彼は首を振った。

「ぜんぜんわからない。どうせよほど先になってみての話だ。今は、たしかにぼくを好いてはいない。でも、いつかは気が変わるかもしれない」

「そうね、そのとおりだと思うわ。彼女に時間をあげることね。しばらくは会わないことにして、そして——初めから出直すんだわ」

「エリノア、きみって！ まったくきみみたいな人っていない、どこにも」突然、彼はエリノアの手をとり接吻した。「ね、エリノア、ぼくは本当にきみを愛してるんだ。前とすこしも変わらず、ときどきメアリイのことは、夢じゃあないかって気がするんだ。目がさめたら、どこにも彼女なんかいなかったっていうような」

エリノアは、低くつぶやいた。「メアリイがいなかったら――」

ロディーは急にこみあげてきた想いをこめて、「ときどき、ぼくはメアリイがいてくれなかったらいいと思うことがあるんだ……きみとぼくは、けっして別れてはいけない間柄なんだから、ちがう？」

エリノアはゆっくりうつむいた。

「そう、わたしたち……けっして別れてはいけないのよ」

――もし、メアリイがいなかったら――彼女は心につぶやいた。

第五章

1

「美しいお葬式だったわね」ホプキンズの声には感動の色がこもっていた。

オブライエンはうなずいた。「本当にねえ。それにあの花ったら！　白百合でできたハープに、黄バラの十字架。あんな美しい花を見たことがあって？　きれいだったわ！」

ホプキンズは溜め息をつくと、バターつきティーケーキに遠慮なく手を出した。二人はブルー・ティット・コーヒー店で向かいあっているところだった。

ホプキンズはつづけた。「カーライルさまはずいぶん気前がいい方ね。わたしなんかにまですてきな贈物をくださったわよ。そんなにしていただくいわれもないのに」

「立派な、寛大な方よ」オブライエンも想いをこめて同意した。「わたし、もの惜しみってこと大きらいだわ」

「たいした財産を受けつぎなさったもんね」

「わたし、あの……」オブライエンは言いかけて口を閉じた。

「なによ」ホプキンズはうながす。

「あの奥さまが、遺言書を作らなかったというのは、なんだか妙だと思うのよ」

「よくないわね。遺言書ってものは、無理にでも作らせなければ。それがないために、いろいろと不愉快なことがあとで起こるんだわ」ホプキンズは手厳しかった。

「もし、遺言書を作ったとしたら、奥さま、どういうふうに分けたかしら？」

「ひとつだけ、はっきりしてることがあるわ」ホプキンズは確信ありげだ。

「何よ？」

「奥さまは、相当な額をメアリイに、メアリイ・ジェラードに遺しただろうっていうこと」

「たしかにそうね、本当だわ」オブライエンは膝をのり出した。「あの晩、奥さまがひどく興奮なさって、先生がなんとかして気を静めようとしなすったこと、話したわね。エリノアさまは、叔母さまの手をにぎり、神に誓って」オブライエンのアイルランド人特有の作り話をする想像力がはたらき始めた、「弁護士を迎え、さっそく手配をするってことを約束したのよ。『メアリイ、メアリイ』お気の毒な奥さまがこうつぶやかれると、『メアリイ・ジェラードのことですか？』ってエリノアさまがおききになって、その場ではっきりメアリイの相続権を約束しなさったのよ」

ホプキンズは半信半疑で言った。「そうだったの？」

「そうなのよ。そして、これだけはたしかに言えるんだけど、もしも奥さまがあのとき亡くなられないで遺言書をお作りになったとしたら、きっと皆がびっくり仰天するようなものになったわよ。あの奥さま、全財産をメアリイ・ジェラードに遺されたかもしれないんだから！」

「まさか。いくらなんでも、肉親にびた一文遺さないなんてこと考えられないわよ」

「肉身あるところ流血あり」オブライエンは、神がかりめいたことを言った。

ホプキンズはすかさず言った。「えっ、いったいなんのこと、それ？」

オブライエンは身を正して言った。「わたし、人の噂はしないわ。それに、亡くなった人の名に泥を塗るようなことはしたくないしね」

ホプキンズはゆっくりうなずいた。「本当だわ。そのとおりよ。黙ってるにこしたことはないわ、もの言えば唇寒し、ですものね」

そしてホプキンズはティーポットにお湯を注いだ。

「ところで、話はちがうけど、例のモルヒネ、家にあったの？」とオブライエン。

ホプキンズは眉をしかめて言った。「まったく妙なんだけど、ぜんぜんどうなったんだかわからないの。でもきっとこうだと思うのよ。マントルピースの端にちょっと載せといたのが、戸棚に鍵をかけているあいだにすべり落ちて、くず籠のなかにでも入ったのね。家を出るとき、くず籠がいっぱいになってたので、外のごみ箱に空《あ》けたんだけど、そのとき、一緒に入ってしまったらしいわ――それよりほか考えようがないのよ」

「そうね――きっとそうよ。ともかく、どこにも鞄を置かなかったんだとすると――ハンターベリイのホール以外にはね――今、あなたの言ったとおりでしょうよ。くず籠に入ってしまったのよ」

「そうなのよ。そうとしか思えないでしょ？」ホプキンズは声を強めた。そして、ピンクのシュガーケーキを一口頬ばると、「ともかく……」

オブライエンは相手が言い終わるのも待たずに同意してしまった。

「わたしだったら、もうそのことをこれ以上気に病んだりはしないわ」慰めるようにオブライエンが言うのに、ホプキンズは、「わたしもたいして気にしてないわ」と言った。

2

喪服につつまれて、その若々しさときびしさがきわだつエリノアは、ウエルマン夫人の書斎の大きな書きもの机に向かっていた。机の上にはいろいろな書類が広げられている。やっと召使たちとビショップ夫人との面接をすませたところだった。今、メアリイ・ジェラードが部屋に入りかけ、戸口にためらいがちに立った。

「お呼びでございますか、エリノアさま」

エリノアは顔をあげた。

「あ、メアリイね。こちらへ来て、かけてくださいな」

メアリイは示された椅子に腰をおろした。その椅子がいくぶん窓のほうに向いていたので、窓からの光が、そのすきとおるような膚《はだ》、淡い金髪をまばゆいまでに輝かせた。

エリノアは片手をかざして光線をさえぎり、指のあいだから相手の顔を見つめた。

――こんなに憎んでいながら、それを表に出さないでいられるかしら――彼女は思った。

口に出した言葉は、事務的なさりげないものだった。「あなたもよく知っているでしょうけど、叔母さまは、あなたのことを始終気にかけていらしたし、将来についてもいろいろと心くばりをしていらしてました」

メアリイは低くつぶやいた。「奥さまはいつもたいそうよくしてくださいました」

エリノアは冷たく、とりつく島もないような声でつづけた。「叔母さまは、遺言をなさることがおできだったら、遺産の分配もなさるおつもりだったと思います。あんなに急だったものですから、何も遺言をなさらなかったので、叔母さまのご遺志に添うように、わたしがとりはからうことになってしまいました。セドンさんと相談のうえで、奉公人には、その年限その他に応じて、適当な金額を贈ることにしました。——もちろん、あなたは奉公人とおなじには考えられませんから」

エリノアは、この言葉に針を含めたつもりだったのだが、相手の顔にはなんの変化も見えなかった。メアリイは素直にその言葉を受けとり、その先を待っている。

「叔母さまは、あの最後の晩、もうお言葉が不自由でしたけれど、おっしゃっていることはどうやら聞きとれました。あなたの将来のために、何かお遺しになりたい——たしかに、そうお思いだったようでした」

「ありがたいことでございますわ」メアリイの口調は静かだった。

エリノアはそっけなく言った。「遺産の検認がすみしだい、二千ポンドお渡しするようにはからいます——あなたの名義になるのですから好きなように使ってください」

メアリイの頬に血がのぼった。

「二千ポンドもでございますか？　エリノアさま、なんてご親切な。お礼の申しあげようもございません」

エリノアはそれをきつく制した。「わたし、べつに親切心でしたことではありません。お礼なんか言わないでください」

メアリイは頬をそめた。

「でも、わたしにとってどれほどそれがありがたいことか、あなたさまにおわかりいただけたら」

「それは結構なことですわ」

エリノアは視線をメアリイからはずし、あらぬほうを見つめたままやっと言葉をついだ。

「あのう——何かプランがあるの？」

「はい。何か身につくようなものを勉強したいと思っておりますの。マッサージでも。ホプキンズさんがそうしたらどうかっておっしゃってくださっておりますので」

「たいへんいいお考えだわ。わたし、セドンさんとご相談のうえ、できるだけ早くいくらかでも先にお渡しするようにはからいましょう——すぐにでも。もしそうできるようでしたら」

「まあ、エリノアさま、なんてご親切な」

「叔母さまがお望みでしたから」ぴしっとエリノアは言い切ると、少し間をおいて、

「じゃ、これで」と言った。

この、追いはらいでもするような言い方は、さすがにメアリイの感じやすい心を刺した。椅子を立ち、静かに、「ありがとうございました、エリノアさま」と言うと、部屋を出ていった。

エリノアは身動きもしないで、じっと前を見つめたままだった。その顔にはなんの表情もなかった。心の動きは何ひとつ読みとれない。ただ、そうして坐ったまま、長いこと動こうともしなかった。

3

エリノアはやっとロディーを探しに立った。彼は家族の居間にいた。窓のほうを向いていたのが、エリノアが入っていくと、はっとしたように振りむいた。

「全部終了よ。ビショップさんには五百ポンド――ずいぶん長くいたんですものね。コックには百ポンド、ミリーとオリーヴに五十ポンドずつ。あとは五ポンドあて。庭師頭のスティーヴンに二十五ポンド。それから、ジェラード、門番のあの人、どうしたらいいかしら。まだ何もしてないんだけど、困るわ。年金でもつけてやらなけりゃいけないでしょうね」

すこし間をおいてから、あとはいっきに言ってのける。「わたし、メアリイ・ジェラードに二千ポンドあげることにしたわ。叔母さまが思っていらしたの、そんなものかしら？　わたしはそれくらいでいいと思うんですけど」

ロディーはエリノアの目を避けて言った。「たしかに。きみのすることは、いつも当を得てるよ、エリノア」

言い終えると、彼はまた窓のほうを向いてしまった。

エリノアは一瞬息をひいて、急に異常な早口でとりとめもなくしゃべりだした。「まだお話があるの。わたし――どうしてもそうしなけりゃあ――あの――あなたが当然受ける権利のあるものを受けとっていただきたいの」

くるっと向き変わったロディーの顔に憤《いきどお》りの色を目にすると、エリノアは急いで言いついだ。

「だまって聞いてくださいね、ロディー。これは当然のことなのよ。叔父さまのものだったお金のことよ——叔父さまが叔母さまにお遺しになった——叔父さまは、当然それがあなたのものになることをお望みだった。叔母さまだってそのお心づもりだったわ。よくそんなことをおっしゃってたんですもの。わたしが叔母さまの遺産をいただくのなら、あなたは当然叔父さまの分をおとりになっていいはずです。当然の権利ですもの。わたし、あなたのものを横取りするなんてこと、とてもいやなんです——叔母さまが遺言をなさらなかったばかりに。あなたも、このこと、わかってくださらなければ、わたし、困るんです」

ロデリックの面長な神経質な顔からさっと血の気がひいた。

「きみは、ぼくがそんな卑《いや》しい男に見えるの？　きみからぼくが——その金を受けとるとでも思ってるの？」

「わたしがさしあげるんじゃなくてよ——当然あなたのものを！」

「きみの金はもらえないんだ！」ロディーは声高に言った。

「わたしのお金じゃないわ」

「法律上はきみのものさ——それだけだよ、問題になるのは。すべて事務的に運ぼうじゃないか。ぼくは一ペニイだってきみからは貰《もら》えない。み恵みふかきご婦人ぶりは、ぼくだけにはかんべんしてくれ」

「ロディー、あなたって人は！」エリノアは声をあげた。

「ロディーはくるっと態度を変えた。

「ゆるしてくれ、エリノア。自分でも何を言ってるかわからないんだ。頭が混乱してて、どうすることもできないんだ」

彼はまた外を向き、ブラインドの紐をまさぐりだした。すっかり声の調子を変え、さりげなく言った。

「きみ、知ってる――メアリイが、これからどうするつもりか？」

「マッサージの勉強をするとか言ってたわ」

「そうか」

二人のあいだには沈黙が流れた。エリノアは身を正し、頭をあげた。口を開くと、うって変わったように何か訴えかけるような調子になっていた。

「ねえ、ロディー。わたしの言うこと、ちゃんと聞いていただきたいのよ」

彼は向きなおり、少しばかり驚いた表情になった。

「もちろん聞くよ、エリノア」

「わたし、わたしの言うとおりにしていただけたらと思うの」

「いったい、どういうこと？」

「あなた、べつに今お忙しくないんでしょ？　休もうと思えば、いつでも休暇がおとりになれるわね？」

「もちろん」

「でしたら、ぜひ、こうしていただきたいの。どこへでもいいわ、外国にいらして——三カ月ほど。おひとりでね。新しい土地を見たり、新しいお友だちを作ったり。はっきり言わせてね。今は、あなた、メアリイ・ジェラードを恋していると思っていらっしゃるわ。本当にそうなのかもしれないわ。でも、今はあの娘《こ》に近づくときじゃないのよ——あなたもよくご存じですわね。わたしたちの婚約はたしかに取り消しになっていますわ。ですから、自由な立場で、外国へいらして。すべてから離れて。そして三カ月たったら、何にもこだわらずに気持ちをお決めになったらいいんだわ。そのときになれば、本当にメアリイを愛していらっしゃるのか、一時の気まぐれなのかもはっきりなさるわ。それでもたしかに愛しているとお思いだったら——帰っていらっしゃって、あの娘《こ》にそうおっしゃればいいのよ。あなたが本気だということがあの娘《こ》にわかれば、きっとあの娘《こ》だって本気で聞いてくれますわ」

ロディーは歩みより、エリノアの手をとった。

「エリノア、きみはなんてすばらしい人だ！　気持ちが澄んでいるんだね！　それに、まったく客観的にものが考えられるんだね、きみは！　きみには、意地の悪さだの憐れっぽさなんてものはひとっかけらもない。ぼくは最上の敬意をはらうよ、今まで以上に。きみの言ってくれたとおりにする。英国を離れ、すべてから自由になって——そして、ぼくの病《やまい》が本物か、それともとんでもないばかをしでかしているにすぎないのか、突きとめてくる。ねえ、エリノア、ぼくがきみをどんなに愛してるか、きみはわかってはくれないだろうね。きみがぼくなどにはおよびもつかないほど立派だってことが、今度こそはっきりわかった。何もかも、本当にありがとう」

衝動的にすばやく接吻をすると、彼は出ていった。

彼は振りむきもしないで行ってしまったが、そのほうがたぶんよかったのだ。

4

数日後、メアリイは新たにまいこんだ幸運を伝えにホプキンズを訪ねていった。

現実的なホプキンズはひどく喜んでくれた。

「それは運がよかったわ、メアリイ。奥さまは、そりゃああなたのことを思ってくださったにちがいないけど、書類にでもなっていないかぎり、なかなか亡くなった方の遺志なんてものは通らないものよ。何もいただけなくても文句も言えないところだったわね」

「エリノアさまがおっしゃってましたわ。奥さまはお亡くなりになった夜、わたしの面倒をみてやるようにってお頼みになったんですって」

ホプキンズは鼻をならした。

「そりゃあそうでしょうとも。でも、亡くなってしまえば、あとの人の都合でていよく忘れたことにしてしまわれることがたくさんあるわよ。親族なんてそんなものよ、わたしが知ってるだけでも、相当そういう例があるわ。人は死ぬ時にはよく言うもんよ、愛する息子や娘に安心してあとをまかせて目をつぶれるってね。ところが残った人たちの十人のうち九人までは、なんとか理由をつけて、亡くなった人の遺志なんか無視して勝手に事を運ぶんだわ。人間なんてそんなものよ。手に入ったお金は絶対に手放しやしないわよ、法律ででも取りあげないかぎりは。ともかく、メアリイ、あんたは運がよかったわ。カーライルさんはなかなかものがわかるし、真っ正直だわ、ほかの連中にくらべれば」

メアリイはゆっくりと言った。「でも——なんですか——あの方、わたしを嫌っていらっしゃるような気がするんです」

「そりゃあそうでしょう」ホプキンズは、手厳しかった。「知らないとは言わせないわよ、メアリイ。だいぶ前から、ロデリックさんのあんたを見る目、ただごとじゃないわ」

メアリイは赤くなった。

「相当のぼせておいでだわね、わたしの見るところじゃ。それも急だったわね。一目ぼれって言うのかしら。あんたはどうなの、え？　どう思ってるの？」

メアリイはためらいがちに言った。「さあ——わたし。べつにどうって。そりゃあ、いい方だとは思いますけど」

「へえ。わたしの好きなタイプじゃないわ、あの人は。気むずかしくて、神経過敏で。ああいう人って、食べるものなんかにも口うるさいし、面倒よ。男なんていくらでもいるわ。急ぐことないわよ、メアリイ。あんたの器量なら、それこそよりどりみどりよ。オブライエンさんがこのあいだも言ってたけど、あんたなら映画にでも出られるって。ブロンド娘は引っぱりだこですってね、映画じゃあ」

メアリイはほのかに眉をよせた。「ねえ、父のこと、どうしたらいいでしょうか？

いただくお金を分けるのが当然だって思うでしょうか、父は？」

「とんでもない、そんなこと。ウエルマン奥さまは、あの人のことなんか考えてもおいでじゃあなかったでしょうよ。わたしに言わせれば、あなたってものがなかったら、とっくに暇《ひま》を出されていたでしょうよ。何ひとつ仕事らしいものはしてやしなかったんだから、あの人は」

「奥さま、あんなに財産がおありだったのに、なぜちゃんとした遺言書をお遺しにならなかったんでしょう」

ホプキンズは頭を振った。

「みんなああなのよ。まったくあきれるわ。ちょっと延ばしに延ばしては、ああいう結果になるんだわ」

「ずいぶんばからしいみたい」

ホプキンズは軽くまたたきをして言った。「あんたはどうなの、メアリイ、遺言書を作ってある？」

メアリイはまじまじと見つめた。

「いいえ、まさか」

「でも、もうあなた二十一よ」

「でも、わたし──わたしには遺すようなものがありませんでしたもの──そりゃあ、今になってみればあるわけですけど」

ホプキンズはずけずけと言った。「ほらごらんなさい。あるじゃないの。それも、ちょっとした嵩《たか》だわ」

「でも、べつに急ぐことはありませんでしょ」

「ほうらね。みんなそうなのよ。若くて健康だからっていうことは、何も交通事故に遭わないっていう理由にはならないわ。いつなんどき、街の真ん中でひき殺されないとはかぎらないでしょ」

メアリイは笑いだした。「でも、遺言書をどうやって書くのかも、わたし、知らないんですのよ」

「わけないわ。郵便局に用紙があるわ。これからすぐ貰いにいきましょうよ」

やがて、その用紙がホプキンズの机の上にひろげられ、重要事項が次々ととりあげられた。ホプキンズはたいした熱の入れ方だった。彼女に言わせれば、残った者に遺言書を作る必要を感じさせるのは、人の死の功徳《くどく》の最たるものなのだそうだ。

「もし、わたしが遺言書を作らなかったとしたら、誰がわたしのお金を受けとるんですの？」

「あんたのお父さんでしょうよ」ホプキンズは自信がなさそうだった。

メアリイはきつく言った。「父なんかにはあげたくないわ。それくらいなら、ニュージーランドにいる叔母さんに遺してあげるわ」

「ともかく、お父さんに遺しても意味がないわね——もう先も短いことだし」

ホプキンズがこういったふうな宣告をくだすのを、メアリイは再三聞いていた。

「叔母さんの住所、わたし、忘れてしまったわ。長いこと便りがないんですもの」

「それは問題じゃないわよ。クリスチャン・ネームは知ってるんでしょ？」

「ええ、メアリイよ、メアリイ・ライレイですわ」

「それで充分。メイドンスフォード・ハンターベリイの、故イライザ・ジェラードの妹、メアリイ・ライレイにすべてを贈る。そうお書きなさいよ」

用紙の上にかがみこむようにして、メアリイは書いていった。もう終わりというところまで来て、急にメアリイはぞっとした。影法師が紙の上にうつったのだ。顔をあげると、エリノア・カーライルが窓からのぞきこんでいた。

「何をしてるの、ずいぶんご熱心らしいけど？」エリノアは言った。

ホプキンズは笑いながら言った。「この人、遺言書を作ってますのよ」

「遺言書ですって？」突然、エリノアは笑いだした——ヒステリックな、常ならぬ笑いだった。

「メアリイ、あなた、遺言書を作ってるの、そうなの。おかしいこと。なんておかしいんでしょ」

なお笑いつづけながら、エリノアはくるりと向きを変え、足ばやに去っていった。

ホプキンズはじっとその後ろ姿を見つめていた。

「変ね？　いったい、どうしたっていうのかしら？」

5

エリノアが十歩と行かないうちに——まだ笑いつづけたまま——後ろから誰かに腕をつかまれた。ぴたっと止まると、彼女は振り返った。

ロード医師が眉をしかめて、彼女を見つめていた。

「何を笑っておいでです？」その声はきびしかった。

「あら、笑ってましたかしら——なぜでしょう」

「おかしなお答ですね」

エリノアは頬をそめた。「わたし、何かこう、気がたかぶってたんですわ、きっと。わたし、ホプキンズの家をちょっとのぞいたんです——そしたら、メアリイ・ジェラードが遺言書を作ってましたの。わたし、急におかしくなってしまったんですわ、なぜだかわからないんですの」

「本当に、ですか？」

「ええ。ばかみたいですわね——きっと、ただ——わたし、気がたかぶってますのね」

「強壮剤の処方でも書きましょうか」

エリノアは辛辣に、「おそれいります」と言った。

ロードはなだめすかすように微笑をうかべた。

「たしかに、たいした役にはたちますまい。けれど、心の悩みをうちあけてくださらない方がたには、そのほかに手のうちようがありませんのでね」

「わたし、べつに何も悩みなど」

ロードはおだやかに言った。「いや、そうではなさそうですな、だいぶ悩んでおられる」

「たしかに、ひどく神経がたってはおりますわ」

「そのようにお見うけしますな。が、わたしの言うのは、そのことではないんです」ちょっと黙って、「ときに、こちらにはしばらくご滞在ですか？」

「明日帰りますわ」

「あなたは、こちらに、そのう、住むおつもりはないんですな？」

「ええ、ぜんぜんその気はございません。わたし、あのう、いい買い手がつきましたら、ここは売ってしまうつもりですの」

「ははあ」ロードの声は力がなかった。

「失礼いたします」

彼女がきっぱり差しだした手をとると、ロードは真顔で訊ねた。「カーライルさん、今笑っておられたとき、何を考えていたか、ぼくにおっしゃっていただけませんか？」

エリノアはあわてて手を引いた。

「何を考えていたか、ですって？」

「それがうかがいたいんです」

彼の表情は重々しく、かげっていた。

エリノアはいらいらして言った。「ただ、おかしかっただけですわ――それだけですわ」

「メアリイ・ジェラードが遺言書を作っていたっていうことがですか？　なぜです？

遺言書を作るのは、きわめて分別ある行ないではないでしょうか。あとでいざこざが起きないですみますからね。まあ、ときには、そのためにかえっていざこざが起こることもありますがね」

エリノアはいらいらして言った。「そりゃあそうですわ――誰でも遺言書を作っておくべきですわね。それはわかっております」

「ウエルマン夫人も遺言書を作っておかれるべきでしたな」

「本当に、そうですわ」その言葉には感情がこもっていた。

エリノアの頬に血がのぼった。

「あなたはどうです？」ロードは虚をついた。

「わたし？」

「ええ。たった今、あなたは、誰でも遺言書を作っておくべきだと言われましたね？」

エリノアは彼をまじまじと見つめ、笑いだした。

「まあ、ほんとに！　わたし、作ってありませんわ。考えてもみませんでした。ローラ叔母さまのこと言えた義理じゃありませんわ。家に帰りましたら、さっそくセドンさんにそのことで手紙を書くことにいたしますわ、ロード医師《せんせい》」

「なかなか分別がおありですな」ピーター・ロードは言った。

6

書斎で、エリノアは一通の手紙を書き終えたところだった。

遺言書を作成していただきたいのです。わたしがサインだけすればいいように。非常に簡単なもので結構です。全財産をロデリック・ウエルマンに遺すというものでよろしいのです。

エリノア・カーライル

セドン様

彼女は時計に目をやった。五、六分もすれば郵便を集めにくる時間だ。机の引出しを開け、今朝、最後の切手を使ってしまっていたのを思い出した。寝室にはまだ二、三枚あったはずだ。

彼女は二階にのぼっていった。切手を手にして書斎に戻ると、ロディーが窓ぎわに立っていた。

「明日は、ここともお別れか。なつかしきハンターベリイよ。ここにはたのしい思い出がある」

「売り払ってしまうのおいや？」

「いいとも。そうするのがいちばんだろうよ」

しばらく沈黙が流れた。エリノアは手紙をとり、読みかえしてみた。そして封をすると、切手をはった。

第六章

オブライエン看護婦より、ホプキンズ看護婦への手紙。七月十四日付

ラボロー・コートにて

お便りしようしようと思いながらつい遅くなってしまいました。ここは家も立派ですし、景色も有名らしいです。でも、ハンターベリイほど住み心地はよくありません――という意味、おわかりでしょう。さびれた土地ですので、メイドもなかなかいないのでしょうが、ここに働いている娘たちはまるで躾《しつけ》ができていませんし、なかなか言うことをきいてくれないのもいますわ。それに、わたしはそう贅沢を言うつもりはないのですが、お盆にのってくる食事はさめているし、お湯を沸かす道具もないので、熱いお茶もなかなか飲めません。でも、これでとりえもあるんですわ。患者さんはもの静かな紳士で、肺炎でしたが、もう峠はこしています。

これからお知らせすることは、きっとあなたがびっくりなさるほど、またとない不思議な偶然なのです。ここの居間のグランドピアノの上に、大きな銀縁の額に入った写真が飾ってあります。ところがなんと、その写真はいつかわたしがお話しした例の写真と同じなんです——ウエルマン奥さまがわたしにとってくれっておっしゃった、ルイスってサインの入った。もちろん、わたしは気になりました——あたりまえでしょう？　執事に訊いてみたところによると、ラタリー卿夫人の弟さまのルイス・ライクロフト卿だそうです。この近くにお住まいだったのが、戦争でお亡くなりになったんですって。お気の毒ねえ。わたし、なにげなく、その方結婚していらしたかどうか訊いてみると、執事は、結婚はしていらしたが、ライクロフト卿夫人は結婚後すぐに精神病院に入ってしまわれたと言いました。まだ生きていらっしゃるそうよ。どう、おもしろいでしょう？　これでわたしたちの考えていたことはだいぶちがっているのがわかったでしょう。あの方たちは深く愛しあっていたのよ。ライクロフト卿とW夫人は。けれど奥さんが精神病院に入っていたので結婚できなかったんだわ。まるで映画の話みたいじゃない？　そしてW夫人は亡くなられる前に、その昔の思い出を追ってあの写真をしみじみと見たんですよ。その方は、一九一七年に戦死されたと執事は言っていますわ。たいしたロマンスですわねえ。

マーナ・ロイの新しい映画ごらんになった？　今週メイドンスフォードにかかるとか、新聞で見ましたけど、この近くには映画館もないんですよ。田舎暮らしって本当につまりませんわ。いいメイドが来ないのもあたりまえですね。今日はこれでお別れします。新しいニュースがあったら、洩らさずお知らせくださいね。

かしこ

アイリーン・オブライエン

ホプキンズ様

ホプキンズ看護婦より、オブライエン看護婦への手紙。七月十四日付

ローズ・コテイジにて

こちらはべつに変わったことはありません。ハンターーベリイもすっかり淋しくなりました――雇い人も全部ひきあげてしまい、〈売却〉って札が立ってます。先日ビショップさんに会いました。一マイルほど先に、妹さんと暮らしておられるんです。あの家が売りに出ているってことで、とても驚いていらしたわ――想像がおつ

きでしょ。あの方、カーライルさんとウエルマンさんが結婚なさって、あそこにお住みになるとばかり思っていたようですわ。でも、婚約は解消されたんだって言っていらっしゃいました。カーライルさんは、あなたがここをお発ちになったあと、じきにロンドンにお帰りでした。ときどき、あの方、とても妙なふるまいをなさいました。いったい何を考えていらっしゃるんでしょう。メアリイ・ジェラードもロンドンに発ちました。マッサージの勉強を始めているんです。分別のある娘ですわね。カーライルさんはあの娘に二千ポンド贈る手続きをしていらっしゃるそうですが、立派なことですわね。なかなか普通はそうはしないもんですけど。

　ところで、ものごとって妙なところからわかってくるもんですわ。いつか、ウエルマン奥さまが、あなたにルイスというサインの入っている写真をお見せになったって、あなた、話してくださったわね。このあいだ、わたし、スラタリイさんとおしゃべりをしたんです（ロード医師《せんせい》の前にいらした、ランサム医師《せんせい》の家事を取りしきっていた人よ）。ここの村の生まれだから、このへんの上流の方たちのことについてもいろいろと知っているんです。わたし、なにげなく洗礼名のことに話をもっていって、ルイスっていうのは、わりと珍しいって言ってみたんです。すると、あの人はいろいろな例をあげてみせて、そのあげく、ルイス・ライクロフト卿の名をあげたんですよ、フォーブズ・パークにお邸《やしき》のあった。そして、その方は、戦争中、第十七槍騎兵連隊に属していて、戦争の終わりごろに戦死されたとか。そこでわたしが、その方はハンターベリイのウエルマン夫人とだいぶお親しかったんでしょうとかまをかけると、あの人は意味深長な目つきをして、だいぶお親しかったもなにも、なかには、あれは普通の友だちじゃないなんて言ってた人もあったようだけど、わたしは自分の口からはそんなことは言いたくない——友だちにしておいてあげればいいんですって言いました。そこでわたしは、でも、そのころウエルマン夫人はもう未亡人になっていらしたんでしょう、と訊くと、たしかにあの方は未亡人でした、と言うのです。わたしは、たしかに何かあるとにらんだので、それならなぜ結婚なさらなかったのかしら？　と言うと、あの人はすぐさま、結婚はできなかったんですよ。あの方の奥さまが精神病院にいらしたから、と答えたんです。ね、これで何もかもわかったわけですわ。こうしたことって思いがけないところから知れるものですね。ちかごろのお手軽な離婚沙汰を考えると、精神病でさえも離婚の理由にならなかったあのころはまったく嘘みたいですね。

それから、よくメアリイにつきまとっていたテッド・ビグランドっていう青年のこと覚えていらっしゃる？　あの美男の子よ。あの子、メアリイのロンドンの住所をしきりに訊きにきましたが、わたし、教えませんでした。わたしが考えるには、メアリイはあの青年にはもったいないですわ。お気づきだったか、どうか知りませんけど、R・W氏が、あの娘に熱をあげておいでです。困ったことですわ、面倒なことになりましてね。だって、カーライルさんとの婚約が、解消になったのもそれが原因なんですよ。そして、わたしの見たところじゃあ、カーライルさんにとっては大きな打撃のようですわ。ウエルマンさんのどこがそんなにいいのか、わたしにはわかりませんし、わたしはだいたいああいう男性は好きじゃないんですが、たしかな筋から耳に入れたところでは、カーライルさんは熱烈な愛情を捧げておいでだったそうですわ。ちょいとした大事《おおごと》でしょう？　それに、カーライルさんは遺産を全部ついでおしまいだし。ウエルマンさんは、叔母さまが相当なものを遺してくれると期待してたにちがいないと思うんですよ。

ジェラードじいさんは、このごろめっきり衰えが目立ちます――ときどきひどいめまいを起こすんですよ。でも相変わらず意固地で、ひどい口ばかりきいていますわ。このあいだなどは、はっきり、メアリイは自分の子じゃない、なんて言いましてね。わたしは「奥さんに傷がつくようなことをよくまあ平気で言えるわね」って言いますと、あの男はわたしの顔をじろじろ眺めて、「おまえさんはばかだよ。何がわかるか」ですって。まったく失礼でしょ。わたし、うんと手厳しくやっつけてやりました。これだけはたしかだと思うんですけど、メアリイの母親は、結婚する前にウエルマン夫人の小間使いをしてたんだと思うんです。

先週、「大地」を観ました。とてもおもしろかったですわ。中国の女って、何もかも辛抱しなけりゃあならないらしいですよ。

かしこ

ジェシー・ホプキンズ

オブライエン様

ホプキンズ看護婦よりオブライエン看護婦への葉書。

オブライエン様

なんて不思議でしょう、手紙がちょうど行きちがいになったなんて。このごろ、いやな天気がつづきますわね。

オブライエン看護婦よりホプキンズ看護婦への葉書。

今朝、お手紙、拝見しました。おかしいような偶然の一致ですわね。

ロデリック・ウエルマンよりエリノア・カーライルへの手紙。七月十五日付

たった今、きみの手紙を受けとりました。ハンターベリイが売られたからって、ぼくはなんて感じも持ちはしない。ぜんぜん気になんかしません。でも、わざわざ相談してくれてありがとう。住むつもりがなかったら、売ってしまうのがいちばん賢明だろう。だが、売るのにもなかなか骨が折れることと思う。とにかく今の世の中には少々荷厄介なほど大きいから。まあ、現代風な設備もしてあるし、雇い人の住むところもちゃんとしてあるし、ガスも電気もひいてはあることだから、住めないことはないけれど。ともかく、うまくいくことを望みます。

ここの暑さはすばらしい。ぼくは何時間も海辺ですごしてます。だいぶ変わった連中が来ていますが、ぼくはほとんどつきあわない。きみはいつか、ぼくのことを、人見しりが激しいほうだと言いましたが、どうやら当たっているようだ。とにかくぼくにとっては、ほとんどの人間は不愉快でたまらない。たぶん、おたがいにそう

思いあってるんでしょうがね。

ぼくは、きみだけは模範的な人類の代表者だといつも思っている。ところで、一、二週もしたら、ダルマシアの海岸のほうにまわろうかと思ってます。二十二日以後の宛名は、ダブロヴニク、トーマス・クック方にしてください。何かぼくにできることがあったら、知らせてください。

心から敬意をこめて
ロディー

エリノア様

セドン、ブレイザーウィック・アンド・セドン法律事務所のセドン氏より、ミス・エリノア・カーライルへの手紙。七月二十日付

ブルームズベリイ・スクエア、一〇四

サマーヴェル少佐から、ハンターベリイ邸に対し一万二千五百ポンドの申し出がございました。これは是非《ぜひ》おまとめいただきたいと存じます。大きな不動産はちかごろ、ひじょうに売りにくくなっておりますし、この値ならばまずご損はあるまい

と存じます。ただし、すぐ明け渡すという条件がついておりますし、サマーヴェル少佐はあの近在にほかの心あたりもおありのように存じますゆえ、早急にお話をおまとめくださるようお勧めいたします。

サマーヴェル少佐は三カ月のあいだにお邸の造作を終了されたい意向でおられます。それまでには、法律上の手続きもすべて完了いたし、売却の手筈《てはず》に至りたく存じます。

門番のジェラードのことに関しましては、ロード医師のお話では、病状もかなり進んでおり、余命もいくばくもないとのことですので、年金を与える必要もないように思われます。

遺言の検認はまだ終了しておりませんが、私は決済を待たずに、百ポンドをメアリイ・ジェラード嬢に先渡しいたしておきました。

敬具

エドマンド・セドン

カーライル嬢

ロード医師よりエリノア・カーライル嬢への手紙。七月二十四日付老ジェラードが本日、亡くなりました。何か私でお役に立つことでもありましたら、おっしゃってください。あの邸宅を、当地の新下院議員、サマーヴェル少佐にお売りになったと聞きました。

草々

ピーター・ロード

カーライル様

エリノア・カーライルよりメアリイ・ジェラードへの手紙。七月二十五日付

お父さまが、お亡くなりになった由、心からお悔みいたします。ハンターベリイに買い手がつきました——サマーヴェル少佐という方です。できるだけ早く移りたがっておられます。わたしは叔母の残した書類に目を通したり、いろいろと片づけものをしにあちらにまいります。ご無理でなかったら、あなたにもあちらへいらして、お父さまの身のまわりのものを片づけて、ロッジを引きはらっていただきたいのですが。あなたがすべて順調にいっていらっしゃるよう、マッ

サージのトレイニングで体をこわしたりなさらないよう祈っています。

かしこ

エリノア・カーライル

メアリイ様

メアリイ・ジェラードよりホプキンズ看護婦への手紙。七月二十五日付

父のことをいろいろお知らせくださいまして、ありがとう存じました。苦しまないで逝《い》ったとのこと、本当によかったと思います。エリノア様からお手紙をいただき、お邸《やしき》が売れたので、なるべく早くロッジを片づけるようにとおっしゃっていらっしゃいます。明日お葬式のために帰郷いたしますが、泊めていただけますでしょうか。お泊めくださいますのならご返事は結構です。

かしこ

メアリイ・ジェラード

ホプキンズ様

第七章

1

七月二十七日の朝、キングズ・アームズ・ホテルから出てきたエリノア・カーライルは、ちょっと立ちどまってメイドンスフォードの大通りを見わたした。突然、よろこびの声をあげると、彼女は通りを渡った。

あの大きな堂々たる人物、帆を張った舟のように従容《しょうよう》たる姿を見誤ることは絶対にないのだ。

「ビショップさん」

「まあ、エリノアさま。ちっとも存じませんでした。いつおいででございました？　ハンターベリイにお出かけになることがわかっておりましたら、わたしが先にまいって何かとお仕度いたしましたのに。誰がご用をたしておりますの？　ロンドンから誰かお連れになりまして？」

「わたし、あの邸に泊まってはいませんの。キングズ・アームズに部屋をとりました」

ビショップ夫人は、向かいの建物を眺め、疑わしげに言った。

「まあ、あそこもなんとか泊まれるように聞いてはおりますが。清潔ですし、お料理もかなりいただけるとか申しますが、でもお嬢さまのお口にはとても合いますまい」

エリノアは微笑をうかべた。「居心地はとてもいいわ。それにどうせ一日二日のことですし。邸で片づけものをしなければなりませんの。叔母の身のまわりのものを整理したり、ロンドンへ持ってゆきたい家具も多少ありますし」

「じゃあ、本当にお売りになりましたのね？」

「ええ。サマーヴェル少佐という方に。新下院議員ですわ。ジョージ・カー卿が亡くなられたので、補欠選挙があったでしょ」

「反対者なしで当選されましたわね。メイドンスフォードではいつも保守党ですわ」ビショップ夫人は得意然とした。

「わたし、本当にあそこへ住むつもりの方に買っていただいて嬉しいですわ。ホテルになったり、改築されたりしたら、つらいことですもの」

ビショップ夫人は目を閉じ、肥った貴族的な体をぶるぶるっと震わせた。

「そうでございますとも。考えただけでも、ぞっといたします。ハンターベリイが知らない人の手に渡るということだけでもいやですのに」

「でも、わたしが住むのには広すぎるわ――たったひとりで」

ビショップ夫人は息を吸いこんだ。

エリノアは口ばやに言った。「わたし、うかがうつもりでしたの。何かとくにほしいと思う家具でもおありかしら？　おありだったら、是非さしあげたいんですけど」

ビショップ夫人はにっこりして、しとやかに言った。「まあ、エリノアさま。なんてご親切な。でもなんだか厚かましいようで――」

彼女は口ごもり、エリノアは、「とんでもありませんわ」と言った。

「わたし、客間にある文机《ふみづくえ》をかねがね素晴らしいお品だと思っておりましたの。本当に立派なものですわ」

エリノアは、その象嵌《ぞうがん》入り寄木《よせぎ》細工《ざいく》の派手な机を思い出した。彼女は口ばやに言った。

「もちろんさしあげますわ、ビショップさん、ほかに何か？」

「それだけで結構でございます。エリノアさま。このたびはいろいろと過分なおはからいをいただいておりますのに」

「あの文机と同じスタイルの椅子がいくつかありますけど、いかが？」

ビショップ夫人は、適当な感謝の言葉をのべて、その椅子もちょうだいすることにした。「わたし、ただいま、妹と一緒におります。何かお邸のほうでお手伝いできることがございましょうか？　およろしければ、お伴いたしますが」

「いいえ、結構ですわ」

エリノアは即座に拒絶した。

「なんでもございませんのよ――よろこんでお手伝いいたしますけれど。ウエルマン奥さまのお身まわりのものを整理なさるのじゃあ、いろいろとお思い出しになりますでしょう。つらいお仕事ですわ」

「お心はありがたくお受けしますけど、わたしひとりのほうがいいんですの。ことによってはひとりきりでするほうがいいことがありますし――」

「もちろんお好きなようになさるほうがよろしうございますわ」ビショップ夫人はつんとした。「あのジェラードの娘が帰ってきております。昨日お葬式がございました。ホプキンズさんのところに泊まっております。たしか、今朝二人でロッジにまいっているはずでございます」

エリノアはうなずいた。「ええ、わたし、メアリイにこちらへ来て、片づけものをしてくれるように、頼みましたの。サマーヴェル少佐はなるべく早くお移りになりたいそうですので」

「さようでしたか」

「じゃ、わたし、そろそろまいります。お逢いできて嬉しかったわ。お約束した机と椅子、おぼえておきますわ」

彼女は握手をすると歩み去った。

途中、パン屋に寄りパンを買い、次に乳製品店でバターを半ポンドとミルクを買い求めた。

最後に彼女は乾物店に入っていった。

「サンドイッチ用のペーストをいただきたいの」

「はいはい、カーライルさま」小僧を押しのけて主人のアボットが出てきた。「どれにいたしましょう。サケとエビ、七面鳥とタン、サケとサーディン、ハムとタンといろいろございますが？」

彼は次々と棚から瓶をおろし、ずらりと並べてみせた。

エリノアは苦笑して言った。「名前はいろいろあっても、中身はみんな同じような味ね」

主人は即座に同意した。

「さようでございます。まあ、たいしてちがいはございませんでしょうが、でも、どれもたいへんよい味でございます」

「フィッシュ・ペーストは一時みんな怖がって食べなかったものね。だいぶあちこちでプトマイン中毒を起こしたとかっていうけど」

アボットはとんでもないと言わんばかりに言った。「お嬢さま。これは一流品でございまして。絶対に信用のあるもので。手前どもの店では、お客さまから一度もお小言を受けたことはございません」

「わたし、サケとアンチョビのと、サケとエビのを一つずついただくわ」

2

エリノア・カーライルはハンターベリイ邸に裏門から入っていった。

くっきり晴れあがった暑い日だった。スイトピーの花が盛りだ。エリノアがそのあいだを抜けていくと、庭師のホーリックが丁重に迎えた。彼は邸の手入れのために残っているのだ。

「おはようございます、お嬢さま。お手紙ちょうだいいたしました。勝手口をお開けいたしときました。よろい戸をはずしまして、窓もみんなお開けいたしました」

「ありがとう、ホーリック」

行きかけると、その若者はおずおずして、のどぼとけをひくひくさせながら、「あのう、お嬢さま」と呼びかけた。

エリノアは振り返った。「なあに」

「お邸が売れたって、本当でございますか？　つまり、そのう、もうはっきりお決めになったんで？」

「ええ、そうよ」

「あのう、じつは、お嬢さまからひとことお話しいただけたらと思いまして——サマーヴェル少佐さまに。きっとお邸の手入れをするものがおいりだと存じますんで。私など、まだ庭師頭には年が若すぎるとお思いになるかもしれませんが、スティーヴンさんの下で四年もやってまいりましたので、たいていのことはできますんです。それに、このところずっとひとりでなんとかやれましたので」

「もちろん、できるだけのことはしますわ、ホーリック。サマーヴェル少佐にあなたがとても優秀だって申しあげようと思ってたくらいよ」

ホーリックは日やけした顔を染めた。

「ありがとうございます、お嬢さま。おわかりと存じますが、私にとりましてはひどい痛手でございまして――ウエルマン奥さまはお亡くなりになる、そのあとこう早くお邸が売れてしまうで――それに、そのう、じつを申しますと秋に結婚いたしますので、何かと――」

「サマーヴェル少佐はきっとこのまま使ってくださると思うわ。わたしにまかせて安心していていいわ」エリノアはやさしく言った。

「ありがとうございます。私どもはみんな、あなたさま方がお住まいになるように願っていたんでございますんで、ありがとうございます、お嬢さま」

エリノアは歩み去った。

突然、まるで決壊したダムから流れでた奔流のように、激しい憎悪がエリノアの心にこみあげてきた。

「私どもはみんな、あなたさま方がお住まいになるように願っておりました……」

そうだ、わたしとロディーが、ここに住むことができたはずなのだ。わたしとロディーが……ロディーも望んでいたかもしれない。そして、それはわたし自身も望んでいたことなのだ。二人ともハンターベリイを愛していた。なつかしいハンターベリイ……亡くなった両親がインドに行っていたとき、休みごとにここへ来ていた。林のなかをかけめぐったり、小川の流れに戯れ、腕いっぱいにスイトピーを摘んだり、よくみのった緑のスグリや真っ赤なラズベリーを食べたりした。リンゴもなっていた。庭の片隅にはたのしい秘密の隠れ場もあった。本を抱えていってそこにねころんで、時のたつのも忘れて読みふけったこともあった。

わたしは昔からハンターベリイを愛していた。いつも心の底でいつかはここに住むだろうと思いつづけていた。ローラ叔母がそんな気持ちをはぐくんだせいもある。ちょっとした言葉のはしばしに。「今にこのイチイは切ってしまいたくなるだろうね、おまえは。少し陰気だからね」とか、「ここのところは池を造ったほうがいいかもしれない。今におまえ、そうするだろうよ」とか。

そしてロディーは？　ロディーだって、いつかハンターベリイが自分の家になることを心に描いていたのだ。わたしに対する気持ちの底にはいつもその考えが流れていたにちがいない。そして、無意識に二人がハンターベリイに一緒に暮らすのがいちばんよいと感じていたのだ。

そして、二人は、今一緒にここにいていいはずだった。邸を売るための整理をするためにではなく、部屋の模様がえをしたり、庭を美しく造りなおす計画をたてたりしながら、自分たちのものになったこの邸を、静かな喜びを胸にこめ、二人並んで見まわっているはずだった——二人きりの幸福に浸りながら——あのひどい運命のいたずら、あの娘の野生のバラのような美しささえ存在しなかったら。

いったいロディーはメアリイ・ジェラードの何を知っているというのだ？ 何も、何も知りはしない。あの娘の何を愛しているというのだ——メアリイという生身の人間の！ あの娘はきっといろいろとよいものを持ってはいるだろう。だが、ロディーがその何を知ってるというのだ？ 昔からある恋物語でしかない——古色蒼然たる運命の神のいたずらなのだ。

ロディー自身でさえ「呪いにかかったようだ」と言っていたではないか？ そして、ロディー自身、それから解き放たれたいと思っているのではないか——本気で！ もしメアリイ・ジェラードが——たとえば突然死んだとしたら、ロディーはいつの日かこう言うにちがいないのだ。「かえってそのほうがよかったのだ。今になればよくわかる。二人のあいだにはなにひとつ一致するものがなかったんだ」と。

そしてたぶんやさしくメランコリックに、「あの娘はじつに美しかった」と言いそえるだろう。

それでいいのだ——そう、美しい思い出——この世ならぬ美しいものとして、いつまでも心のよろこびとして残りさえすれば。

もしメアリイ・ジェラードの身に何ごとかが起こりさえしたら？　ロディーは彼女のもとへ戻ってくるだろう。エリノアはそう信じた。

「もしメアリイ・ジェラードの身に何ごとかが起こりさえしたら……」

エリノアは勝手口のドアのノブをまわした。暑い日射しの下から、薄暗い家のなかへ入った。エリノアは突然身ぶるいした。

なかは肌寒く、暗く、不吉な雰囲気をたたえていた。まるで家のなかで、何かがじっと身をひそめて待ちかまえているようだった……。

ホールを抜け、食器室《パントリー》のラシャ張りのドアを押した。かすかな黴《かび》の匂いがする。エリノアは窓を押しあげ、いっぱいに開いた。

包みをおろし、バター、パン、ミルクの小瓶を置くと、なんてうっかりしてたんだろう、コーヒーを買うのを忘れていたと思った。

棚の缶のなかを調べてみた。その一つに紅茶が少しばかり残っていたが、コーヒーのほうは空《から》だった。

いいわ、なければないで、とエリノアは思った。

ついでフィッシュ・ペーストの瓶を紙包みから出した。

しばらくじっとそれに目をすえていた。が、やがてエリノアは、そこを出て、二階へあがっていった。まっすぐウエルマン夫人の部屋へ行き、大きな重ね箪笥から手をつけ始め、次に衣裳箪笥を開け、衣類をよりわけ、積み重ねていくつもの小さな山を作った。

3

一方、ロッジでは、メアリイ・ジェラードが途方にくれたようにあたりを見まわしていた。部屋のなかはどこから手をつけてよいかわからないほどごたごたしていた。

今までのことが津波のように心に還《かえ》ってきた。人形の服を縫ってくれている母さん。始終機嫌がわるくつらくあたった父さん。彼女を嫌った——たしかに嫌っていた父さん……。

急にホプキンズに向かって言った。「父は何も言いませんでした？　亡くなる前に、何かわたしに言い遺しませんでしたかしら？」

ホプキンズは何の反応もしめさず明るく言った。「あら、何も言わなかったわ。亡くなる前一時間ほど意識がなかったんですよ」

メアリイは思いぶかげに言った。「きっとわたし、こちらへ来て、看護してあげなければいけなかったんでしょうね。なんていっても、わたしの父だったんですから」

ホプキンズは当惑したようだったが、やがて言った。「まあ、わたしの言うことをお聞きなさい、メアリイ。お父さんだったとかそうでないとかいうことは問題外としてよ。ちかごろじゃあ、子供はあまり親のことをかまわないようだわ、それに子供のことをたいして思ってない親だって大勢いるわ。中学の先生をしていらっしゃるランバートさんに言わせれば、そのほうがいいんだそうよ。先生のお話では、家庭制度ってものがそもそもまちがいなので、子供は国家の手で育てられるべきなんだそうよ。そうかもしれないわね——栄光ある孤児制度ってことなんでしょう——ともかく、過ぎたことを思い出して感傷的になるなんて無駄なことだわ。わたしたち、生きていかなければならないんですもの——それがわたしたちの仕事よ——生やさしいことじゃあないわ、これは」

「あなたのおっしゃるとおりかもしれませんわ。でもわたし、父とうまくいかなかったのはわたしが悪かったからじゃあないかと思うんです」

「ばかばかしい」ホプキンズは吐きだすように言った。

その言葉は爆弾のような効果をあげ、メアリイは鎮まった。

ホプキンズはさっさと目の前のことを片づけにかかった。

「ねえ、この家具はどうするつもり？　とっておくの、それとも売ってしまうの？」

「さあ、どうしましょう。あなたならどうなさる？」

ものなれた目つきで、ひとわたり見まわすとホプキンズは言った。「物がよくてまだしっかりしてるのもあるわね。そういうのはとっといて、今にロンドンのアパートでも借りたら、あんた、使うといいわ。がらくたは処分しておしまいなさい。椅子はいいわ――テーブルも。それにあの化粧箪笥は上物よ――時代おくれだけど、でもしっかりしたマホガニイだし、それに、今にまたヴィクトリア朝風のものが流行するそうだから。わたしならあの大きな衣裳箪笥は売ってしまうわ。大きすぎてどんな部屋にも釣り合わないし、寝室の半分ぐらいは占領してしまうでしょう」

二人はとっておくものと売り払うものを表に書きだした。

メアリイは言った。「あの弁護士さん、セドンさんのことなんですけど、とても親切にしてくださいましたわ。月謝だの当座の生活費に困らないようにお金を先に渡してくださいましたの。例のお金が全部正式にわたしに渡るのは、まだ一、二ヵ月先だそうですわ」

「どう、仕事のほうは？」

「とても好きになれそうですわ。初めのうちはとても疲れました。家に帰るとくたくたでしたわ」

ホプキンズは真面目な顔をして言った。「わたしだって聖ルカ病院で見習い時代にはもう死ぬかと思ったくらいよ。三年とは続かないだろうっていう気がしていたの。でも、ごらんなさい、なんとかやってきたわ」

二人は老人の衣類を整理し終え、今度は錫《すず》の箱にいっぱいつまった書類にとりかかった。

「これ全部、目を通さなけりゃあなりませんわね」メアリイは言った。

二人は机をはさんで向かいあった。

ひとつかみ自分の前に置いて始めたホプキンズはさっそくこぼした。

「あきれたわ、なんてまあくだらないものを取ってあるんでしょう。新聞の切り抜き、古い手紙、なんでもかんでもじゃないの！」

一枚の丸めた書類をひろげて見ていたメアリイは声をあげた。「あら、父さんと母さんの結婚証書だわ。一九一九年、聖アルバヌス教会ですって」

「結婚許可証って書いてあるわね、昔の用語ね。今でもこの村じゃあそう言う人が多いわ」

メアリイは押しつぶされたような声をあげた。「ホプキンズさん、これ――」

ホプキンズははっとしたように目をあげた。メアリイの瞳には苦悩の色があった。

「いったいどうしたっていうの？」ホプキンズは鋭く訊きかえした。

メアリイは声をふるわせて言った。

「おわかりにならない？　今年は一九三九年ですわ。そしてわたしは二十一になってます。一九一九年にはわたしはもう満一歳だったんです。それは――それは――わたしの父と母が結婚していなかったっていうことなんですわ――あの――わたしが生まれて一年もたつまで」

ホプキンズはちょっと眉を寄せたが、明るく言った。「だけど、それがなんの障《さわ》りになるの？　そんなこと気にしだすのはおよしなさい、いまさら」

「でも、ホプキンズさん、そうはいきませんわ」

ホプキンズは先輩ぶって話を始めた。「結婚しても式をあげない人だってたくさんあってよ。いろいろな事情で。でもいずれ折を見て、ちゃんと結婚式をすれば何も悪いことはないでしょう？　わたしはそう思ってるわ」

メアリイは小声で言った。「だからだとお思いになる――わたしの父が亡くなるまでわたしを嫌っていたのは？　きっと、母がどうしても結婚してくれって父を責めたからなんだと？」

ホプキンズはためらった。しばし唇をかんでいたが、ついに口を切った。

「そんなことじゃあないと思うわ——まあいいわ、あんたがそんなに気にするんなら、本当のことを、知ってしまうほうがいいかもしれない。あんたは、ジェラードの娘じゃないのよ」

「じゃ、それでだったのね！」

「たぶんね」

メアリイの頬はさっと赤らんだ。「こんなこと言うのいけないと思うんですけど、わたし、ほんとに嬉しいんです。わたし、父がどうしても好きになれないことで始終気が咎《とが》めていました。でも、本当の父でなかったのなら、それもしかたがなかったと言えますもの。でもどうしてそのことがおわかりになったの？」

「ジェラードが亡くなる前に何度もそう言ったんですよ。わたし、手厳しく言って黙らそうとしたけど、平気だったわ、あの人。でも、こんなことにならなかったら、わたし、あんたには話さないでいるつもりだったのよ」

「わたしの本当の父はいったい誰なんでしょう」とメアリイは思いぶかげだった。

ホプキンズは言うか言うまいかとためらった。口を開きかけてまた閉じてしまった。何か決心がつきかねるようなようすだ。

ちょうどそのとき、人影がさした。二人が振りかえると、窓ぎわにエリノア・カーライルが立っていた。

「しばらくね」エリノアは言った。

「まあ、お久しぶりです。カーライルさま。いい天気でございますわね」ホプキンズは言った。

「まあ、エリノアさま、お変わりありませんでしたこと」メアリイは言った。

エリノアは言った。「わたし、サンドイッチを作りましたの。あちらで一緒にあがらない？　今、ちょうど一時ですし、お昼をあがりに家まで帰るの面倒でしょ。三人分充分作りましたから」

ホプキンズは思いがけない申し出にすっかりよろこんだ。「まあカーライルさま、なんてよくお気がおつきになるんでしょう。やりかけたことを途中でやめて、そしてまた村からここまで出かけてくるのはそりゃあ面倒でございますとも。わたし、午前中に片づくだろうと思ってましたの。それで今朝も早く患者さんをまわってきておいたんですわ。でも、ごらんください、片づけものって思わぬ時間がかかりますのね」

メアリイも感謝をこめて言った。「おそれいります、エリノアさま、本当にご親切に」

三人は邸内路を邸へと歩いた。エリノアが開けはなしにしておいた玄関口から三人が涼しいホールへ足を踏み入れると、メアリイがわずかに身ぶるいした。エリノアはぎくりとして見つめた。

「どうしたの？」

「なんでもありませんわ。ちょっと寒けがしましたの。なかがあんまり涼しいもので——」

エリノアは小声で言った。「妙ね。今朝、わたしもそうだったわ」

ホプキンズは笑いだした。明るい大声で言った。「おやまあ、まるで幽霊でもいるようなことをおっしゃる。とんでもない、わたしは何も感じませんよ」

エリノアは微笑み、玄関の右手にある家族の居間に先に立って入っていった。ブラインドはあげられ、窓は開けはなされていた。気が晴れ晴れするように部屋は明るかった。

エリノアはホールを通って食器室《パントリー》から大きなサンドイッチの皿を取ってくると、メアリイの手に、「どうぞ」と言いながら皿を渡した。

メアリイはひとつ取った。エリノアは、その白い歯がサンドイッチにあたるのをじっと見つめていた。

一瞬エリノアは息を引き、やがてほっと吐きだした。

皿をかかえたなり放心したように立ちつくしていたが、ホプキンズが口を開いて待ちどおしげに見ているのに気がつくと、さっと頬をそめ、あわててその皿をさしだした。

エリノアは自分でもサンドイッチを取った。「わたし、コーヒーをいれるつもりでしたの、でも買うのを忘れてしまって。テーブルにビールを出しておきましたから、よかったらどうぞ」

ホプキンズは残念そうに言った。「わたし、せめてお茶ぐらい持ってきとくんでしたわね」

「食器室《パントリー》の缶に、まだいくらか残ってます」エリノアは放心しているように言った。

ホプキンズはさっと顔を輝かした。「でしたら、わたしちょっと行ってお湯をかけてきますわ。ミルクはございませんでしょう？」

「ミルクなら買ってきました」

「まあ、それじゃあ申し分ありませんわ」ホプキンズは急いで出ていった。

エリノアとメアリイは二人きりになった。

妙に息苦しい雰囲気が漂いだした。エリノアはなんとか話しかけようと努めたが、唇はからからに乾いていた。やっと唇をしめらし、硬い声で言った。

「ロンドンでのお仕事、いかが？」

「おそれいります。わたし、あのう、本当にあなたさまになんてお礼申しあげていいか――」

突然エリノアの口から乾いたような笑いが洩れた。あまりにも突拍子もない、彼女に似あわぬ笑い方だったので、メアリイはびっくりして目を見はった。

「お礼なんて言っていただかなくていいのよ」エリノアはすげなく言った。

メアリイはまごついて、「わたし、あのう――」と言いかけてふっと黙ってしまった。

エリノアがじっと目をすえていた――何か探るような、異様な目を。メアリイは思わず目を伏せて言った。

「あの、何かお気にさわりましたかしら――」

エリノアはさっと立ちあがると背を向けて、「何も」と言った。

「でも、なんだか――」メアリイはつぶやいた。

「わたしが見てたから? ごめんなさい。わたし何かほかのことを考えてるとき、気がつかないでそうしてることがあるのよ」

ホプキンズが戸口から顔を出し、「おやかんをかけましたわ」と明るく言うとまた行ってしまった。

エリノアは突然激しく笑いだした。

「ポリイがやかんをかけた、ポリイがやかんをかけた、ポリイがやかんをかけた——みんなでお茶を飲みましょう！　おぼえてて、この遊び、わたしたち、子供のころ、よくしたわね？」

「おぼえておりますとも」

「わたしたちが子供のころ——悲しいわね、メアリイ、昔に戻ることが絶対にできないっていうのは？」

「昔に戻りたいとお思いになりますの？」

「ええ——とっても」

沈黙がしばらく続いた。

と、メアリイは顔をそめながら言った。「エリノアさま、誤解なさらないでいただきたいのでございますけど——」

彼女ははっと口をつぐんだ。エリノアの華奢《きやしや》な体がこわばり、顎がぐっとあがったのを目にしたからだった。

「何を誤解するなって言うの？」エリノアの声は鋼《はがね》のように冷たかった。

「わたし、何を言うつもりだったんでしょう」メアリイはつぶやいた。

ひとつの危機がすぎたかのように、エリノアの体の線がやわらいだ。

ホプキンズが盆をささげて入ってきた。茶色のティーポットとミルクとカップが三つのっている。

二人のあいだの息づまるような空気にぜんぜん気がつかぬホプキンズは、「さあ、お茶をどうぞ」と言うと、エリノアの前に盆を置いた。

エリノアは頭を振り、「わたし、結構よ」と言うと、メアリイのほうに盆を押しやった。

メアリイは二つのカップに紅茶をついだ。

「濃くておいしそうですわ」ホプキンズは満足げだった。

エリノアは立ちあがり、窓のほうへ歩みよった。ホプキンズは、「本当に召しあがりませんの？　カーライルさま。お体にいいんですけど」と、なお勧めた。

「結構なのよ」とエリノアはつぶやいた。

ホプキンズは紅茶を飲みほすと、受皿にのせ、「ちょっと、おやかんを降ろしてきますわ。まだお湯がいるかもしれないと思ってかけっ放しにしてきましたから」とつぶやくと、せかせかと出ていった。

エリノアはくるりと振り返った。

「メアリイ――」そう呼びかけた声には、何か必死に訴えかけるようなひびきがこもっていた。

「はい」メアリイはあわてて答えた。

エリノアの顔からはたった今の輝きが徐々に消えていった。唇は閉じられた。必死に訴えるような色はうすれ、その顔は、凍てついたように動かぬ仮面でしかなくなってしまった。

「なんでもないの」彼女は言った。

重苦しい沈黙がみなぎった。

メアリイは思った――今日は何もかも妙だわ。まるで――まるでわたしたち何かを待ってるみたい――。

エリノアはやっと動いた。

窓から離れると、サンドイッチの皿を茶盆にのせた。

「エリノアさま、わたしがいたしますのに」メアリイは走りよった。

「いいのよ、あなたはここにいてちょうだい。わたしがするわ」エリノアの声は鋭かった。

盆を持って部屋を出るとき、エリノアは肩ごしにもう一度メアリイに目をやった。窓にもたれ、若々しい命に溢れた美しいメアリイを……。

4

ホプキンズは食器室《パントリー》にいた。ハンカチで顔を拭《ふ》いていたが、エリノアが入ってゆくと、びっくりしたように顔をあげた。

「なんてここは暑いんでしょう」彼女は言った。

エリノアは機械的に、「そうね、ここは南向きだから」と答えた。

ホプキンズは盆をとると言った。「わたし、洗いますわ。何かお顔色がおわるいようですけど」

「なんともないわ」

エリノアはふきんを手にすると、「わたし、拭くわ」と言った。

ホプキンズは袖のカフスをはずすと、やかんの湯を洗い桶にあけた。

エリノアは見るともなしにその手首に目をやっていたが、「何かを刺したのね」と言った。

ホプキンズは笑いながら、「ロッジのところのバラの垣根ですわ――トゲを刺しましたの。すぐ抜いてしまいます」と口ばやに言った。

ロッジのそばのバラの垣根。その言葉は、エリノアの心に記憶の波を呼びおこした。ロディーとのいさかい──〈バラ戦争〉ごっこから始まった──いさかいをしたり──仲直りしたり。楽しい、笑い声にみちた、幸福な日々。エリノアの心からは激情の波が急にひいていった。なんということを思っていたのだろう！　なんという憎しみ──いや邪悪の、黒々とした深淵《しんえん》をのぞき見たのだろう！　彼女はよろめいた。

彼女は思った──わたしは気が変になっていたのだ──気ちがいに近かったのだ──。

ホプキンズはそんなエリノアを不思議そうに見つめていた。

「まったく妙なようすでした」後になってホプキンズはこう人に語った。「自分が、何をしゃべってるかもわかっていないみたいで、その目ときたらきらきらと異常に光ってました」と。

カップと受け皿は、洗い桶のなかでがちゃがちゃと音をたてていた。エリノアはテーブルの上のフィッシュ・ペーストの空瓶《あきびん》をとると桶に入れた。そして話しだしてみて、自分の声が落ち着きしっかりしてきているのに我ながら驚いていた。

「わたし、二階に叔母の身につけていたものを整理しておいてあるのよ。あなたなら、この村のどなたにあげたらいいかおわかりだろうと思うので、いろいろご相談したいんですけど」

「おやすいご用ですわ。パーキンソンさんだの、ネリイさんのお年寄りだの、あのアイヴィ・コテイジにいるお気の毒な方だの、いろいろありますわ。いいご供養になりますでしょう」

二人は片づけものをすますと、連れだって二階にのぼっていった。

ウエルマン夫人の部屋には衣類がきちんとよりわけ積み重ねてあった。下着類、服、布地、ヴェルベットのティーガウンがいくつか、じゃこう鼠《マスクワッシュ》のコートと。

エリノアはティーガウンとコートはビショップ夫人にあげようかと思っていると言った。

ホプキンズはそれにうなずいた。彼女はウエルマン夫人の黒テンのコートが簞笥の上にのっているのに目をとめた——きっと作りなおして自分が着るつもりなのだわ——ホプキンズは思った。

次の例の重ね簞笥に目をやると、エリノアがルイスとサインの入ったあの写真を見つけたかどうか、もし見つけたとしたらどう思ったろう、とひそかに考えた。

——まったくおかしいわ、オブライエンの手紙とわたしのとがああぴったりしたなんて。あんなことがあるなんて夢にも思ったことがない。わたしがスラタリイさんのことを手紙に書いていたちょうどそのころ、あの人が例の写真のことを訊きだしてたなんて――。

ホプキンズはエリノアを手伝って衣裳をよりわけ、家族別の束にくくりあげたうえ、とどける役まで買ってでた。

「メアリイがロッジにもどって、すっかり片づけを終わってしまったら、わたし、すぐとどけて来ますわ。あと書類箱がひとつ残っているだけですから、すぐすむでしょう。ときに、あの娘《こ》、どこへ行ったんでしょう？　ロッジに帰ったんですか？」

「さっきはまだあそこにいましたけど」

「でも、そういつまでもあそこにいるわけはありませんわね」ホプキンズは時計に目をやった。「あら、もう小一時間もここにいましたのね」

彼女は急いで階段をおり、エリノアもあとにつづいた。

二人は居間に入っていった。

「あらまあ、この娘《こ》ったら、居眠りをしてますよ」ホプキンズは声をあげた。

メアリイ・ジェラードは窓ぎわの大きな肘掛椅子にもたれこむように坐っていた。妙な音がしている――大きないびきのような、苦しそうな息づかいなのだ。

ホプキンズは娘の体をゆすった。

「起きるのよ、メアリイ――」

急に黙ってしまうと、かがみこんでメアリイの瞼をしらべた。そして、懸命にその体をゆすり始めた。

ホプキンズは急にエリノアのほうに振りむいた。「これは、どういうことなんです？」と、激しく咎《とが》めだてるように言った。

「なんのこと、それ？　病気なの、メアリイ？」

「電話はどこ？　ロード医師《せんせい》にできるだけ早く来ていただくように早く電話して」

「いったいどうしたっていうの？」

「どうしたですって？　この娘《こ》は病気どころか、もう死にかけているんですよ」

エリノアは思わずあとずさった。

「死にかけて？」

「い、い、毒を盛られてね」

ホプキンズは疑惑にみちた目をきっとエリノアにすえた。

第二部

第一章

エルキュール・ポアロはその卵型の頭をやさしくかしげ、両手を組んで、上目づかいに相手を見つめていた。明るいそばかすだらけの顔を心痛にゆがめたその青年は、いらいらと大股に部屋のなかを行ったり来たりしている。

「何ごとですかな、あなた？」とポアロは言った。

ピーター・ロードはぴたりと歩みを止めた。

「ムッシュー・ポアロ、あなただけが頼みの綱です。スティリングフリートからあなたのことをうかがってました。ベネディクト・ファーレイ事件の件を、誰もかれもが自殺で片づけていたのを、あなたが他殺だと証明したという話ですが」

「では、あなたの患者のなかに、腑に落ちない自殺沙汰でもありましたかな？」

ピーター・ロードは首を振った。

彼はポアロの真向かいに腰をすえた。

「若い婦人なんです。拘引され、殺人罪の名のもとに、裁判を受けることになっている。それが、あくまでも事実無根だという証拠を、あなたにぜひとも発見していただきたいのです」

ポアロは眉をあげ、慎みぶかい内密めいた態度になった。

「そのご婦人とは——つまり、あなたのフィアンセでいらっしゃる？　深く愛しあっておられるというわけですな？」

ピーター・ロードは笑いだした——苦しげな鋭い笑いだった。

「いや、そうじゃあないんです。あの人は、お高くとまった憂鬱症の馬みたいな顔をした男のほうがお気に召すという妙な趣味でね。ばかな話だと思うけど、まあこれも仕方がないことだ」

「なるほど」

「なるほど、ですか。何も気をまわしていただかなくともいい。たしかに私は一目であの人にまいったんだ。だからこそ、あの人が絞《しば》り首《くび》になるのをなんとしてもくいとめたいんだ」

「告訴内容は？」

「メアリイ・ジェラードという娘をモルヒネで毒殺したという嫌疑です。たぶん新聞で読まれたことと思いますが」

「で、動機は？」

「嫉妬だそうですよ！」

「が、あなたのご意見では無実の罪だというわけですな？」

「もちろんです」

エルキュール・ポアロは少しのあいだ彼を考えぶかげに見つめていたが、やがて言った。「私に何をお望みですか、事件の調査でしょうかな？」

「あの人を無罪放免にしていただきたい」

「あなた……、私は弁護士ではありませんのでね」

「いや、もっとはっきり言います。弁護士が、あの人の無罪を主張し得るに足《た》るだけの証拠を、あなたに探しだしていただきたいのです」

「変わった考え方ですな」

「私が何もかもぶちまけるってことですか？　が、私にとっちゃ簡単明瞭なんです。私はあの人が放免されることを望んでいるんです。それができるのは、あなたをおいて誰もいないということなんです」

「真相を突きとめてほしいと言われるのですな？　実際に何があったかということを？」

「あの人の無罪を証明するような事実をなんでもいいから見つけていただきたい」

エルキュール・ポアロは細いたばこに、たくみな手つきで火をつけると、おもむろに口を開いた。「しかし、あなたの言われることは、多少正当を欠いておりますな。真相を突きとめること、たしかにそれは常に私を駆りたてるものです。だが、真相というのは両刃《もろは》の剣でしてね。かりに、私がそのご婦人に不利になるような事実を発見したとしたらどうでしょう？　あなたは、それを握りつぶせとおっしゃるのですか？」

ピーター・ロードは立ちあがった。顔面が蒼白だった。

「そんなことがあり得るはずがない。すでに発見されている事実以上に不利な事実などありっこないんだ。まったく話にも何にもなりやしない。あの人を黒だときめつけるだけの証拠という証拠がずらりと揃っているんだ、すでに。これ以上ひどい事実を見つけようたって無理なほど。私は、あなたの天才的な頭脳《あたま》を使って——スティリングフリートに言わせるとあなたはどえらい天才だそうだ——何かの糸口、何かほかの怪《あや》しい人物を突きとめてほしいんです」

「だが、お抱えの弁護士が何か手を打っているはずですが？」

「とんでもない」青年はせせら笑った。「やつらは初めっから手をあげてますよ。投げちまってるんです。勅選弁護士のブルマーに依頼したんです。あの頼り甲斐《がい》のない男に。それだけでももう棄てたも同然ですよ。あのおしゃべりのお涙頂戴《ちょうだい》調で、被告はまだ前途のある若い女性だからとかなんとか言うよりほか能がないんです。しけた弁護士ですよ、あれは。そんなことで裁判官はけっして放免するもんですか。まったく望みなしですよ」

「かりにその婦人が本当に有罪だったとしても、なおかつあなたは放免させたいのですかな？」

ロードは静かに、「ええ」と言った。

エルキュール・ポアロは身じろぎをした。

「おもしろい方ですね、あなたは」

ややあって彼は言いついだ。「では、この事件をひと通り説明していただきましょうか」

「新聞で何も読んでおられないんですか？」

ポアロは手を振ってみせた。

「少しばかりね。しかし、新聞というものは不正確きわまりないものです。新聞に書いてあることはあてにしたことがありません、私は」

「じつは簡単なんです。おそるべく明瞭なんです。その婦人、エリノア・カーライルは、この近くのハンターベリイ邸にやってきた——遺言書を遺さないで亡くなった叔母の財産をついでいます。叔母の名は、ウエルマン。その叔母には義理の甥がいる——ロデリック・ウエルマンという。その男はエリノア・カーライルと婚約の仲だった——よくあることで、子供のころから家同士で内々そういうことに決めてあったんです。ところが、ハンターベリイに一人の娘がいた。門番の娘で、メアリイ・ジェラードという名の。ウエルマン老夫人はその娘がお気に入りで、教育費を出したりなどしてたんです。その結果、その娘はいっぱしのレディのようなようすをしてました。ロデリック・ウエルマンは、その娘にまいったらしく、結局、婚約解消ということになったんです。

さて、いよいよ本題です。エリノア・カーライルは邸を売りに出し、サマーヴェルという男が買いました。エリノアは叔母の身のまわりのものやその他いろいろ後始末のためにやってきました。父親を亡くしたばかりのメアリイ・ジェラードも、あとを片づけに来ていました。それが七月二十七日の朝なのです。

エリノア・カーライルは土地の宿屋にとまっていた。大通りで、邸の家事を監督していたビショップ夫人に逢い、一緒に行って手伝おうという申し出を受けたのに、きっぱりと断わった。その足で乾物屋に行き、フィッシュ・ペーストを買い、そのとき食中毒の話をしている。ね、なんていうこともない当然の話なのに、それが証拠のひとつなんだそうですよ。ついで邸に行き、一時ごろ、ロッジに出かけていった。そこではメアリイ・ジェラードがホプキンズというおせっかい屋の看護婦に手伝ってもらって片づけものをしていた。エリノアはこの二人を、邸のほうにサンドイッチを仕度してあるからと誘った。二人は邸にやってきて、サンドイッチを食べ、一時間ほどたって私が呼ばれて行ってみたときにはメアリイ・ジェラードは昏睡状態だったというわけです。できるだけの手当はしましたが、すでに手遅れでした。検死の結果、多量のモルヒネが検出されました。そして警察は、エリノア・カーライルがサンドイッチを作っていたあたりから、モルヒネ剤の筒のレッテルのきれはしを発見したんです」

「メアリイ・ジェラードは何かそのほかに食べたり飲んだりしたものはないのですか？」

「メアリイと看護婦はサンドイッチにそえて紅茶を飲んでます。看護婦がいれ、メアリイが注いだんです。それっきりです。もちろん弁護士は、三人ともサンドイッチを食べたのだからそのなかの一人だけが中毒するなどということは不可能だと申したてて、サンドイッチでひとさわぎやってみせるだろうとは思います。ハーン事件のときにも弁護士はそういったことを申したてましたね」

「だが、それは、じつは、簡単にできることなんですよ。サンドイッチを作る。そのなかのひとつだけに毒をしこむ。そして皿を渡す。と、文明国の人間の常識として、さしだされた側は、まず自分にいちばん手近なのを取るのが普通でしょうな。エリノア・カーライルは、まずメアリイ・ジェラードに皿を渡したのではないですかな？」

「そのとおりです」

「その場にその娘より年上の看護婦がいたにもかかわらず」

「ええ」

「困りましたね、それは」

「だが、それにべつになんの意味があるわけではない。サンドイッチみたいなものを食べるのに、いちいち目上だなんだってしかつめらしいことをする人はいないはずです」

「サンドイッチを作ったのは？」

「エリノア・カーライル」

「家のなかにほかに誰かいたのですか？」

「誰も」

「そりゃあ困った。そしてその娘は紅茶とサンドイッチ以外は何もとらなかったというのですか？」

「何も。胃の内容物もそれだけでした」

「先ほどのお話には、エリノア・カーライルが、その娘が食中毒で死んだとみなされることを願っていたというようなくだりがありましたが、では、エリノア自身は三人のなかで一人だけがやられたということをどう説明するつもりでいるのです？」

「いや、そういうことはありえますよ。こういうことも言えます。ペーストの瓶が二つあったんです——見かけはそっくりなのがね。そのひとつはなんともなかった。そして、悪いほうのが全部メアリイの分に入ったというふうに考えれば」

「それはまた、偶然性の法則についての変わった意見ですな。が、この件においては、そうしたことが起こらない数学的確率のほうが高いのではないですかな。しかし、それはともかくとして、もし食中毒をよそおうとしたら、なぜもっとべつな薬を使わなかったのだろう？　モルヒネの中毒症状は食中毒とは全然ことなる。アトロピンのほうがふさわしい」

「たしかにそうです。だが、まだほかのことがある。地区看護婦のやつ、モルヒネの筒をなくしたという証言をしているんです」

「いつ？」

「何週間も前、ウエルマン夫人が亡くなった夜に。看護婦は、ホールに鞄を置きっ放しにしておいたところ、翌朝になってモルヒネの筒がなくなってたと言うんです。家で割りでもしたのを忘れちまってるにきまってるんだ。ばかな話ですよ」

「すると、メアリイ・ジェラードが死んだので初めてそれを思い出したというのですな？」

「いや、じつを言うと、その女はなくしたときに話したことは話したんです――付添い看護婦に」ロードは渋々言った。

エルキュール・ポアロは興味ぶかげにロードを見つめていたが、やがて静かに口を切った。「モン・シェル、まだほかに何かあるように思いますが――まだ、話してくださっていないことが」

「そう、あなたには何もかも知っておいていただくほうがいい。許可がおり次第、ウエルマン夫人の死体発掘が行なわれることになってるそうです」

「なるほど？」

「検死の結果、きっとやつらは目的のもの、つまりモルヒネを発見するでしょう」

「あなたはそれを知ってたんですね？」

ピーター・ロードの顔から血がひいた。「疑ってはいました」

エルキュール・ポアロは椅子の腕をびしびし叩いて、叫びだした。「あんたはなんという人だ。その婦人が亡くなったとき、それが他殺だということを知っていて口をつぐんでいたのですか？」

ピーター・ロードも叫びかえした。「冗談じゃない。他殺だなんて夢にも思いはしなかった。あのウエルマン夫人が自分でモルヒネを飲んだと思っただけさ」

ポアロは椅子にもたれこんだ。

「なるほど、そう思ったのですか」

「あたりまえですよ。あの人は私にもそのことを話していた。なんとか〝片づけ〟ちまってくれと話をもちかけられたのも、一度や二度じゃあない。あの人は、あの病気を心底憎んでいた――あの人に言わせると、赤ん坊のように世話をされながら、ベッドに横になったきりのぶざまさ、をね。それに、一度決心したことはかならずやってのけるたちの人だったし」

彼は少しのあいだ黙っていたが、やがて話をつづけた。

「亡くなったとき、事実私はびっくりした。あまり早すぎたので。看護婦を外に出しといて、できるだけ綿密に調べてみた。もちろん解剖をしたうえでなければはっきりしたことは言えない。しかし、そんなことをする必要があっただろうか？　もし、自ら進んで命を縮めたのなら、さわぎたててスキャンダル種《だね》を作ることはいらないでしょう。私は、死亡診断書に署名して、死者をして平安に眠らせればよかったんだ。つまるところ、私は確信がもてなかった。あるいは私の思いあやまりだったかもしれない。だが、不正行為をしたとは夢にも思っていない。私は、絶対にあの人が自分でやったことだと思っていたんだから」

「どういう手段でモルヒネを手に入れたと思いますか？」

「見当もつきません。だが、前にも言ったとおり、頭のいい計略にたけた人で、おどろくべき決断力の持ち主だったんですから」

「看護婦から手に入れるということは？」

「それだけは絶対にありえない。あなたは看護婦ってものを知らないんです」

「身内の者からは？」

「可能性はあります。見るに見かねてってことがあるかもしれない」

「ウエルマン夫人は遺言書を残さなかったと言われたが、そのとき亡くならなかったら遺言書を作ったと思いますかな？」

ピーター・ロードは唇をかんだ。

「残酷なほど正確に、あなたの指は要所要所をぴたっぴたっと押さえてくる。お説のとおりです。ウエルマン夫人は遺言書を作るつもりでした。そのことで異常に興奮していた。舌がもつれてはっきり言葉にはならなかったが、言いたいことだけは伝えられたのです。朝になったら、エリノア・カーライルは何をおいても弁護士に電話をかける手筈《はず》になっていたんです」

「では、エリノア・カーライルは、叔母が遺言書を作りたがっているのを知っていたわけですね？　そして、遺言書がなければ、自分が全財産を相続することになるということも？」

「いや、知らなかった。叔母が遺言書を作っていないということはぜんぜん知らなかったんです」ロードは口ばやに言った。

「しかし、あなた、それは彼女がそう言っているだけのことなんでしょう。あるいは知っていたかもしれない」

「あなたは検事のつもりででもいるんですか、え、ポアロさん？」

「そう、すくなくとも今はね。私は、エリノア・カーライルの嫌疑の全貌を知る必要がある。エリノア・カーライルは、看護婦の携帯鞄から例のモルヒネを取りだすことができたでしょうか？」

「ええ。だが、ほかの誰もができたんだ。ロデリック・ウエルマンもオブライエン看護婦も、雇い人たちも」

「ロード医師《せんせい》もですか？」

ロードは目をむいた。「もちろん。だが、いったいなんのために？」

「慈悲、ですかな」

「とんでもない。私を信じてください」

エルキュール・ポアロは椅子の背にもたれて言った。「仮説をたててみましょう。エリノア・カーライルがたしかにその鞄からモルヒネを取りだし、叔母に飲ませたと。あのモルヒネがなくなったことが、話題にのぼりましたか？」

「家の連中のあいだでは話されません。看護婦たちが二人のあいだだけのことにしておいたんです」

「裁判所はどう動くでしょうかな、あなたの考えでは？」

「ウエルマン夫人の死体からモルヒネが発見されたらですか？」

「さよう」

「エリノアの現在の嫌疑がたとえ晴れても、またすぐ叔母殺しの嫌疑で拘引されかねないでしょう」ロードの顔は暗かった。

「動機はちがう。つまり、メアリイ・ジェラード事件における動機が嫉妬であるとすれば、ウエルマン夫人の場合は欲得であろうということになる」

「そのとおり」

「弁護人はどういう線でいくつもりですかな？」

「ブルマーは、無動機ということで押す気でいます。つまり、エリノアとロデリックの婚約は家同士の約束みたいなもので、ウエルマン夫人を喜ばすためのものにすぎなかったのだから、老夫人が亡くなるとすぐ、エリノアは自分のほうから解消した、というようなことらしいです。ロデリック・ウエルマン自身もこの線に沿った証言をすることになっています。あの男はそう信じてるんじゃあないかと思われるふしがある」

「エリノアは彼のことをたいして愛していなかったということですか？」

「ええ」

「とすると、メアリイ・ジェラードを殺す理由もないというわけですかな？」

「そのとおり」

「しかし、そうするといったい誰がメアリイ・ジェラードを殺したんです？」

「そこですよ」

ポアロは頭を振った。

「これはむずかしい《セ・ディフィシル》」

ピーター・ロードは声を強めた。「まったくそうなんです。もしエリノアがやったのでなければ、いったい誰がやったんだろう？　例の紅茶。が、あれはメアリイも看護婦のホプキンズも両方とも飲んでいる。弁護士は、メアリイ・ジェラードが、あとの二人が部屋を出たあと、自分でモルヒネを飲んだ——つまり、じつは自殺だった、というようなことを言うつもりらしい」

「何か自殺をするような原因でも？」

「何もないんです」

「自殺するようなタイプでしたか？」

「ぜんぜん」

「いったいどんな娘でした、メアリイ・ジェラードという娘《こ》は？」

「そう、なんというか、ともかくいい娘《こ》でしたよ。たしかにいい娘《こ》でした」

ポアロは嘆息まじりにつぶやいた。「そのロデリック・ウエルマンという男は、その娘《こ》がいい娘だったという理由で恋をしたのですかな？」

ロードは微笑した。

「ああ、なるほどね。あの娘《こ》はなかなか美人でした」

「で、あなたは？　あなたはべつに心を動かされていなかったのですか？」

ロードはまじまじと見つめた。

「とんでもない」

エルキュール・ポアロはしばし沈思にふけっていたが、やがて言った。「ロデリック・ウエルマンは、エリノア・カーライルとのあいだに愛情めいたものはあったが、けっして深いものではなかったと言うのですな。あなたはどう思っておられるのかな？」

「私にわかるわけがないじゃないですか！」

ポアロは頭を振った。

「話の初めに、エリノア・カーライルは、お高くとまった憂鬱症の馬みたいな顔をした男に恋しているという変わった趣味の持ち主だと言いましたよ。それは、つまりロデリック・ウエルマンのことだと思われるのですが、してみると、あなたの言葉から推して、エリノアのほうは彼を愛しているのではないですか」

ピーター・ロードは低い絶望的な声音で言った。「たしかに愛してます。くびったけです」

「じゃあ、動機があったわけだ」

ピーター・ロードは怒りにもえ、ポアロをねめつけた。「それがなんだと言うんだ？

たしかにやったのかもしれない。たとえエリノアがやったとしても私は一歩もあとへ引かない」

「なるほど」

「とにかく、もう一度言うが、私はあの人を絞り首にさせたくないんだ。あの人はそれほど絶望的になってたのかもしれない。恋ってものは人に命を賭けさせもするし、何もかもひっくりかえす力をもっている。蛆虫《うじむし》みたいな野郎がとつじょ立派なやつになるかと思えば、分別のあるしっかりした男が人間のくずになりさがることだってあるんだ。たとえ、エリノアが事実やったと仮定してもいいさ。だが、あなたはひとかけらの同情をもとうとさえしないのか？」

「私は、殺人を認めない」

ピーター・ロードはまじまじと彼を見つめ、目をそらし、またまじまじと見ていたと思うと急に大声で笑いだした。

「言うにことかいて——おまけにしかつめらしく大得意で、誰が認めてくれって言いました？　何も嘘をついてくれって頼んでるわけじゃあない。真相は真相なんだ。嫌疑を受けている人間に有利な事実を発見したら、その人が容疑者だからという理由で握りつぶしたりはしないでしょう？」

「しませんな」

「じゃいったいなぜ、私の頼んでいることをやってくれないんです？」

「いや、私はいつでも引き受けさせてもらいますよ、あなた」エルキュール・ポアロは言った。

第二章

ピーター・ロードはポアロをまじまじと見つめ、ハンカチをひっぱりだし額《ひたい》を拭くと、どさっと腰をおろした。

「ふーっ！　くたくたになりましたよ。ところが私には、あなたが何をねらっているのかが、さっぱりわからないときてるんだ」

ポアロは言う。「エリノア・カーライル事件を調べているだけのことですよ。やっとわかりました。メアリイ・ジェラードはモルヒネで殺された。そして、私の知るかぎりでは、それはサンドイッチに仕込んであったにちがいないということ。エリノア・カーライル以外には、誰もそのサンドイッチに手をふれたものがない。エリノア・カーライルはメアリイ・ジェラード殺害の動機を有し、かつまた、あなたのご意見によれば、メアリイ・ジェラード殺害の可能性を有しており、十中八、九、彼女がメアリイ・ジェラードを殺害したと見られる。そうでないと信ずべき理由は何ひとつない。

以上が、モナミ、この問題のひとつの見方です。次にこういう考え方をすべて心から拭いさって、この事件をべつの角度から見てみましょう。もし、エリノア・カーライルが、メアリイ・ジェラードを殺害しなかったとしたら、誰がやったのか？　もしくは、メアリイ・ジェラードが自殺をしたのではないか？」

ピーター・ロードは坐りなおした。額にしわが寄った。「あなたの今言われたことは、多少杜撰《ずさん》ですな」

「私が？　杜撰ですと？」

ポアロはむっとしたようだった。

ピーター・ロードは容赦なく突っこんで言った。「そうです。あなたは、エリノア・カーライル以外の誰もそのサンドイッチに手をふれたものがない、と言われた。どうしてそれがわかります？」

「家のなかにはほかに誰もいなかった」

「我々の知るかぎりでは。しかし、あなたは、ごく短いとはいえ、ある時間を見逃している。エリノア・カーライルがロッジに行くために家を離れた時間です。そのあいだじゅう、サンドイッチは食器室《パントリー》の皿の上にのっていて、何者かが、それに細工をしたということもありうる」

ポアロは深く息を吸いこんだ。

「たしかに、そのとおり。何者かが、サンドイッチの皿に近づきうるときがあった。つまり、我々は、その何者かが誰であったかということについて考えなければならない。どういう種類の人間かということなんですが」

彼はちょっと黙った。

「このメアリイ・ジェラードのことをまず考えてみましょう。エリノア・カーライルでない何者かが、彼女の死を望んでいたか。その理由は？ 誰か彼女の死によって得をする者がいたか？ 彼女は遺すべき金を持っていたか？」

ピーター・ロードは首を振った。

「今のところは、ないですよ。来月になると、二千ポンド受けとることになっていたが。エリノア・カーライルが、叔母がそれを望んでいたと推測して、それだけの額をメアリイに贈ったんです。しかし、老婦人の遺産はまだ整理がすんでいない」

「では、金の問題はからんでいないと。メアリイ・ジェラードは美人だった、と言われましたね。とすると、問題は複雑になる。求婚者もだいぶあったでしょうな？」

「たぶんね。私はよく知りませんがね」

「誰か知ってる人はないですか」

ピーター・ロードはにやっとした。

「こりゃあ、ホプキンズにご紹介したほうがよさそうですね。町の触れ役みたいな女ですよ。メイドンスフォードのことなら逐一洩らさず知ってますよ」

「その二人の看護婦についてのあなたの印象をうかがっておこうと思っていたところでした」

「そうですねえ、オブライエンは、アイルランド人で、いい看護婦、まあ上々の口でしょう。多少ばかで、意地の悪いところもある。ちょいとした嘘もつく——悪意はないが、どんなことでも脚色しちまう、例の想像力過剰ってやつですな」

ポアロはうなずいた。

「ホプキンズは、分別のある抜けめのない中年女で、なかなか親切で腕もいい。ただし、他人のことにやたらと鼻を突っこみたがる傾向があります」

「あの村の青年の誰かが問題を起こしていたとしたら、ホプキンズの耳に入っているでしょうな？」

「もちろん」

彼はゆっくり言いそえた。「それにしても、その線では、たいして目に立つようなことはなかったと思いますね。メアリイが家に帰ってから、まだいくらにもならないし。

二年間ドイツに行ってたんで」

「彼女は二十一歳でしたね？」

「ええ」

「ドイツ人とでも問題があったかもしれない」

ピーター・ロードの顔がさっと明るんだ。

「ドイツ人の男が、彼女と問題を起こしてたと言われるんですか？　その男がここまでつけてきて、時機を待って、ついにその目的をとげたということですね？」

「どうもメロドラマすぎますな」ポアロは疑わしげだった。

「だが、可能でしょう？」

「あまりありそうなことではないですね」

「そんなことはない。ある男が、すっかりあの娘《こ》にまいっちまって、すげなく袖にされてみると憎さ百倍ということもありうる。すっかりいいようにあしらわれた、と思いこむかもしれない。それもひとつの考え方でしょう」

「たしかに、そうですが」と言いはしたが、ポアロは気のり薄だ。

ピーター・ロードは嘆願するように言った。「どうぞ先をつづけてください」

「私に手品師になれと言われるのですか。からっぽの帽子から、次々と兎をつまみだす」

「そう思われるのならそうでもいいですよ」

「ここに、もうひとつの可能性がある」

「なんです」

「六月のその晩、何者かがホプキンズの鞄からモルヒネの筒をぬき出した。メアリイ・ジェラードが、その何者かを見たとしたら？」

「彼女はそのことを話したでしょう」

「ちがう、ちがう、モン・シェル。そう飛躍しないで。もし、エリノア・カーライルかロデリック・ウエルマンかオブライエンかが、いや召使の誰かでもいい、その鞄を開け、小さなガラスの筒をつまみだしたとしたら、人はなんと思うか？　ただ、その問題の人物が、看護婦に頼まれて何かをとりにきたのだとしか思わないでしょう。そのことは、メアリイ・ジェラードの心からは、そのままやりすごされてしまう。しかし、あとになって、そのことを思い出して、なにげなくその問題の人物に話すということはありえる——夢にも疑いを持たずに。だが、ウエルマン夫人の殺害者にとっては、その言葉がどのような意味を持つか！　メアリイは見てしまった。何がなんでもメアリイの口を封じなければならない。一度殺人を犯《おか》した者にとっては、次の殺人もわけなくやってのけられるということは、確信をもって言えます」

ピーター・ロードは眉をしかめた。「私は、ウエルマン夫人は自分でやったとばかり思っていたんだが」

「しかし、夫人は手足がきかなかった――一人では身動きもできなかった――二度目の発作のあとだった」

「ええ、わかってます。私は、なんらかの方法でモルヒネを手に入れて、手近にあるものに隠してたと思ったのです」

「だがそれなら、夫人は二度目の発作が来る前に手に入れたことになる。看護婦がなくしたのはそのあとですからね」

「ホプキンズは、その朝なくしたのかもしれない。あるいは二、三日前にぬきとられていたのを、彼女が気がつかなかったこともありうる」

「だが、夫人はどういう方法で手に入れましたか？」

「そりゃあわからない。召使をまるめこんだんですかね。もしそうなら、その召使は絶対に口を割らんでしょう」

「どちらかの看護婦が、まるめこまれるようなことはないですか？」

ロードは首を振った。

「とんでもない。第一、二人とも職業的倫理観に関してはじつに潔癖ですし、第二に、そんなことをすると考えただけでも死ぬほど怯えあがるにきまってます。命がけでなければできないことですからね」

「なるほど」

彼は考え考え言いついだ。「どうやらまたふり出しに戻りましたね。そのモルヒネの筒をとりだしたとおぼしき人物は誰か？　エリノア・カーライル。彼女は、莫大な財産を受け継ぐことを確実にしたかった。もしくは、もっと大目に見て、叔母上の気の毒な有様が見ていられなかったために、モルヒネを手に入れて、叔母上が何度も口にされていた希望をかなえてあげたとも言えましょう。だがともかく、エリノアがそれを手に入れ、メアリイ・ジェラードがたまたまその行為を目撃した。ということで、ふたたび、サンドイッチと人気《ひとけ》のない家に逆もどりで、エリノア・カーライルだけが残る――ただし今度は、動機がちがうので情状酌量の余地はあるという」

ピーター・ロードは叫びだした。「そんなばかげたことが！　彼女はそんな人間じゃないんだ。金なんてものは、彼女にとって――いやロデリック・ウエルマンにとっても、たいした問題じゃあないんだ。二人がそう言うのを、私はたしかに聞いたんだ」

「はあ。それはおもしろい。そういった種類の言葉は、私はかならず怪しいと見なすことにしておりますよ」

「ポアロさん、あんたはいったいどういう気なんだ。何もかもひねくれて解釈したあげく、エリノアの罪を確認しようとかかってるのか？」

「いや、べつに私がひねくれて解釈してるわけではないですよ。ことが勝手にひねくれてくるんです。がらくた市に並んだ台秤の針みたいなもんでしてね。くるくるまわったあげく、いつも同じところ、エリノア・カーライルの名を指すんです」

「そんな」

エルキュール・ポアロは憂鬱そうに頭を振った。「親族がありますか、エリノア・カーライルに？　姉妹とか、いとことか？　父親か母親か？」

「いや孤児ですよ、天涯孤独の」

「それはなんとも悲劇的だ！　ブルマーはかならずそのことを訴えるでしょうな。では、もし彼女が亡くなった場合、誰が遺産をつぐんですか？」

「知りません。考えてもみなかった」

ポアロはたしなめるように言った。「こういうことはかならず考えておくべきでしょうね。エリノアは遺言書のようなものを作っていますかね？」

ピーター・ロードは赤くなった。「さあ、どうか、知りませんね」

エルキュール・ポアロは天井に目をやり、おもむろに指を組んだ。

「ときに、私にまだ話されないことがありますね」

「えっ?」

「いや、あなたの心に残しておられるものですよ——それがエリノア・カーライルにとって、あるいは不利になるかも知れないが、ともかくそれをうかがいたいですね」

「どうしてそれが——」

「いや、わかります。あなたは何かを知っておられる、たしかに。だが、私には話されたほうがよろしい。でないと、実際以上に悪いほうへ邪推いたしかねませんよ」

「だが、べつにたいしたことでは——」

「よろしい。たいしたことではないとしましょう。だが、なんであるかを聞かせていただこう」

しぶしぶながら、ピーター・ロードはその隠しごとを吐きだせられた——エリノアがホプキンズのコテイジの窓をのぞきこんでいたこと、そして笑いだしたことを。

「なるほど、そう言ったんですな、『メアリイ、あなた、遺言書を作ってるの、そうなの。おかしいこと。なんておかしいんでしょ』と。そして、あなたには、彼女が何を考えていたかがはっきりわかった。たぶん、メアリイ・ジェラードの命もそう永いもんじゃあない、と思っていた。そうですね？」

「そんな気がしたんだが。はっきり思ったわけじゃあない」

「気がした、だけではなかったのですね」

ポアロが言った。

第三章

エルキュール・ポアロは、ホプキンズ看護婦のコテイジに坐っていた。ロード医師は案内をしてきて、紹介をすますと、ポアロの目くばせに従って、二人が気ままにおしゃべりしやすいように帰っていった。

まず、ポアロの異国的な風貌を横目づかいに見てとってしまうと、ホプキンズはたちまち打ちとけてきた。

彼女はやや暗い口調で始めた。

「ええ、怖ろしいことですわ。今までに経験したいちばん怖ろしいことのひとつですわ。メアリイは百人に一人というほどの美しい娘でした。映画会社からいつ話があっても不思議ではないほど。それに、やさしいきちんとした娘で、あんなに大事にされていてもちっともそれを鼻にかけたりしませんでした」

ポアロは、うまいこと質問をするきっかけをつかんで言った。「大事にされたというのは、ウエルマン夫人にですかな？」

「そうでございますよ。あの老奥さまはメアリイをとてもごひいきでしてね――そりゃあ、たいへんなものでしたわ」

「おかしいほど、でしょう？」ポアロはつぶやいた。

「まあ解釈のしようですわ。あたりまえのことだったかもしれませんですよ。あのう――」ホプキンズはあわてて唇をかみ、まごついたようなようすをした。「わたしの言いたいのは、メアリイが奥さまにそりゃあよくつくしたっていうことなんですわ。きれいなやさしい声で、ようすのいい娘《こ》でしたし。それに、わたしの考えますには、お年寄りには、身近に若い者がいるっていうことがいいんですわね」

「ミス・カーライルは、おそらくよく叔母さんを訪ねられたでしょうな？」

「カーライルさまは、ご自分の都合のいいときだけしかいらっしゃいませんでしたね」

ホプキンズは辛辣《しんらつ》だった。

「あなたはミス・カーライルを好いてはいませんな」ポアロはつぶやいた。

「あたりまえですわ。人殺しなんか！　冷血な毒殺者なんか！」ホプキンズは叫んだ。

「なるほど。もうあなたは決めておられる？」

ホプキンズは疑ぐるように言った。「それ、どういう意味でしょう？　決めているって？」

「あなたは、メアリイ・ジェラードに毒を盛ったのは、エリノア嬢だと確信しているのではないですか？」

「ほかに誰がいます、うかがいたいもんですわ。まさか、わたしがやったとおっしゃるんではないでしょうね？」

「とんでもない。だが、まだ罪が確定したわけではありませんからね、ご存じのとおり」

ホプキンズは、平然と言った。「もちろん、あの人がやったんですよ。ほかのことはどうでも、あの人の顔を見ただけでわかりましたとも。あのあいだじゅう、おかしかったんですからね。そして、わたしを二階にひっぱっていって、長いこと引き止めたりして――できるだけ発見を遅らせたんですよ。そして、メアリイがああなっていたのを見て、わたしがあの人を振りかえって見たとき、誰にでもわかるようにはっきり顔にかいてありましたよ。あの人は、わたしにけどられたことを知ってるはずです」

ポアロは思いぶかげに言った。「ほかの誰かがやったと考えるのは、なかなかむずかしい。もちろん、自分でやったということはありえますがね」

「〝自分でやった〟とは？　まさか、メアリイが自殺でもしたとおっしゃるんじゃないでしょうね？　そんなばかげたこと、聞いたこともないわ！」

「いや、わからないものですよ。若い娘の心はね。感じやすく、傷つきやすい。――こういうことはありうるでしょうか？　あなたの目を盗んで、何かを自分のお茶に入れたという」

「カップに入れたっていうことですか？」

「そうです。あなたが目を離さなかったということはありえない」

「そうですね、べつに気をつけて見ていたわけじゃあないんですから。そりゃあ、しようと思えばできたでしょうよ……でも、そんなこと！　だって、なんのためにそんなばかげたことをする必要があったんです？」

ポアロはさっきのように頭を振って言った。「若い娘の心というものは、今も言ったとおり、ひじょうに傷つきやすい。不幸な恋愛なんかでは？」

ホプキンズは鼻であしらった。

「娘は恋愛事件なんかで自殺しませんよ――妻子もちの男とでも問題を起こしたりした場合のほかは――そして、メアリイはそんな娘じゃなかったんですよ。申しあげときますがね」ホプキンズは憎たらしげににらみつけた。

「では、恋愛もしていなかった？」

「とんでもない。さっぱりしたもんでしたよ。仕事を持ちたがってたし、大いに自分の生活を楽しみたがってましたわ」

「だが、そんなに魅力のある娘さんなら、崇拝者も多かったことでしょうな？」

「あの娘《こ》は、セックスアピールだけが売り物という娘とはちがいます。静かなおとなしい娘でしたわ！」

「だが、村には、たしかに思いを寄せている青年たちがいたはずですが」

「テッド・ビグランドはそうでした。もちろん」

ポアロは、テッド・ビグランドに関することを根ほり葉ほり訊きただした。

「あの子はメアリイにのぼせてましたよ。でも、わたしはメアリイに言ってやったんですよ、あんたはあの子にはもったいないってね」

「その青年は、メアリイがいっこうに相手にしないのに腹を立てていたでしょうな？」

「たしかに気を悪くはしてましたね。わたしのせいだと言ってね」

「あなたが悪いと思っていたのですか？」

「そう言いましたわね。でも、わたしにはあの娘《こ》に忠告する権利は当然あるんですから。なんて言っても、わたしは世の中を知ってますしね。あの娘《こ》につまらない結婚なんかさせたくなかったんですわ」

ポアロは静かに言った。「なんでまた、そんなにあの娘のことを気にしてあげたんですかね？」

「そうですね、なぜかしら」ホプキンズはためらい、なんとなく恥ずかしげなようすをした。「メアリイには、なんて言うか、ロマンティックな雰囲気がありましてね」

「メアリイ自身には、ね、たぶん。だが、彼女の境遇はそうではなかったようですな。門番小屋に住む男の娘でしたね？」

「ええ――そうですとも。でも――」

ホプキンズは口ごもり、ポアロに目をやった。彼のいかにもものわかりのよさそうなようすを目にすると、急に自信を得たようにしゃべりだした。

「じつを言いますと、あの娘《こ》はジェラードじいさんの娘じゃないんですわ。ジェラードが自分で言いましたもの。あの娘《こ》の本当の父親は紳士なんです」

「ははあ……で、母親は？」

ホプキンズはもじもじして、唇をかみ、それからやっと話しついだ。「母親はウエルマン奥さまの小間使だったんです。メアリイが生まれたあとでジェラードと一緒になったんですわ」

「なるほど、あなたの言われるとおり、たいしたロマンスですな――秘めたるロマンスというわけだ」

ホプキンズはすっかり調子づいた。

「ね、そうでしょう？　人に知られない秘密を自分だけが知ったとすると、どうしたってそのことが気になるものですわ。偶然に、わたし、いろいろなことを知りましたの。じつを言うと、その糸口はオブライエンさんが作ってくれたんですわ。これはまたべつの話ですけど。ともかく、昔のことを知るのはおもしろいもんですよ、ね。夢にも考えられないような悲劇があちこちに隠れている。世の中って、悲しいもんですね」

ポアロは溜め息をつき、頭を振った。

ホプキンズは急にはっと我に返って言った。「わたし、こんなおしゃべりをしてしまって。絶対に口に出してはいけなかったのに。ともかく、このことは、今度の事件にはなんの関係もないんですから。メアリイはジェラードの娘で通ってたんですし、よけいなことを言う必要は何もないんですからね。あの娘《こ》が亡くなってしまっているのに、いまさら傷をつけたくはないですわ。ジェラードはあの娘《こ》の母親と結婚した、ということだけで充分ですものね」

ポアロはつぶやくように言った。「つまり、あなたは、本当の父親が誰だか知っているということですか？」

「そうですねえ、まあね。でもそれもたしかじゃありませんよ。つまり、わたしは何も知ってるわけではないんで、ただ想像がつくという程度ですもの。昔の罪はいつまでも影をひくって言いますでしょ。でも、わたしが話すわけにはいきませんわ。これ以上は何も言いませんよ」

ポアロは器用にひきさがって、べつの問題をとりあげた。

「もう一つうかがいたい——ちょっとデリケートな問題ですがね。これは、あなたの判断に頼れると思うので」

ホプキンズはすっかりおだてに乗った。不細工な顔が笑いこぼれる。

「ロデリック・ウエルマン氏のことですがね。聞くところによると、だいぶメアリイ・ジェラードにご執心だったようで」

「すっかり熱をあげておいででした」

「ミス・カーライルと婚約の間柄だったのに、というわけですな？」

「わたしに言わせていただければ、あの方はカーライルさんをとくに愛しておいででもなかったんですよ。よく言う、想いをかけるっていうようなふうには」

ポアロは昔風な言いまわしをつかって言った。

「メアリイ・ジェラードは——なんと言うか、色よい返事をしなかったんですな？」

「あの娘《こ》は立派にふるまいましたわ。あの娘《こ》のほうで誘いの水を向けたなんてことは絶対にないんです」ホプキンズはいきり立った。

「メアリイはウエルマン氏を愛していましたか？」

「とんでもない」

「だが、嫌いではなかった？」

「そりゃあ、嫌ってなんかはいませんでしたわ」

「とすると、いずれ何か問題が起こりえたというわけですかな？」

「かもしれませんね。でも、メアリイはあわてて事を起こしたりはしなかったでしょうよ。あの娘《こ》ははっきり断わったんですよ、エリノアさんと婚約していらっしゃるのに、そんなことをおっしゃれた義理じゃないって。そして、あの方がロンドンで訪ねていらしたときも、同じことを言ったんですわ」

ポアロは、さりげなく訊ねた。「あなたはロデリック・ウエルマン氏をどう思っておいでですか？」

「なかなかいい青年ですわ。神経質ですけどね。胃弱にでもなりそうな。神経質な人って、みんなそうですわ」

「ウエルマン氏は、叔母上をとくに愛しておいでてしたか？」

「そう思いますよ」

「ひどく悪くなられたとき、看病をなさいましたか?」

「あの二度目の発作が来たときのことでしょうか? お亡くなりになる前の晩、二人で見えたときですか? あのときは、病室にも入られなかったようでしたね」

「へえ、そうですか」

ホプキンズは口ばやに言った。「奥さまがお呼びにならなかったんですよ。それに、あんなに早く亡くなられるとは誰も思いませんでしたしね。男の方のなかには、よくあいう方がありますよ、病室に入るのをしりごみする。べつに情がないっていうんでなく、どうしてもできないんですね。自分の感情が波立つのがいやなんでしょうよ」

ポアロはもっともというようにうなずいた。

「ウエルマン氏は、病人が亡くなられる前には、ぜんぜん部屋に入らなかったのはたしかでしょうか?」

「わたしが付き添っていたときにはって言ったほうがよさそうですね。朝の三時に、オブライエンさんと交代しましたから、そのあとのことは知りませんけど。でも、オブライエンさんは、入っていらしたとは言いませんでしたから、とくに」

「あなたが部屋をあけたときにでも、入ったかもしれませんな?」

ホプキンズはぴしっと言い返した。「ご病人をひとりきりで置いたりはいたしません、わたしは。ポアロさん」

「これは失礼。べつに悪意があって言ったのではありません。ただ、お湯をとりにおりたり、何か気つけ薬でもいるので、とりに走っていったということもあったかと思っただけのことです」

「たしかに、湯たんぽを替えにはおりましたよ。台所にお湯が沸いているのを知ってたもので」

「長く部屋をあけていましたか？」

「五分くらいのものでしょう」

「なるほど、すると、ウエルマン氏はそのあいだにちょっとのぞくことはできたわけだ」

「だとしたら、ずいぶん機敏に立ちまわられたわけですわ」

ポアロはほっと息をついた、「あなたの言われるとおり、男というものは病気におじけづくしろものです。病人に奉仕する天使は、すべてご婦人ですからな。ご婦人の手がなかったら、いったいどういうことになるでしょう？　とくに、あなたのような仕事をなさる方々が――まったく崇高なる使命ですな」

ホプキンズは少しばかり頬をそめた。「嬉しいですわ、そうおっしゃっていただくと。今までそんなふうに考えたことはありませんでしたけど。崇高な使命を考える暇《いとま》がないほど、この仕事は忙しいもんでしてね」

「もう、メアリイ・ジェラードのことで話していただけることはありませんかな？」

ホプキンズは、思わせぶりに間を置いて、「わたしは、何も知りませんのでね」

「本当に？」

「あなたにはわかっていらっしゃらない。わたし、メアリイをとても好きでした」ホプキンズはとりとめのない返事をした。

「それだけでしょうかな？」

「ええ、それだけですとも！」

第四章

黒衣につつまれた、威風堂々たるビショップ夫人を前にエルキュール・ポアロはつつましやかに膝をそろえていた。

ビショップ夫人に打ちとけた話をさせるのは、なかなかの難事なのだ。昔風のしきたりや考え方を重んじるこのご婦人は、外国人をてんから信用しない。そして、ポアロはどこから見ても外国人なのだ。したがって彼女の態度もとりつく島もなく、その目は疑わしげに冷たく光っている。

ロード医師がポアロを紹介してくれたのだが、その場の空気はほとんどやわらがなかった。

ロード医師が帰っていくと、ビショップ夫人は言った。「ロード医師《せんせい》はなかなか腕もおよろしいし、いい方です。前のランサム医師《せんせい》は、でも長いことこちらにおいででしたからね」

つまり、ランサム医師は、この土地の礼儀にかなうようにふるまっていたので安心できたということらしかった。呑気《のんき》な若造のロード医師は、ランサム医師のあとをついだだけのことで、ただひとつ〝腕がいい〟というほめ言葉だけをいただけたわけなのだ。ビショップ夫人の言いたいのは、腕がいいということだけでは満足ではないということらしい。

エルキュール・ポアロは、なかなか如才なく、人の警戒心を解く術にたけている。しかし、いかにその術を弄《ろう》しても、ビショップ夫人は超然とかまえて、ぜんぜんその手に乗ってこないのだ。

ウエルマン夫人が亡くなられたことは、まことに悲しむべきことだ。この土地では非常に尊敬されていた。ミス・カーライルが拘引されたのは〝不面目な〟ことであり、〝新しがった警察法〟の結果と信じられる。メアリイ・ジェラードの死についてのビショップ夫人の考えは、なかでもいちばんはっきりしないものだった。「さあ、どうでしょうか」とだけしか言わないのだ。

ポアロは最後の切り札を使った。彼は無邪気な誇りをこめて、サンドリンガム（英王室の御用邸。英国東部ノーフォークにある）への最近の訪問を一部始終話してみせた。そして、王室方の恵みぶかさ、胸のすくような純粋さ、そのおやさしさをほめたたえた。

毎日、新聞の宮廷記事で王室方のようすを洩れなく拝読しているビショップ夫人は、これにはひとたまりもなかった。何はともあれ、王室方がポアロ氏をお招きになるのなら――それなら話はぜんぜんべつだ。外国人であろうとなかろうと、エマ・ビショップなどが冷たい応対をするなどもってのほかだ。王室方のおぼしめしに従うべきではないか。

たちまち彼女とポアロ氏は、まことにおもしろい問題――ほかならぬ、プリンセス・エリザベスの未来の良人《おっと》選びを話題に、たのしく話をつづけた。

どの候補者も〝あまり思わしくない〟ということで斥《しりぞ》けられてしまい、もう種もつきたころ、話題はやっと身近の人間のところへ帰ってきた。

「結婚というものは、危険と落とし穴に満ちておりますな」ポアロは格言めかして言った。

「本当にさようですね――それに、あのいやな離婚なんてものは」ビショップ夫人は、水疱のような伝染病のことでも言うような調子だ。

「ウエルマン夫人は、お亡くなりになる前に、姪御さんがかたづくのをごらんになりたかったことと思いますが？」

「さようですとも。エリノアさまとウエルマンさまがご婚約なさったのをとてもおよろこびでしてね。以前からそう望んでおいでだったものね」

ポアロはすかさず言った。「その婚約は夫人をよろこばせるためにとりきめになった向《むき》もあるでしょうな？」

「まあ、そんなことはありませんよ、ポアロさん。エリノアさまはロディーさまを前から思っておいでした——まだお小さいときからのことで——それは美しいものでした。エリノアさまは、貞淑なお方で心からの愛情を捧げておいでした」

「で、ウエルマン氏は？」

「ロデリックさまも、エリノアさまを深く愛しておいでした」ビショップ夫人は厳として宣言した。

「しかし、ご婚約は解消されたようですね？」

ビショップ夫人は腹だたしげに言った。「草に隠れた蛇の陰謀のせいでございますよ、ポアロさん」

ポアロは、いかにも驚いたというようすを作って、「それは本当のことですか？」

ビショップ夫人は立腹のあまり顔を赤らませて言った。「この国では、ポアロさん、亡くなった人を傷つけますようなことは申してはならないことになっております。けれど、あの娘は、いいようにあのお方をあやつっておりました」

ポアロは、考えぶかげに相手を見つめた。

やがて、いかにも策略など一切ないようすで言った。「これは驚きましたな。私は、その娘はじつに純な、控えめな人間だったと聞かされておりましたよ」

ビショップ夫人の顎がかすかにふるえた。

「あの娘は、なかなかやりてでございましたよ。ポアロさん。みんな騙《だま》されてたくらいで。あのホプキンズなどはいい例です！　そして、たしかに、お気の毒な奥さまもそうでいらした」

ポアロはいかにもというように首を振り、舌うちをした。

「たしかにそうでした」ビショップ夫人はポアロの合の手に力を得て、「奥さまはすっかりお気が弱っておいででしたので、あの娘はそれにつけこんで、うまくとり入ってたんです。あの娘は、奥さまの急所をちゃんとつかんでおりました。始終うろうろしては、本を読んだり、小さな花束を作ってさしあげたり。まるで、メアリイでなければ夜も日もあけないっていうようで、ちょっとでもおりませんと、『メアリイは？』っておっしゃいましたよ。それに、あの娘にどれほどお金をおかけになったか！　贅沢《ぜいたく》な学校へはおやりになる、あちらでその仕上げをなさる――あのジェラードじいさんの小娘でしかない者を。父親はすこしもよろこんではおりませんでしたよ。始終、あの娘の上流婦人ぶりをこぼしておりましてね。身分不相応の扱いをうけて、いい気になっておりました、あの娘は」

ポアロは今度は頭を振って、「なんということでしょう」とあいづちを打った。

「次が、ロディーさまです。なんとも上手にやってのけましてね。ロディーさまは、あの娘のたくらみを見抜くにはあまりに純でいらっしゃる。それに、エリノアさまのような、おやさしいお嬢さまは、そんなことには気がつかない。ともかく、男というものは、みんな似たようなもので。お世辞とかわいい顔にはすぐひっかかります」

ポアロは溜め息をついた。

「あの娘は、同じ階級の青年のあいだでもさわがれていたのですか？」

「ええ、ええ。ルファス・ビグランドの倅《せがれ》のテッドがそれでございますよ——申し分のない、いい子で。ところが、あのレディ気取りの娘は、目もくれませんでしてね。あのつんとすましたお上品ぶりったら、そりゃあ鼻もちなりませんでしたよ」

「その青年は、娘のあしらいに腹をたてていたでしょうな？」

「もちろんでございますよ。あの娘がロディーさまのお気をひいたと言って、責めもしておりました。たしかに、わたし、耳にしました。あの子が怒るのも当然なことで」

「そうでしょうな。あなたのお話は、なかなかおもしろい。人の性格を、たった二言三言でずばりと描き出す伎倆《ぎりょう》のある方がいるものですが、これはたいした才能です。今のお話で、やっとメアリイ・ジェラードという人間がはっきりわかりました」

「でも、わたし、あの娘を傷つけるようなことは申さなかったつもりでございますが。そんなことはしたくございません——あの娘はもう墓に眠っているんですから。ただ、あの娘が、いろいろと厄介なことをひき起こしたのはたしかですからね」

「それが、いつ終わることやら？」ポアロはつぶやいた。

「そうでございますとも！　これだけははっきり申しあげられますが、もし、奥さまがあのときお亡くなりでなかったら——たしかにあのときはひどいごようすでいらしたので、今では、何もかも神のおぼしめしだとは思っておりますが——ともかく、まだお元気でいらしたら、いったいどんなことになったかと思うほどでございますよ」

「とおっしゃると？」ポアロは誘いだす。

「こんなことを知っております。わたしの妹がおつとめしておりましたところであった話なのでございますよ。一度は、ランドルフ老大佐がお亡くなりになったとき、奥さまには一文もお遺しにならず、全財産をイーストバーンに住むあばずれ女にやっておしまいになり、それから、デイカー老夫人は、教会のオルガン弾きに——例の髪を長くした芸術家気取りの若い男の一人でしょうが——遺産をお贈りになりました。いく人も結婚したお子さん方があるというのに」

「あなたの言われるのは、ウエルマン夫人は全財産をメアリイ・ジェラードに遺されたかもしれないということですかな？」

「そうなってもべつに驚きはしませんでしたでしょうよ！　あの娘は、たしかにそれが目あてだったのにちがいありません。でも、そんなことを口に出したら最後、ウエルマン奥さまは、すぐにでもわたしを首になさったろうと思います。もう二十年ほどもおりますのにねえ。世の中って冷たいものでございますね、ポアロさま。いっしょうけんめいおつとめしても、むくいられないんですからね」

「まったく、そのとおりですな！」ポアロは溜め息をついた。

「けれど、悪はいつかは滅びます」

「たしかに。メアリイ・ジェラードは死にました」

「あの娘は神のおぼしめしに従ったまでのことで、わたしどもは、罪を裁いてはなりません」

ポアロはしばし瞑目《めいもく》してから、「メアリイの死に方は、しかし、なんとも説明がつきませんね」

「警察の連中の新しがりの考え方といったら。エリノアさまのように育ちのいい令嬢が、人を毒殺するなんてことがありましょうか？　わたしがお嬢さまのようすが変だったと言ったということを種に、わたしまで事件にまきこもうとするなんて！」

「しかし、変だったんですな？」

「当然でございましょ？」ビショップ夫人は憤然とした。「エリノアさまは、お若くて感受性の強い方でいらっしゃる。あのときは、叔母さまの身のまわりのものを整理にいらっしゃるところでした——そういうことには、誰だって心を痛めずにはいられないものでございましょ」

ポアロは思いやりぶかげにうなずいた。

「もし、あなたがご一緒においでだったら、気も楽だったでしょうに」

「そうしたかったんですよ、ポアロさん。でも、エリノアさまがきっぱりとお断わりになりましたので。自尊心の高い、落ち着いた方でいらっしゃいますからね。けれど、今になってみますと、あのとき、無理でもお伴するべきだったと思います」

「家までそれとなくいらしてみることはお考えではなかったですか？」

ビショップ夫人は昂然と頭をそらした。

「来るなとおっしゃられたら、わたしは絶対にまいりません。ポアロさん」

ポアロは恥入ったようなようすをした。そして、「それに、あの朝、ほかに大事なご用があったのでしょうし」とつぶやいた。

「あの日は、とても暑うございましてね、よくおぼえておりますよ。むしむしいたしました。わたし、墓地にまいりまして、ウエルマン奥さまのお墓にお花を供えました。尊敬のしるしとして。そして、そのまま、しばらくじっとしておりました。すっかり暑さにあてられてしまいましてね。おかげでお昼には遅れてしまい、妹は、わたしが暑気あたりでもしたのではないかと大さわぎしたくらいでした。こんな日に、お墓まいりに出かけるのがまちがいだと申しましてね」

ポアロは賛嘆の目をあげた。

「まったくご立派ですな。人が亡くなられたあと、何ひとつ悔いが残らないというのは、さぞ気持ちのよいものでしょうな。ロデリック・ウエルマン氏は、あの晩叔母上を見舞わなかったことで、あとあと心苦しく思ったことでしょう。もっとも、ああ早く逝《い》かれるとは思わなかったでしょうが」

「ポアロさま、それはちがっております。これはたしかな事実として申しあげますが、ロディーさまは、叔母さまの部屋へいらしたんですよ。わたし、すぐ外の廊下におりました。看護婦が階下におりてゆくのを聞いたので、奥さまに何かご用でもあるといけないと思いまして。ご存じのとおり、看護婦ってものは、階下へおりたら最後、メイドたちとおしゃべりをしたり、でなければ、あれこれ探しものを言いつけて、てんてこまいをさせて、なかなかもどって行きませんので。ホプキンズのほうは、あの赤毛のアイルランド生まれよりはましでした。あの看護婦といったら、始終ぺちゃくちゃおしゃべりをしては、もめごとばかり起こしておりましてね。ともかく今申しあげましたように、何かご用でもないかと思ってお部屋へまいろうとしておりましたときに、ロディーさまがご病室にお入りになるのを見たんでございますよ。奥さまがおわかりになったかどうかは存じませんが、ロディーさまは何も心苦しくお思いになることはないのです」

「それは結構ですな。だいぶ神経質なご性格のようですから」

「いくぶん気むずかしくはいらっしゃいます。昔からそうでした」

「ビショップさん、あなたは、ひじょうにものごとがおわかりだ。あなたのお考えにはまったく敬服いたしましたよ。ときに、メアリイ・ジェラードの死の真相をどう考えていらっしゃるか、うかがいたいですな？」

ビショップ夫人は鼻であしらった。

「じつにはっきりしているではございませんか！　アボットの店の悪いペーストの瓶詰のせいですとも。何カ月も棚に並べておくんですから。わたしのまた従姉《いとこ》も、一度、カニ缶にあたって、死にかけたことがございます」

「しかし、死体から発見されたモルヒネは？」

ビショップ夫人は昂然と言った。「わたしは、モルヒネなんてもののことは何も存じません。お医者なんていいかげんなものでございますからね。何かを見つけろと言われれば、かならず見つけだしてみせるだけのことでございましょ。くさった魚のペーストだけでは気に入らないんですね、お医者は」

「メアリイが自殺したとは考えませんか？」

「あの娘がですか。とんでもございません。ロディーさまと結婚する気になっていたんですよ。自殺なんて、とんでもない」

第五章

その日は日曜だったので、エルキュール・ポアロは、父の農場で働いていたテッド・ビグランドをつかまえた。

テッド・ビグランドに話をさせるのはわけもなかった。彼のほうがその機会を待ちかまえてでもいたようだった——まるで話すことで気が休まるとでもいったようすで。

「じゃ、あなたは、誰がメアリイを殺したかを突きとめようとしてるんですね？　まったく、こりゃあむずかしい謎ですよ」

「じゃあきみは、ミス・カーライルが殺したとは思っていないんだね？」

テッドは眉をしかめた——当惑した、子供じみたしかめ方だったが。

やがて、ゆっくりと言った。「エリノアさんはレディですよ。あの人は、なんて言うか、そう、あんなことを、あんな激しいことをするような人じゃないんです。ぼくの言う意味わかってくださるでしょう。つまり、あんな立派なレディがああいったことをするなんて、およそ考えられないじゃないですか？」

ポアロはじっとその言葉をかみしめるようにしながらうなずいた。

「たしかに。だが、これが、嫉妬という感情がからんでくると――」

彼は言いさして、目の前にぬーっとそびえる、美男のブロンドの若者の顔を見つめた。

「嫉妬ですって？　たしかに嫉妬からああいうことが起こることもあるけど、だが、そういうときは、酒でもあおって、酔った勢いでやっつけるんじゃないですか。エリノアさんがねえ――あんなやさしい静かな方が――」

「だがね、きみ、メアリイ・ジェラードは死んでるんだよ――それもあたりまえの死に方じゃあない。何か考えでもあるかね、きみ――何か、私の調査の役に立つようなことでも話してくれますか、メアリイ・ジェラードは誰に殺されたかということについて」

若者はゆっくり頭を振った。

「だいたい、ぼくにはなぜあんなことになったんだかわからないんです。ありえないことなんだ、ぼくに言わせれば。メアリイ・ジェラードが人に殺されるなんてことは。あの人は――花のような娘だったのに」

その瞬間、ポアロは、亡くなった娘についての新しい観念を鮮やかにつかんだ。若者の気取りのない途切れがちな言葉に、メアリイという乙女が花咲くようによみがえってきたのだ。「花のような娘だった」と。

その言葉には、何か非常に美しいものがそこなわれてしまったときの、痛ましいまでの損失を訴える響きがこもっていた。

ポアロは、今まで聞いた言葉を次々と心に思い浮《う》かべていた。ピーター・ロードの「あの娘《こ》はいい娘でした」、ホプキンズ看護婦の「映画会社からいつ話があっても不思議ではないほど」、ビショップ夫人の「あのつんとすましたお上品ぶりったら、そりゃあ鼻もちなりませんでした」そして今、最後に、そうした見方のどれもこれもが色を失い、空々《そらぞら》しく思えるような、この静かな、心からの賛嘆をこめた「花のような娘だった」を。

「だが、それなら――」

ポアロは腕を大きくひろげて、外国風な身ぶりをしてみせた。

テッドはうなずいた。その目はまだ痛みに悩む動物のように、にぶい、ガラス玉のような光をうかべていた。

「わかってます。あなたの言われることは本当です。あの人はあたりまえの死に方じゃあなかった。だが、ぼくはそう思ってるんですが――」

「どうですか？」ポアロはうながした。

「もしかしたら、何かのまちがいじゃなかったかと」

「まちがいだって？　だが、どんな種類のまちがいかな？」

「わかります、わかります。そんなわけはないっておっしゃるんですね。だが、ぼくはいろいろに考えてみたあげく、きっとそうだったんだろうとしか思えなくなったんです。あんなことになるはずがなかったのに、誤まってああいう結果を起こしたというような。ただ、なんて言うか、つまりまちがいですよ」

思うことがうまく口に出ないのに当惑したように、テッドはポアロを訴えるように見つめた。

ポアロはすぐには口をきかなかった。何か考えこんでいたが、やっと、「きみが、そういうふうに感じているのは、なかなかおもしろい」

テッド・ビグランドは懇願するように言った。「ぼくの言うことは辻褄が合わないってことはわかってます。どうしてそうなったかとか、なぜそうだったか、なんてことはわからないんです。ただ、ぼくの感じだけなんですから」

「いや、感じというものは、なかなか重要な役をするよ、きみ。こんなことを言って、きみの心の傷をうずかせたくはないんだが、きみはメアリイ・ジェラードを愛していたんだね？」

日にやけた顔に血がのぼった。

「このへんの者は、みんな知っているはずです」

「結婚したいと思っていたんだね？」

「ええ」

「だが、娘さんは――あまり気がすすまなかったというわけかな？」

テッドの顔がちらっと曇った。怒りをおさえてでもいるように言った。「たとえ悪気じゃないにしても、よけいなお節介をして人の一生を台なしにしちまうのは、いいことじゃない。学校だ、外国ゆきだで、メアリイはすっかり変わっちまった。べつに、そのためにメアリイが思いあがってたとか、あまやかされたとか言うんじゃないんです――そんな娘じゃなかった。でも、そのために、なんて言うか、困ってたことはたしかです。自分の身の置場がわからなくなってたんです。つまり、あからさまに言えば、ぼくなんかにはすぎた者だったにしても、ウエルマンさんみたいなれっきとした紳士にはふさわしくはないという中途半端なことになってしまってたんです」

ポアロはじっと目をはなさずに言った。「きみは、ウエルマン氏を嫌っていますね？」

テッドは率直に怒気をこめて言った。「あたりまえでしょう？　ウエルマンさんは立派ですよ。べつにそれにけちをつけたかない。だが、あんなのは、ぼくに言わせりゃ男のなかに入らない。ひょいとつまみあげて、その場で首根っこを折ってお目にかけますよ。そりゃあ、あの人は、頭はあるんでしょう……だが、頭なんてものは、たとえば自動車が故障でも起こしたときになんの役に立ちます？　車がどうやって走るかって原理を知ってたって、なかの機械をひっぱり出して掃除をしなければならないときには、まるで赤ん坊同様、手も足も出るもんですか」

「そうそう、きみはガレージで働いているんでしたね？」

テッドはうなずいた。

「ヘンダーソンのとこです。この先の」

「その朝、きみはそこにいたんでしょうな——あのことが起こったとき？」

「ええ、お客の車をテストしてたんです。どっか詰まってるところがあるのに、どこだかわからなかったんで。少し走らせてみました。今考えると妙ですよ。いい天気でした。スイカズラの花がまだ残ってて……メアリイはスイカズラが好きだったっけ。外国に行く前には、よく一緒に摘んで歩いたもんです」

その顔にまたさっきと同じ、子供っぽい不思議そうな色がうかんでいた。

ポアロは黙りこんでいた。

テッドははっと夢心地からさめたように言った。「失礼しました。ウエルマンさんについてぼくが言ったことは聞かないことにしてください。あの人がメアリイについてまわってたもんで、腹が立ってたんです。かまってくれなけりゃよかったんです。あの娘はあの人の相手になれるような身分じゃなかったんだ――本当ですよ」

「娘さんのほうでは、あの人を好いていたと思うかね？」ポアロは訊いた。

テッドはまた眉をよせた。

「さあ――そうは思わないな。でも、そうだったかもしれない。ぼくにはわかりません」

「今まで誰かほかに男関係はなかったかな？　誰か、たとえば、あちらで知りあった人でも？」

「知りませんね。聞いたことはなかったですよ」

「誰か敵は――このメイドンスフォードに？」

「あの人を悪く思ってた人っていう意味ですか？」彼は首を振った。「誰もそう深いつきあいはしてませんでした。だが、誰からも好かれてましたよ」

「ビショップ夫人は、あのハンターベリイの家をきりまわしていた人はどうでした？」

テッドはにやっと笑った。「ああ、あれはただのやきもちですよ。あのばあさんは、ウエルマンの奥さんがメアリイをかわいがりすぎるのが気に入らなかったんです」

「ここで、メアリイ・ジェラードは幸福でしたか？　ウエルマン夫人を好いてましたか？」

「あの看護婦がおせっかいをしなかったら、けっこう幸福だったでしょうよ。ホプキンズのことですが。マッサージを習えだの、暮らしの金を稼げだのなんてつまらないことをメアリイにふきこんだんですよ」

「だが、ホプキンズさんはメアリイをかわいがっていましたね？」

「ええ、ええ、度を越すくらい。ただ、よけいな世話をやきすぎたんでね。なんでも自分にまかせとけっていう調子で」

ポアロはゆっくりと言った。「もし、ですよ、ホプキンズさんが、何かを知っていたとしたら——そう、メアリイに傷がつくようなこととしましょうか——きみは、あの人が黙ってすますと思いますか？」

テッドは不思議そうにポアロを見つめた。

「どういうことをおっしゃってるんだか、ぼくにはわかりませんね」

「もし、ホプキンズが、メアリイ・ジェラードに不利になるようなことを知っていたとしても、人に話さないでいると思うかね？」

「さあ、あの女にそんな芸当ができるかな。ともかく、村いちばんのおしゃべりですからね。でも、メアリイのためになら、あるいは、口をつぐんでるかもしれませんよ」好奇心をそそられて、テッドは言いついだ。「でも、なぜそんなことをお聞きになるんです？」

「人と話をすると、思わぬ印象を受けるものでね。ところが、ホプキンズは、どう見ても、じつにあけっ放しで隠しごとのできない人のようだ。ところが、私はたしかに何かを隠しているという印象を受けたんです、それも相当強く感じた。とくに重要なことではないかもしれない。この犯罪とはなんの関係もないかもしれない。だが、あの人が知っていながら口をつぐんでいることが、たしかにあるのだ。だが、このことが、たとえなんであるとしても、メアリイ・ジェラードの人柄をひどく傷つけるものだという印象を受けたんですがね」

テッドは手も足も出ないというふうに首を振るばかりだった。

エルキュール・ポアロは嘆息した。「まあいいでしょう。いずれ、それがなんであるかわかるでしょうから」

第六章

ポアロは、ロデリック・ウエルマンの面長な神経質そうな顔を、興味ぶかげに見ていた。

ロディーは気の毒なほど神経をたかぶらせていた。手はぴくぴく動くし、目は血走り、声はしゃがれていらだっていた。

手にした名刺に目をやりながら言った。「ああ、お名前は存じあげております、ムッシュー・ポアロ。しかし、今度の件にあなたをお煩《わずら》わせするなど、ロードさんはどういうお心づもりですかなあ。それに、あの人が、そう立ち入ってこられる筋あいでもありませんし。もちろん、叔母の主治医ではありましたけど、べつに私どもとつきあいがあったわけでもないんですから。この六月にあちらへまいるまで、エリノアも私も一度もあったことさえなかったんです。こういったことは、何もかも、セドンが取りはからうべきではありませんかな？」

「専門から申せば、そうなりますな」

ロディーは不愉快そうに言った。「べつに、セドンが信頼するに足る人物だというわけでもないのですが。手に負えないほどむっつり屋でしてね」

「いや、弁護士という職業からくる習性でしょう」

「だが、ブルマーに弁護を依頼しましたから」ロディーはやや気をもちなおし、「あの男は、あの畑じゃあ頭株のほうでしょう？」

「はかない望みを抱かせるという風評はあるようですな」

ロディーはあきらかにたじろいだ。

「私がミス・カーライルにご助力することが、お気にさわるとか？」

「いや、そんなことは。ただ――」

「ただ、私にいまさら何ができるとおっしゃるのでしょうか？」

ロディーの思いやつれた頬にちらっと微笑が走った――ポアロに、この男のとらえがたい魅力がなんであるかをわからせるような微笑だった。

「いや、そうおっしゃられては身もふたもない。しかし、まあそういうことですね。遠まわしな言い方はいたしますまい。ムッシュー・ポアロ、あなたは何をなさるおつもりです？」

「真相を突きとめます」

「ははあ」ロディーは疑わしげだった。

「被告人の有利になる事実を発見できれば！」

ロディーは溜め息をついた。「あなたができさえすれば」

ポアロはつづけて、「何かお役に立てればと、切《せっ》に願っておりますが。ときに、この事件に関するあなたのご意見をうかがわせていただけますか、たいへん参考になりますので」

ロディーは立ちあがり、うろうろと歩き始めた。

「私に何が言えましょう？　この事件はまったく途方もない、信じられないことだらけじゃありませんか。あのエリノアが——子供のころから知っているエリノアが、人を毒殺するなんていう芝居がかりなことのやれる人間だとは思えるはずないですよ。まったくお笑い草です。だが、陪審員にどうしたらそれがわかってもらえます？」

「ミス・カーライルが、あのような行為をすることはありえないと思われるのですね？」ポアロは冷静に応対した。

「あたりまえです！　当然じゃないですか！　エリノアは、立派な人間です——冷静で、すばらしく理性的で——荒々しさなんてものはぜんぜんもちあわせない人柄です。頭はいいし、感受性に富み、ともかく動物的な激情なんてものは薬にしたくも持っていない。だが、陪審席に並ぶ、十二人のまぬけあたまにそのことをわからせられますか。まあ、わからないのも当然でしょう。つまり連中は、人の人間性を判定するために坐ってるんじゃなく、証拠だけを相手にするんですからね。事実はこうだ——犯罪はかく行なわれた、とね！　そして、不幸にも事実はすべてエリノアにとって不利なんです！」

ポアロは思いぶかげにうなずき、「ウエルマンさん、あなたは分別もおありだし、ものわかりもおよろしい。事実がミス・カーライルを窮地に陥れている。しかし、あなたはあの方がそういうことをする人間でないと信じている。では、真相はどうなのでしょう？　いったいなぜ、ああいうことが起こったのでしょうな？」

ロディーは絶望的に手をひろげてみせた。

「そいつがわかりさえしたら！　あの看護婦は疑う余地はないんでしょうね？」

「あの女はサンドイッチに近づく機会がなかった——いや、私は慎重に調べあげました——そして、紅茶に毒を盛ったとしたら、彼女もその毒にあたっているはずなのです。それだけは確実です。それに、なぜあの女がメアリイ・ジェラードを殺さなければならないのでしょう？」

「メアリイ・ジェラードのような娘を殺そうなどと思う者があるものですか？」

「この事件においては、今言われたことは絶対に答が出ない質問のようですな。メアリイ・ジェラードを亡きものにしたいと思っていたと考えられる人物は一人もない」ポアロは心中、エリノア・カーライルを除いては、とつけくわえた。「したがって、論理的には、次の段階が出てくるわけです。つまり、メアリイ・ジェラードは殺されたのではない、と。ところが、事実はそうではなかった。彼女は殺されたのです」

ポアロは、ややメロドラマティックに言いそえた。

「きみ、今、墓所《おくつき》にねむる、わが心永久にかき暮れ、日の色もむなし」

「はあ？」ロディーは訊きかえした。

「ワーズワースです（一七七〇〜一八五〇、英ロマン復興期の詩人。『ルーシイ』より）。よく読むんですよ。あなたのお気持が、このようなものではないかと拝察したのですが？」

「ぼくの？」ロディーは急にぎごちなく、警戒の色を見せた。

「失礼しました――本当に失礼いたしました。むずかしいものですね――探偵であり、かつまたブカ・サービブであることは。お国の言葉で非常にうまい表現がありますが、口にしてはならないことということがあるものです。だが、悲しいかな、探偵というものは、そういうことまでも言わざるをえないのです。私生活のふれてはならないことだの、その感情だのについても、質問をしなければ」

「だが、そんな必要があるのでしょうか？」

ポアロはすかさず下手に出た。「ただ、あなたの立場をうかがいたいだけのことなのです。すぐにこの不愉快な問題をすませてしまって、二度と持ちださないようにいたしますよ。ウエルマンさん、どうやら、相当噂になっていましたね、つまりあなたがメアリイ・ジェラードを想っていらしたということは？　事実なんでしょう？」

ロディーは立ちあがり、窓ぎわに立った。ブラインドの紐をもてあそび始めた。「事実です」彼は言った。

「あの娘を恋していましたね？」

「そうかもしれません」

「で、娘の死によって深い痛手を受けられた――」

「ぼくは――あの――それは――つまり、ムッシュー・ポアロ――」

「おっしゃってくださりさえすれば――はっきりお聞かせいただければ――すぐすんでしまいますよ」

ロディー・ウエルマンは腰をおろした。ポアロの目を避けるように頰をぴくぴくひきつらせながらしゃべりだした。

「うまく説明できないんですが。言わなければいけませんか？」

「ウエルマンさん、人間は、感情的にたえられないことでも、それを避けたり、ふれないようにしてはいられない場合があるんです。あなたは、あの娘を愛しておられたのかもしれないと言われた。とすると、たしかではなかったのでしょうか、ご自分では？」

「さあ、なんて言ったらいいか……あの娘《こ》はひじょうに美しかった。夢みたいに。今になるとなおそんな気がしてきます。夢なんです！ 現実ではない！ 何もかも、そう、ぼくがあの娘《こ》を見たことも、ぼくの、そのう、つまり、あの娘《こ》にのぼせあがったのも。気ちがいじみていました、ぼくは。だのに、今、何もかもが終わってしまうと——まるで——まるで、何もかも嘘だったような気さえするんです」

　ポアロはうなずいた。「なるほど、わかりました。ときに、あの娘が亡くなったとき、あなたは英国にはおいでではなかったのですね？」

「ええ。七月の九日に国を出て、八月一日に帰ったんです。あちこち歩いていましたので、エリノアの電報は次々と回送されて、だいぶ遅れて手に入りましたが、ぼくは、すぐさまとんで帰りました」

「とてもショックでしたでしょうね。あなたはあの娘を深く愛しておられたのですから」

「たしかに」ロディーの口調はつらそうな絶望的なものに変わった。「だが、なぜ、ぼくはあの娘《こ》を愛してしまったんだろう！　夢にも予期していなかったのに。何もかもめちゃくちゃになってしまった――ぼくの人生はもう支離滅裂になってしまった」

「だが、人生とはそんなもんですよ。なかなか思いどおりには運んでくれないものでしてね。感情を無視して、理知の導くまま理屈にかなった生き方をしようと思うのは無理なことです。〝このへんでもうやめにしとこう〟という具合に自分の感情をさばくのはできないことですから。人生というものは、いろいろと定義づけられるでしょうが、ともかく、理屈にあわないものだということだけはたしかですよ、ウエルマンさん」

「そうらしいです」ロデリックはつぶやいた。

「春の朝、女の子の美しい顔――それで終わりですよ、まともな、冷静な人間も」

ロディーはたじろいだが、ポアロはかまわず言いついだ。「ときには、それがただ美しい顔だけではないこともあるでしょう。ウエルマンさん、メアリイ・ジェラードをどの程度知っていましたか？」

「どの程度って？　ほとんど何も知りません。今、はっきりそれがわかってきました。あの娘は、かわいいおとなしい娘《こ》でした。しかし、ぼくは本当に何も知ってはいなかった。何も。だからなんでしょうけど、ぼくは不思議にあの娘《こ》の思い出に苦しまないですんでる」

初めのころの敵意も恨みがましさも、もう彼からは消えてしまっていた。気やすく率直に話し始めている。エルキュール・ポアロはその巧みな腕で、相手の武装を解かしてしまったのだ。ロディーは心の重荷をおろすことで、ずっと気楽になってきたようだった。

「おとなしくて――かわいらしくて――そう利口ではない。が、感受性は豊かで、やさしい娘だったと思います。それに、あの階級の娘には見られないほど洗練されていました」

「知らないうちに敵を作るといったふうな娘ではなかったですか？」

「とんでもない。あの娘《こ》を嫌っていた者がいたとは思われません――本心から嫌っていたものはということですが。悪意をもっていた者はべつとして」

「えっ、悪意ですって？　では、悪意を抱いていた者がいたと思われるのですか？」

「でしょうね――あの手紙から推すと」

「手紙とは？」ポアロの声は鋭かった。

ロディーは赤くなり、迷惑そうな顔をした。「いや、べつにたいしたものでは」

「どんな手紙です？」

「匿名のですよ」ロディーはいやいや言った。

「いつ来たんです？　誰宛てに？」

気が進まなそうだったが、ロディーはひととおり説明した。

ポアロはつぶやいた。「これはなかなか興味がある。その手紙を拝見できますか？」

「残念ながらお見せできません。じつは、燃してしまったのです」

「ふむ、なぜそんなことをなさったのですか、ウエルマンさん？」

「あのときは、そうするのがあたりまえだと思ったんです」ロディーは気を悪くしたらしい。

「で、その手紙を読まれた結果、あなたとミス・カーライルは急遽《きゆうきょ》ハンターベリイに行かれたのですね？」

「たしかに行きました。急遽と言えるかどうかはべつとして」

「しかし、多少は不安を抱いていた、いや、多少驚いていたと言えるでしょう？」

ロディーはかたくなに、「そんなことはありません」

「しかし、そうなるのが当然じゃないですかな。あなたに約束されている相続財産が危《き》殆《たい》に瀕《ひん》していたのではないですか！　その件を重要視されるのはまったく当然と思われますが。いや、金というものは、非常に重要なものですよ」

「あなたの言われるほど重要とは思えませんね」

「たいした超俗ぶりですね！」

ロディーは顔を赤らめた。「そりゃあ、金ってものはなくてはならないものですよ。ぼくだってそれはわかってます。しかし、我々の主目的は、つまり、叔母に変わりがないかどうか見舞うことにあったんですから」

「あなたはミス・カーライルと一緒に行かれた。そのときには、まだ叔母上は遺言書を作成されてはおられなかった。そのすぐあと、叔母上は二度目の発作にみまわれ、そのときに叔母上は遺言書を作成されたい意思を表明された。しかし、その遺言書のできるのを待たず、その晩のうちに亡くなられた――ミス・カーライルにとっては好都合なことにと言えましょうか」

「待ちたまえ、あんたは、いったいどういうつもりでそんなことを言うんだ？」

ロディーは憤《いきどお》りに燃えていた。

ポアロは待っていたとばかり切りかえした。「あなたの言われるところでは、メアリイ・ジェラードの死に関しては、言うところのエリノア・カーライルの動機はじつにばかげたものである、つまり、彼女は絶対にそういう人間ではないということでした。ところが、ここにちがった解釈が出てきておりますよ。エリノア・カーライルは、自分の相続すべき財産を他人に横どりされるかもしれないという怖れを抱いていた。その手紙はそう警告し、叔母上のとりとめもない言葉は、その怖れをさらに強めるものでしかなかった。階下のホールには、いろいろな薬品や医療器具の入った鞄が置かれていた。モルヒネの筒をぬき出すことは容易にできた。そして、私の知るところによると、あなたが看護婦たちと食事をしておられたあいだ、彼女は、ただ一人で叔母上の病床に付き添っておられたのではないですか」

ロディーは声高に言った。「ムッシュー・ポアロ、いったい何を言おうとしているんです？ エリノアがローラ叔母を殺したとでも言おうとしてるんですか？ なんというあきれた！」

「しかし、ウエルマン夫人の死体発掘命令がすでに出ていることをご承知でしょうな？」

「知っています。だが、何が発見されるものですか！」

「もし発見されたとしましたら？」

「そんなことはありません、絶対に」

ポアロは頭を振った。「絶対にとは言えますまい。それに、ご承知のように、ウエルマン夫人があのとき亡くなられることで利益を得るのは、ただ一人の人物だけでした」

ロディーは椅子に背をおとした。顔は蒼白で、体は小きざみに震えている。まじまじとポアロを見つめると、「ぼくは、あなたは――エリノア側だとばかり思っていた」

「いや、どちら側につこうとも、真相は極めなければならない。ウエルマンさん、あなたはいままでのご生活では、見たくない真相はなるべく見ないで過ごしてこられたようにお見うけするが」

「いやなものを見て、心を悩ますことはないでしょう？」

「しかし、ときにはそれが必要なのです」ポアロの声は重々しかった。

少し間をおいてから彼は言った。

「叔母上の死がモルヒネの毒によるものだと仮定してみましょう。とすると？」

ロディーは投げだしたように頭を振った。「わかりません」

「しかし、ぜひとも考えてくださらなければ。誰が薬を与え得たでしょう？　エリノア・カーライルにはその機会が充分あったということは認めないわけにはいきますまい？」

「看護婦たちは？」

「二人ともその機会はあったでしょう。しかし、ホプキンズは、あのとき、モルヒネの筒がなくなったということに気がつき、そのことをはっきり表明しています。彼女がやったとしたら、そんなことを言うでしょうか。死亡届は署名ずみでした。モルヒネの紛失をさわぎたてて、自分に注意をひく必要がありますか。たしかに、不注意のかどで叱責されるに価しますが、もしあの女がウエルマン夫人を毒殺したとしたら、そのモルヒネに注意をひくようなばかげたことをするでしょうか。そのうえ、ウエルマン夫人の死によって、あの女は何も得るところがないではないですか。同じことがオブライエンの場合にも言えます。あの女もモルヒネを使う機会はあった。ホプキンズの鞄からとりだすこともできた。しかし、ここでもそうする理由が何もないでしょう？」

「まったくそのとおりです」

「次は、あなたです」

ロディーはびっくりさせられた馬のようにとびあがった。

「ぼくですって？」

「さよう。あなたもモルヒネをとりだす機会はあった。あなたもそれをウエルマン夫人に与えることができた。あの晩、ごく短いあいだとはいえ、あなたはウエルマン夫人と二人きりになれたはずです。しかし、前の二人同様、なぜそんなことをする必要があったでしょう？　もし、夫人が遺言書を作成するまで生きておられたとしたら、あなたの名が相続者の一人としてあげられたことだけはたしかでしょう。したがって、あなたにはその動機と見られるものがない。ただ二人の人物だけがその動機を持っていた」

ロディーは目を輝かした。「二人の人物ですって？」

「さよう。エリノア・カーライルがその一人」

「もう一人は？」

ポアロはゆっくりと言った。「もう一人は、匿名の手紙の筆者です」

ロディーは信じられないような顔つきをした。

「何者かがその手紙を書いたのです――メアリイ・ジェラードを憎んでいた、もしくは、嫌っていた人物が――いわゆる〝あなた方の味方〟であった人物が。つまり、ウエルマン夫人の死によってメアリイ・ジェラードが利益を得ることを望まなかった何者かがです。ところで、何かお考えがありますか、ウエルマンさん、この筆者がいったい何者であるかという？」

ロディーは頭を振った。「ぜんぜん。綴りもでたらめな、読めないようなひどい手紙でした。やすっぽい用紙をつかった」

ポアロは手を振って言った。「いや、そんなことはたいしたことではない。教養のある人間がわざとやったことかもしれませんからな。手紙を取っておいてくだされればよかったというのもそういう理由からなのです。わざと無教養の者が書いたように見せかけたものは、すぐに見破れますのでね」

「エリノアとぼくは、召使の一人かと思ったんですが」ロディーはポアロの言葉を疑うように言った。

「召使の誰という目星がついておいでしたか？」

「いいえ、皆目《かいもく》」

「家事を監督していたビショップ夫人だということは考えられませんか？」

ロディーは愕然として言った。「とんでもない。あの人は、尊敬に価する高邁《こうまい》なる人物ですよ。それに、お家流の見事な筆蹟で、むずかしい単語ばかり並べたてます。第一、あの人はけっして――」

彼がためらっているあいだに、機先を制するようにポアロは言った。「あの人は、メアリイ・ジェラードを嫌っていましたね」

「たぶんそうでしょう。だが、ぼくは気がついたことがありませんでした」

「しかし、ウエルマンさん。あなたはだいたい、気をつけて見てはおられなかったのではないですか？」

「ムッシュー・ポアロ、叔母が自分でモルヒネをつかったかもしれないとは思われませんか？」

「そう考えることもできるでしょうな」

「叔母は、あの、身動きひとつままならぬありさまをたえがたく思っていました。何度も、死んだほうがましだと言っていたくらいです」

「だがしかし、叔母上はベッドから立ちあがり、階下におりて、看護婦の鞄からモルヒネの筒をぬき出すことはできなかった」

「たしかに。だが、誰かにとってこさせることはできたはずです」

「誰にですかな？」

「そうですね、看護婦のどちらかでも」

「いや、二人のどちらでもない。危険が身におよぶことを知りすぎています。看護婦たちは絶対に疑えませんよ」

「じゃ――誰かほかの――」

彼は言いかけ、口を開きまた閉じてしまった。

ポアロは静かに言った。「何かを思い出されたのですな、ちがいますか？」

「そうなんです――しかし――」

「私に話していいものかどうかと思われるのですな？」

「ええ、まあ」

ポアロは奇妙な微笑を口尻にきざんだ。「いつ、ミス・カーライルがそれを言いましたか？」

ロディーは息をのんだ。

「まったく、あなたって人はたいした天才だ。言いますよ、こうなったら。汽車のなかででした。ローラ叔母が二度目の発作を起こしたという電報を受けとって二人で出かけたときのことです。エリノアは言いました。叔母が気の毒だ、あんなに病気を嫌っているのに、今また、前よりもっと体の自由がきかなくなってしまっては、叔母にとっては地獄の苦しみだろうと。そしてそのあとに『人は本心から願っているときには、苦痛を逃れて楽にしてもらうべきだって気がするわ』と言ったんです」

「で、あなたはなんと言われました？」

「ぼくも同意しました」

ポアロは重々しい口調で言った。「たった今、ウエルマンさん、あなたは、ミス・カーライルが金の問題から叔母上を亡きものにしたかもしれないという考えを一蹴された。では、ミス・カーライルが、同情から叔母上を亡きものにしたという可能性をも同様に一蹴されますか？」

「それは――それは――できません」

エルキュール・ポアロは一礼した。

「そうでしょう——きっとそうだろうと思っていました——そう言われるだろうと」彼は言った。

第七章

セドン、ブレイザーウィック・アンド・セドン法律事務所においては、エルキュール・ポアロは、うさん臭いとまではいかないまでもたぶんに警戒的な扱いを受けた。よく剃刀《かみそり》のあたった顎をなでなで、セドン氏はあたりさわりのない応対をするばかりで、その鋭い目をポアロの顔にすえて、品定めでもするようにねめまわしていた。

「いや、お名前はよく存じていますが、ムッシュー・ポアロ。しかし、この事件にどういう関係がおありか、判断に苦しんでいるのですが」

「あなたの依頼人側に立っているんですよ、ムッシュー」

「はあ？　しかし、どなたのご依頼で？」

「私は、ロード医師のご依頼でこちらにもまいりました」

セドン氏の眉があがった。

「ははあ！　が、しかしそれは筋がちがいます——ひじょうに異例のことです。ロード医師は証人として召喚を受けているように聞いていますが」

エルキュール・ポアロは肩をすくめた。「それに何か不都合でもありますか？」

「ミス・カーライルの弁護の手続きはすべて当事務所で扱っており、私としては、この事件に局外者の助力はいっさい必要ないと思っています」

「と言われるのは、あなたの依頼人が無実であるということが、容易に証明されうるからですかな？」

セドン氏は一瞬たじろいだが、冷たい事務的なようすのうちにあからさまな憤《いきどお》りを見せた。

「それは不謹慎な質問だ――じつに不謹慎だ」

「しかし、あなたの依頼人はじつに不利な立場にいる」

「そういうことを言われる根拠はいったいどこにあるんです」

「私は、本来はロード医師の依頼を受けて仕事を始めたのですが、ロデリック・ウエルマン氏からも、このとおり書状をいただいてきております」

彼は一礼してそれを渡した。

セドン氏はその短い内容をことさらに熟読し終えると、しぶしぶながら言った。「もちろん、こうなれば事情は一変します。ウエルマン氏はミス・カーライルの弁護の責任を負われたのですから、当事務所は、ウエルマン氏の依頼により事を運ぶということになる」

彼はあからさまな嫌悪をこめてつづけた。「私どもは、なんと言うか、つまり刑事訴訟に関係することはなるべく避けているんですが、亡くなられた顧客に対する義務を信ずるがゆえに、その姪御さんの弁護手続きをはかっているまでのことで。すでに当事務所から、勅選弁護士、エドウィン・ブルマー卿に依頼の手続きを終えていますんでね」

ポアロはちらっと皮肉な微笑をうかべた。「よけいな出費はできないと言われる。そうでしょうとも」

眼鏡ごしに、セドン氏はポアロを眺めた。「だが、ムッシュー・ポアロ――」

ポアロは機先を制して言った。「巧みな弁説とお涙頂戴《ちょうだい》的なやり口では、あなたの依頼人は救えない。そんな甘いものではないです、この事件は」

「というのは？」

「いかなる事件にも真相というものがある」

「たしかに」

「しかし、この事件において、そのいわゆる真相が役に立ちますかな？」

「またまた、なんと不謹慎な言葉だ！」セドン氏の語気は鋭い。

「ときに、二、三お訊ねしたいことがあるのですが」

「依頼人の許可なくしては返答はいたしかねる」セドン氏は用心した。

「もちろんわかっております」ポアロはちょっと間を置いて、セドン氏の虚をついた。

「エリノア・カーライルに敵がありましたか？」

セドン氏はあきれて、「私の知るかぎりでは、ぜんぜん」

「故ウエルマン夫人は生前に遺言書を作成されたことは？」

「一度も。常に延ばしてばかりおられた」

「エリノア・カーライルの遺言書は？」

「あります」

「最近作られたのですね？　叔母上の死去後に？」

「さよう」

「相続人は誰になっていますか？」

「それは公表できない、依頼人の許可なくしては」

「では、私はあなたの依頼人に面会するほかない」

「しかし、それはむずかしいことでしょう」セドン氏は冷笑した。

ポアロは立ちあがり、大きく手をひろげた。

「エルキュール・ポアロに難事なし、でしてね」

第八章

マーズデン警部は上機嫌だった。「よう、ムッシュー・ポアロ。私の扱ってる事件の手ぬかりでも嗅ぎつけましたか？」

「いやいや。私のほうで、ちょっとお訊きしたいことがあるんです」ポアロは低くつぶやいた。

「なんなりとお安いご用だ。どの事件かな？」

「エリノア・カーライル」

「ああ、あのメアリイ・ジェラードを毒殺した娘か。二週間後に公判です。おもしろい事件ですよ。ときに、あの娘は婆さんのほうも殺《や》ってましたよ。まだ最終報告は出てないが、確定的ですね。モルヒネですよ。たいした冷血漢だ。拘引されたときも、そのあとも、髪の毛一筋動かさないんだから。絶対に口を割らん。だが、決め手は全部そろった。ぐうの音も出せんでしょう」

「あの女が殺《や》ったと思うのですか？」

この道の練達の士マーズデンは、親切そうな人間だが、自信たっぷりにうなずいた。

「疑問の余地なし。いちばん上のサンドイッチに薬を仕込んだんですよ。冷静なる常習犯ですな」

「たしかに疑問の余地がないと思うんですかね？」

「ないとも。確信してるよ。自信があるときは気持ちのいいもんですな。そうそうしくじってばかりはいませんよ。世間で思うように、でっちあげなんかやっちゃあいませんよ、私らは。今回は、何ひとつ心にやましいことなく押していけるんだ」

ポアロはゆっくりと言った。「そうですか」

警部は怪しむように彼を見つめた。

「白の目星でもついてるんですか、何か？」

ポアロは頭を振った。「今のところありませんね。私の調べた限りでは、すべてのことがエリノア・カーライルが黒であることを示している」

マーズデン警部は喜色満面で、「あの女は黒だとも、当然」

「あってみたいんですがね、彼女に」

マーズデン警部は寛大な笑《え》みをうかべていた。「あなた、内務大臣と親しいんだろう？　だったら、わけないですよ」

第九章

ピーター・ロードは言った。「で、どうです？」

ポアロは言った。「いや、いっこうによくない」

「何ひとつつかめませんか？」ロードの声は重かった。

「エリノア・カーライルは嫉妬に狂ってメアリイ・ジェラードを殺した——エリノア・カーライルは、遺産相続の権利を護るために彼女の叔母を殺した——エリノア・カーライルは、同情から叔母を殺した。この三つのうち、どれをあなたは採りますか」

「ばかなことを言わないでください！」

「ばかなことですかな？」

ロードのそばかすだらけの顔に怒りの色がうかんだ。「いったいなんの話です？」

「それが可能と思いますか、あなた？」

「何がです？」

「エリノア・カーライルが、叔母上の気の毒な状態を見かねて、この世から姿を消すのに手を貸したということを?」

「ばかばかしい!」

「ばかばかしいですかな? あなた自身、あの老夫人が手を貸すようにあなたに頼まれたと言ったじゃないですか」

「だが、あの人は本気じゃなかったんですよ。私がうんと言わないのを承知のうえで言ったことですから」

「しかし、そういう気持ちは持っておられたわけだ。エリノア・カーライルは、手を貸したのかもしれないでしょう」

ピーター・ロードは行きつもどりつしながら考えこんでいたが、やがて言った。

「そういうことがないとは言えない。だが、エリノア・カーライルは頭脳明晰な婦人で、物の道理もわきまえている。私は、あの人が同情に溺《おぼ》れて危険をおかすような種類の人間とは思えない。そして、その危険がなんであるかもちゃんと承知していたにちがいないのだ。殺人罪に問われるということを」

「で、あんたは、彼女はそんなことはしないだろうと結論するのですな?」

「女は、夫のためか、子供のためか、そしてたぶん母親のためになら、そういうこともやりかねないでしょうが、あの人が、たとえ深く愛していたとしても、叔母のためにはしないだろうと私は思う。相手の人物が見るにたえないほどの苦しみ方をしていないかぎり、あの人はやらないと思う」

「さよう、たぶんそうでしょう」ポアロは考えこんでいたが、「では、ロデリック・ウエルマンは、どうでしょう？　それをやらないではいられないほど感情的になっていたと考えられますかな？」

「あの男にはそれだけの度胸はないですよ」ロードは軽蔑をこめて言った。

「さあ、どうですか。ある意味では、あなたはあの人を過小評価している」

「そりゃあ、あの男は頭がいいし、知的だとかなんとか言えるでしょうよ」

「さよう。それに、あの人は不思議な魅力さえ持っている。たしかに私はそれを感じました」

「へえ？　私にはわからないが」ロードは急にいらだって、「そんなことはどうでもいいんだ。ポアロさん、何かひとつくらい手がかりがないもんかな？」

「今のところは何も吉報はないですな、調査したかぎりでは。ともかく、同じところへ戻ってきてしまうんですよ。メアリイ・ジェラードの死によって得るところのある者は一人もない。メアリイ・ジェラードを憎んでいたのは、エリノア・カーライル以外、誰もいない。ただし、ここにひとつだけ考える余地のあるものがある。つまり、エリノア・カーライルを憎んでいた者が誰かあるだろうか、ということなんですが」

ロードはゆっくりうなずいた。「私の知るかぎりではないが……あなたの言うのは、誰かがエリノアを罪におとしいれたということですか？」

「だいぶ無理な考え方だし、あまりにも事件の辻褄が合いすぎているということ以外には、その推論を支えるものが何ひとつない」

ポアロは例の匿名の手紙の話をした。

「おわかりでしょう、このことは、エリノアの犯行の動機をはっきり指摘しているようなものです。彼女は、叔母の遺産を相続できないかもしれないという警告を受けた。つまり、あのあかの他人の娘が全財産を受けとるかもしれないと。したがって、病人がもつれた舌で弁護士を呼ぶようにと告げたとき、エリノアはためらうことなく、その晩のうちに叔母を亡きものにしなければならないと決心した、という」

「だが、ロデリック・ウエルマンのほうはどうなんです？　あの男も同じ立場じゃないですか」

「いや、老夫人が遺言書を作ってくれたほうが、あの人には都合がよかった。遺言書がなければ一文も貰えなかった。そうでしたでしょう。エリノアがいちばん近い血族なんですから」

「だが、あの男はエリノアと結婚するはずだった」

「さよう。しかし、その後すぐ婚約は破棄された――つまり、ウエルマンは、そうした意思をはっきりエリノアに表明したのでしたね」

ピーター・ロードは頭を抱えこんでしまった。「じゃ、どうしてもエリノアに戻ってくるんですね。何をとりあげてみても」

「さよう。ただし――」ポアロは間を置いて、「ここに、何か――」

「えっ？」

「何か、つまり、このパズルの小さなきれっぱしがどこかに残っている――それは、メアリイ・ジェラードに関する何かだということを私は確信している。あなたは、この土地で相当いろいろなゴシップやスキャンダルを聞く機会がおありでしょうな。何か、メアリイを中傷するようなものを聞いたおぼえがおありですか？」

「メアリイ・ジェラードを中傷するとは？　彼女の人柄を、ということですか？」

「なんでもかまわないのです。過去にあったことでも、人に洩らした秘密でも。スキャンダルめいた噂でも。性格的な欠点でも悪意のある噂話でも。なんでもいい――なんでもかまいはしない――ただ、あきらかに彼女を傷つける種類のものでありさえすれば」

「そういう線からは考えていただきたくないですね。墓に入ってしまっている、抗議を申したてることもできない、罪のない娘の身辺をあばき立てるというようなことは。それに、いずれにしても、それは無理でしょうよ」

「つまり、彼女は、女サー・ギャラハッド（アーサー王のナイトの一人、高潔の士）だと言われるのですな？　潔《きよ》き一生だと？」

「私の知るかぎり、そうです。ほかに何も聞いていません」

ポアロがやさしく言った。「しかし、あなた、私が火のないところに煙を立てようとしていると思っては困りますよ……。まったくそういうことではないのです。しかし、あの善良なるホプキンズは感情をいつわることには馴れていない女です。彼女はメアリイをかわいがっていました。そしてメアリイに関することで人に知られたくない何かを隠しているのです。つまり、メアリイの不利になるんじゃないかと彼女が怖れている何かがあるのです。彼女は、それは犯罪と関係がないと思っている。しかし、あの女は、罪を犯したのはエリノア・カーライルだと思いこんでいるのだし、たしかにこのことは、たとえなんであるにしても、エリノアとは関係がないのでしょう。しかし、私は、何もかも知る必要がある。それは、あるいは、メアリイが第三者に加えた不当な取りあつかいかもしれないし、そうすると、その第三者は、彼女の死を望む動機を持っていることになりますから」

「だが、そうとしたら、ホプキンズだってやはりそのことを知っているはずです」

「ホプキンズは、ああいう女としてはなかなか知的なほうですが、私には及びもつかない。あの女が見逃すことを、エルキュール・ポアロは絶対に逃しませんよ」

「残念ながら、私は何も知らない」ロードは頭を振った。

「テッド・ビグランドも何も知らない――あの男はこの土地でメアリイと一緒に育ったのに。ビショップ夫人も同様だ。もし、何かよくないことでも知っていたら、けっして黙ってはいないでしょうから。エ・ビアン、だがもうひとつだけ望みがありますよ」

「本当ですか？」

「私は今日もう一人の看護婦、オブライエンにあうことになっています」

「あの女はこの辺のことはよく知りませんよ。まだこちらへ来てふた月もたってませんから」

「それは知っています。が、あなた、ホプキンズはたいしたおしゃべり女だと聞いています。あの女は、メアリイ・ジェラードに災いが及ぶことを怖れて、村の連中にはしゃべらなかったでしょう。しかし、たぶん、他の土地の人間、自分の同僚には、ほのめかすくらいのことはしたでしょう。オブライエンは、何かを知っているかもしれない」

第十章

オブライエン看護婦はその赤い頭をそらし、ティー・テーブルごしに相手の小さな男に愛想よく笑いかけた。

彼女は心に思った——おかしなちっぽけな人だこと——それに、まるで猫みたいな緑の目をしてるじゃないの。だのにロード医師《せんせい》は、この人は頭がいいって言っていらっしゃる。

エルキュール・ポアロは言った。「あなたのように健康で元気な方にお目にかかるのはまことに嬉しいことですな。患者さんも、あなたが看護なされば、全快疑いなしでしょう」

「わたし、いやな顔は絶対に見せませんし、幸せなことに、わたしがお付きした方で亡くなられた患者さんは少ないですよ」

「ウエルマン夫人の場合は、もちろん、ああなられたほうがお楽でしたしね」

「はあ、そうですよ、お気の毒でしてね」オブライエンはポアロの顔色をうかがって、「そのことについてでしょうか、お話に見えましたのは？　発掘されたとか聞いたんですが？」

「当時、あなたはなんの疑いももたれなかったのですな？」

「夢にも。でも、あの朝のロード医師《せんせい》のお顔つきだと、いりもしないものを取りにいかせて、わたしを遠ざけたりしてたことから推して、当然、わたしも疑ってみてよかったんです。でも、あげくのはてに、結局、診断書に署名をなさいましたよ」

「いや、あの方には、いろいろ理由が――」

オブライエンは終わりまで言わせなかった。「そうですとも。お医者さまがよけいな気をまわして、家の方の気を悪くしたあげく、まちがっていたとなると、もうおしまいですわ。それきりご用がなくなりますもの。確実な証拠がなければお医者さまは黙ってるものですわ」

「ウエルマン夫人が、自殺されたのかもしれないという考え方もあるのですが」

「奥さまが？　ああして身動きもできずにいらしたのにですか？　片手をあげるのもやっとだったんですよ」

「誰かが手伝ったのかもしれませんが？」

「ああ、やっとおっしゃることがわかってきました。カーライルさまか、ウエルマンさまか、でなければ、メアリイ・ジェラードかという?」

「ありえないことではないですな?」

「いいえ。とてもそんなことできる方たちじゃありませんわ」

「そうかもしれません──ときに、ホプキンズさんがモルヒネの筒をなくしたと言ったのは、いつでしたか?」

「その朝でしたわ。『たしかにここに入れといたんだけど』と言いましてね。初めのうちは確信をもってたんですけど、ね、よくありますでしょう、だんだんあいまいになってしまって、終わりには、家へ置いてきたにちがいないってことになってしまいましたわ」

「それでも、あなたは疑いをもたなかった?」ポアロは低くつぶやいた。

「夢にも。そうですわ、あのときにはおかしいなんて考えは、ぜんぜん起きませんでした。今、疑いがあるっていうのも、警察の方たちだけの考えでしょうし」

「そのなくなったモルヒネについて、あなたもホプキンズさんも何ひとつ懸念をもたれなかったのですか?」

「そんなことはありませんわ。たしか、あのあとブルー・ティット・コーヒー店にいたとき、そのことがわたしの頭にも、ホプキンズさんの頭にもあったのをおぼえていますわ。そして、わたしが気にしているのをホプキンズさんも気がついたらしく、あの人『どうも、わたし、マントルピースの上にちょっと載せといたのが、下のくず籠に落ちたとしか考えられない』って言いましたので、わたしも『そうよ、それにちがいないわ』って申しましたんですよ。二人とも、本当に思っていることも、ひそかに怖れていることもこわくて口に出せなかったんですわ」

「で、今は、どう思われます？」

「もし、警察がモルヒネを発見したとすれば、誰があの筒をぬき出したのか、なんのために使われたかということははっきりしています――でも、それがたしかにならないかぎりは、わたしには、あの人が奥さままで亡きものになすったとは思いたくありませんわ」

「では、エリノア・カーライルが、メアリイ・ジェラードを亡きものにしたということにはぜんぜん疑いを持っておられないのですな？」

「わたしの考えでは、それはもうたしかだと思います。ほかの誰かがあんなことをするわけがないじゃありませんか？」

「たしかにそうでしょうか？」

オブライエンは大げさに声をはってつづけた。「あの晩、奥さまがまわらぬ舌で何か言おうとなされ、エリノアさんが、何もかも奥さまのご希望どおり取りはからうと固く約束されたとき、わたしはその場に居合わせたってことをお忘れなく。そして、あの人がメアリイが階段をおりてゆく後ろ姿をじっと見つめているのをある日見かけ、その表情のすごさに身震いしたことさえあるんですよ。あのとき、たしかにあの人はメアリイを殺したいと思っていたのにちがいないんです」

「エリノア・カーライルがウエルマン夫人を殺害したとしたら、その理由はなんでしょうな?」

「きまってますわ、お金ですとも。二十万ポンドは欠けません。そのためにやったことですし、現に、そのおかげでまるまる手に入れたんですわ――もし、本当にそうならば、のことですけど。あの人は無鉄砲で、しかも頭のいいお嬢さんですわ。こわいもの知らずで、すごく利口で」

「ウエルマン夫人が遺言書を作られるまで生きのびられたとしたら、どういうふうに分配されたと思いますか?」

「そんなこと、わたしが申すべき筋あいじゃありませんわ」と言いはしたが、オブライエンは黙ってはいられないというように、「けれど、わたしはこう思ってますの。奥さまは、全財産をメアリイ・ジェラードにお遺しになっただろうってね」

「ホワイ？」

「ホワイ《へええ》って？　ああ、なぜかって訊いていらっしゃるのですか？　そうですねえ——ただそうだろうというだけのことですわ」

ポアロは声を落として言った。「こんなことを言う人があるかもしれない。メアリイ・ジェラードはうまく仕組んだ——あの老夫人をすっかりまるめこんで、血のつながりだの、ほかの方への愛情だのを忘れさせてしまったとね」

「そんなことを言う人もあるでしょうよ」オブライエンは考え考え言った。

「メアリイ・ジェラードは、賢い、はかりごとをめぐらすような娘でしたかな？」

オブライエンはゆっくりゆっくり言った。「そうは思いませんでしたわね。あの娘《こ》のすることは不自然じゃありませんでしたわ。べつにたくらんだようなとこは見えませんでした。あの娘《こ》は、そういうたちじゃあなかったんです。それに、このことにはけっして公にできないある事情がからんでいましてね」

エルキュール・ポアロは声を落とした。「あなたは、じつに思慮ぶかいご婦人ですな」

「わたしは、自分に関係のないことはしゃべらないことにしておりますわ」

その顔から目をはなさず、ポアロはつづけた。「あなたとホプキンズさんは、あることがらを明るみに出さないでおくほうがいいと申しあわされたのですね、ちがいますか？」

「なんのことをおっしゃるのでしょう？」

ポアロは口ばやに言った。「それは、この犯罪とはなんの関係もない、いやこの二つの犯罪と言い直しましょうか——」

オブライエンはうなずいた。「古いことをほじくりかえしてなんになりましょう。あの方は立派なお年寄りで、スキャンダルめいた噂などたてられたこともなく、誰からも見あげたお方として尊敬されていらしたのに」

エルキュール・ポアロは、さもありなんとばかりうなずいてみせてから、用心ぶかく言った。「おっしゃるとおり、ウエルマン夫人は、メイドンスフォードではひじょうに敬意を持たれておられますな」

突然、話が急転してきたが、ポアロは驚いたりまごついたりというそぶりさえ見せなかった。

「それに、ずいぶん昔の話ですもの。すべて過ぎ去り忘れられてしまった。それにお二人とも亡くなられたことですし。わたしはロマンスにはとても同情的ですし、それに、前にも言ったことですけど、奥さんが精神病院に入っていて、そのために男の方《かた》の一生が縛られてしまい、奥さんが亡くならないかぎり、自由の身になれないなんてこと、まったくひどいと思いますわよ」

ポアロは内心の驚きをかくし、「さよう、ひどい話です」とつぶやいた。「ホプキンズさん、お話ししました？　わたしたちが入れちがいに手紙を出したことを？」

ポアロは正直に言った。「そのことは話してくださいませんでしたが」

「不思議な偶然でしたわ。でも、そういうことよくありますわね。ある名前を一度聞くとしますでしょ、すると二、三日あとでまたその名を聞くというような。わたしが、ピアノの上に例のサイン入りの写真と同じものを見たちょうどそのとき、ホプキンズさんが、お医者さまの家政婦さんから、話の一部始終を聞いていたところだなんていうように」

「それはおもしろいですな」ポアロはつぶやき、さらにかまをかけて、「メアリイ・ジェラードは知っていましたか——そのことを？」

「耳に入るわけがありませんでしょ。わたしも、ホプキンズさんも言うわけがないんですから。だいたい、あの娘《こ》に知らせて、なんのいいことがありますかしら？」

オブライエンは頭をぐんとそらすと、まじまじとポアロを見つめた。
ポアロは溜め息をつきながら、「たしかに、そうでした」と言った。

第十一章

エリノア・カーライル……。

あいだの机をへだて、ポアロは相手の顔をしげしげと眺めていた。

ガラスの壁ごしに看守が監視しているきりで、ポアロとエリノアは二人きりで向かいあっていた。

ポアロは、感受性の強そうな知的な面《おも》ざし、広い白い額、美しい鼻と耳の型とを目におさめた。美しい線だった。誇り高い、感じやすい人、教養も深く、自制心も強く――まだ何かある――ひそんだ情熱だ。

ポアロは口を開いた。「私、エルキュール・ポアロと申します。ピーター・ロード氏の依頼で来ました。あの方は、私があなたのお役に立てるとお思いです」

「ピーター・ロードですって……」

追憶にふけるような声音だった。ちらっと悲しげな微笑をうかべたが、すぐに儀礼的な調子になってつづけた。「ご親切なおはからいだとは存じますが、あなたのお力をお借りしても無駄だと存じます」

「私の質問にお答えいただけますか？」

エリノアは吐息をもらし、「申しあげておきますが、何もお訊ねにならないほうがよろしいと存じますわ。わたし、充分ですの。セドンさんがよくやってくださっていますので。たいへん有名な弁護士がついてくださることになっておりますし」

「私ほど有名ではないですな」

「評判のいい方じゃございません？」エリノアの声には疲労のかげがあった。

「そうです。犯人を弁護することにかけては。が、私のほうは、ぬれぎぬを晴らすことについて名声を得ております」

エリノアは初めて目をあげた——美しく冴えた青い瞳だった。その瞳をポアロにすえて、「わたしが無実だとお信じになりますの？」

「あなたはどうなんです？」

エリノアは皮肉な笑いをうかべた。「それ、あなたの質問の流儀でいらっしゃるの？イエス、と答えるのはやさしいことじゃございません？」

ポアロは虚をつくように言った。「あなたはひどく疲れておられる、そうでしょう？」

エリノアはちょっとはっとして答えた。「ええ、そりゃあ——何もかもどうでもいいほど、疲れてます。でも、どうしておわかりに？」

「わかりますとも」

「わたし、ほっとすると思いますの——すんでしまえば」

ポアロは黙ってじっと見つめた。そして言った。「お目にかかりましたよ、あなたの——お従兄《いとこ》さん、と便宜上呼ばせていただきましょうか、ロデリック・ウエルマン氏のことですが」

誇り高い色白な顔に血の色が徐々にのぼってきた。ポアロは、それで彼のひとつの問いが答えられたのを知った。

「ロディーにお会いになったのですか」その声は、かすかにふるえをおびていた。

「あの方は、あなたのために、できるだけのことをしています」

「わかっております」低く口ばやにエリノアは言った。

「あの方は相当財産がおありですか？」

「ロディーですか？　たいしてございません」

「しかし、相当贅沢にお暮らしのようで？」

エリノアは上《うわ》の空で言った。「わたしたち、たいして気にもしていませんでしたの。どうせいつかは――」エリノアはふっと口をつぐんだ。

「相続されるものをあてにしておられた？　それはわかります。ときに、叔母上の死体解剖の結果をたぶんお聞き及びと思いますが。死因はモルヒネでした」

「わたしがしたのではありません」エリノアの声は冷たい。

「自殺されるのを手伝われましたか？」

「手伝うって――？　ああ。いいえ、いたしません」

「叔母上が遺言書を作成されていなかったのをご存じでしたか？」

「いいえ、ぜんぜん」

エリノアの声音は一本調子になってきていた。返事も機械的で興味なげだった。

「で、あなたご自身は遺言書を作られましたか？」

「ええ」

「ロード医師《せんせい》がそのことを言われた日にでしょうか？」

「ええ」

また血の色がさっとのぼった。

「財産をどのように遺されました。カーライルさん？」

エリノアは静かに言った。「わたし、全部ロディーに、ロデリック・ウエルマンに遺すことにしました」

「あの方はそれをご存じですか？」

「知りませんわ、もちろん」

「そのことをお話しあいには？」

「そんなこと。あの人はひどく迷惑に思いますでしょうし、わたしのしたことをいやがるにきまっておりますもの」

「その遺言書の内容を誰かほかに知っている人は？」

「セドンさんだけです——そりゃあ、事務所の人は知っていますでしょうが」

「セドン氏がその書式を作られたわけですな？」

「ええ。わたし、あの日の夜、手紙で頼みましたの——ロードさんがそのことを言われた日の夜のことです」

「ご自分で手紙を出されましたか？」

「いいえ。ほかの手紙と一緒にあの家の集配箱を通じてですわ」

「それを書かれて、封筒に入れ、封をして、切手をはり、そして、その箱にお入れになった——そうですね《コム・サ》？　その間、再考するためにあいだを置いたり、読み返したりはなさらなかった？」

エリノアはポアロを見つめた。「読み返しましたわ、たしかに。それに、切手を探しに部屋を出ました。切手をもって戻ると、もう一度読みなおしてみました。意味が通らないようなことはないかどうかたしかめるために」

「そのとき、部屋には誰もいなかったですかな？」

「ロディーだけですわ」

「ウエルマン氏は、あなたが何をしているか、ご存じでしたでしょうか？」

「先ほど申しあげましたとおり、知りませんでした」

「あなたが部屋をあけておられたとき、誰かがその手紙を読むことができましたか？」

「さあ、どうでしょう。召使の一人が、とでもおっしゃるのですか？　わたしが部屋をあけておりましたときに、もし入ってきていましたら、あるいは読んだかもしれませんわ」

「つまり、ロデリック・ウエルマン氏が入ってこられる前に、ですね？」

「ええ」

「そして、ウエルマン氏も、あるいは読まれたかもしれない？」

エリノアははっきり軽蔑をこめて言った。「これだけはたしかに申しあげられます。

ムッシュー・ポアロ。あなたの言われる〝わたしの従兄《いとこ》〟は、人の手紙を読むような人間ではございません」

「そう信じられているということはわかります。しかし、人間は〝やりそうもないこと〟をじつにしばしばやってのけますのでね」

エリノアは黙殺した。

ポアロはさりげなく言った。「その同じ日でしたか、メアリイ・ジェラードを亡きものにしようという気持ちを初めて起こしたのは？」

エリノアの頰に三たび血がのぼった。今度は、燃えるように激しく。彼女は言った。

「ピーター・ロードがそうあなたに言いまして？」

ポアロはやさしく言った。「あのときなんですね？　窓からのぞいてみて、メアリイが遺言書を作っているのを知ったとき？　そのとき、あなたは、もしメアリイ・ジェラードが死んだとしたら、さぞおかしいだろう――さぞ都合がいいだろう、と突然思われた？」

「あの人にはわかったのです――わたしを見つめて、知ったのです」低い、こもったような声だった。

「ロード医師《せんせい》はいろいろと知っています。あの人は頭のきれる人ですよ、あのそばかすだらけの砂色の髪の青年は」

「あの人が、あなたをよこしたのは本当なのでしょうか――わたしを助けるために」エリノアの声は低い。

「本当ですよ、マドモアゼル」

エリノアは溜め息をついた。「わたし、わかりませんわ。どうしても」

「いいですか、カーライルさん。あの日にあったことをすべて話してくださることがぜひとも必要なのです――メアリイ・ジェラードが死んだ日のことを。どこへ行かれたか、何をされたか。それだけでなく、私はあなたが何を考えておられたかもうかがいたい」

エリノアは彼を見つめていたが、奇妙な笑いを唇にうかべた。「あなたって、ずいぶん単純な方のようですわね。わたしがあなたに嘘ばかり言うのはたやすいことだってこと、おわかりになりません？」

ポアロは平然と言った。「ちっともかまいません」

「かまわないっておっしゃるのは？」

「嘘というものは、マドモアゼル、聴く耳を持つものにとっては、真実同様の価値があるのです。ときには、真実以上の働きさえします。さあ、始めていただきましょう、どうぞ。あなたは、あの善きビショップ夫人にあった。夫人はあなたのお伴をして手伝ってあげたいと言った。あなたはそれを断わった。なぜです？」

「わたし、ひとりきりになりたかったのです」

「なぜって？」

「なぜって？　あの、考えたかったからです」

「あなたは、想いをめぐらせたかった——そう。で、次に何をしましたか？」

エリノアは、はっきり頭をあげて言った。「サンドイッチのためにペーストを買いました」

「二瓶ですね？」

「二つです」

「そして、ハンターベリイに行った。で、何をなさったのかな？」

「叔母の部屋に行って、整理を始めました」

「何を見つけました？」

「見つけたって？」エリノアは眉をよせた。「衣類や——古い手紙や——宝石などですわ」

「何か秘密のものは？」

「秘密って？　何のことをおっしゃってるのかわかりませんわ」

「では、先へまいりましょう。次はなんですか？」

「わたし、食器室《パントリー》におりて、サンドイッチを切りました」

ポアロはやさしく言った。「そして、考えた――何を？」

エリノアの瞳がきらっと光った。「わたしの名前の由来をですわ。アキテーヌのエレアノール（ヘンリイ二世の妃。夫の情人であるロザモンドの隠れ家を突きとめそれを毒をもって自決せしめた）です」

「よくわかりました」

「おわかりになります？」

「わかりますとも。その話は知っています。うるわしき《フェア》ロザモンドに、剣か毒杯かをえらばせましたね、彼女は。ロザモンドは毒杯をとったのでした」

エリノアは口を閉じ、蒼白になっていた。

「しかし、この場合はえらぶことはできまい、とですか。さ、マドモアゼル、その先は？」

「サンドイッチをお皿に並べておいて、ロッジに行きました。メアリイと一緒にホプキンズ看護婦がいました。わたし、二人に、サンドイッチができていると告げました」

ポアロは注意ぶかく見つめていたが、声を落として言った。「そう、そして、そろって家に戻った？」

「ええ。わたしたち——家族の居間でサンドイッチを食べました」

ポアロは声を落としたまま言った。「さよう——そのとき、まだあなたは夢のなかにいた。そして——」

「そしてって？」エリノアは目をすえた。「わたし、あの娘《こ》を部屋に残して出ました——あの娘《こ》は、窓のところに立っていましたわ。わたし、食器室《パントリー》に入ってゆきました。あなたのおっしゃるように——夢のなかにいるような気持ちで。看護婦はそこで洗いものをしていました。わたし、ペーストの瓶を渡しました」

「そうです——次に何が起こりました？ 次に何を考えました？」

エリノアは夢の話でもしているように言った。「看護婦の手首に小さなきずがありました。わたしがそのことを言うと、ロッジのわきのバラの垣根でトゲを刺したのだと言いました。ロッジのわきのバラ……わたし、ロディーと一度喧嘩をしたことがありました——ずっと昔——バラ戦争のことで。わたしはランカスター家の味方で、ロディーは、ヨーク家側でした。ロディーは白いバラが好きだと言いました。わたしは白バラなんて本当のバラじゃない、匂いもありはしないって言いましたわ。わたし、紅バラが好きだったんです——大きくて濃い色の、ヴェルベットのような花弁の、夏の香がする——わたしたちばかみたいに言い合いをしました。そのことが急に心によみがえってきたんです──あの食器室《パントリー》で──そして何かが──何かが消えていきました──わたしの心にわだかまっていた真黒な憎しみが──きれいに拭われてしまったんです──わたしたちの子供のときのことを思い出したことで。わたし、もうメアリイを憎んでいませんでした。わたし、あの娘《こ》が死ねばいいとも思わなくなっていました」

エリノアはちょっとだまった。

「だのに、あとで、部屋に戻ってみると、あの娘《こ》は死にかけていたんです」

彼女はだまってしまった。ポアロはじっとその顔を見つめた。エリノアはぱっと頰をそめると言った。「もう一度、訊いてくださいません──わたしがメアリイ・ジェラードを殺したかどうかって？」

ポアロは立ちあがった。彼は口ばやに言った。「もう何もうかがいますまい。私には、知りたくないこともありますので、ときには」

第十二章

1

ロード医師は言われたとおり駅に出迎えていた。

汽車から降りたったエルキュール・ポアロは、すっかりロンドン風ないでたちで、尖《さき》のとがったエナメル靴をはいている。

ピーター・ロードは彼の顔を探るように見つめたが、エルキュール・ポアロはそしらぬ顔をしていた。

「あなたの質問に答えられるように、あらゆる努力をしました。まず第一にメアリイ・ジェラードは、七月十日にここを出て、ロンドンに向かいました。次の質問の答は私は家政婦は使っていない——すべて若いメイドたちまかせです。きっと、私の先任者のランサムの家政婦だったスラタリイのことを言われるのだと思います。なんなら、朝のうちにその女の家にご案内いたしますよ。今日は家にいてくれることになっていますから」

「そうです、まず、その女にあったほうがよいかもしれません」

「ハンターベリイにも行くんですね。私もお伴します。なぜもっと早く行かないのかと、じつはじりじりしてたんです。前に来たときにどうして行かなかったんですか。私なら、こうした事件にぶつかったら、何をおいてもまず、その犯罪が行なわれた現場を訪ねるだろうと思いますがね」

ポアロは頭をちょっとかしげて訊ねた。「なぜ？」

「なぜって？」ロードはどぎまぎして、「それが常識じゃないでしょうか？」

「探偵の仕事は、教科書片手にやるわけじゃないですよ。自分の頭だけが頼りなんですからね」エルキュール・ポアロは言った。

「でも、何か手がかりがそこでつかめたかもしれない」

ポアロは溜め息をついた。

「あなたは探偵小説を読みすぎたようだ。この国の警察は、なかなか素晴らしいのですよ。彼らが、家の内外を綿密に調査したことを私は疑わない」

「そう、エリノア・カーライルに不利になる証拠を探すためにね——真実をあかすようなものは見つけようとしなかったでしょう」

「なにも、あなた、警察はばけものじゃありませんよ。エリノア・カーライルが拘引されたのは、それだけの理由があるからですよ――証拠は充分に揃っているのです。警察がすでに調べずみのあとを私が行って探りまわっても無駄でしょうが？」

「しかし、あなたはやはり行くんじゃないですか、いまごろになって？」

「そうです――今、それが必要になったからですよ。何を探せばよいかがはっきりしたからです。目を使うまえに、頭のほうを納得させなければならないんです」

「じゃ、たしかにあるんですね――何かが――まだあそこに？」

「何かが見つかるだろうと私はひそかに期していますよ――ええ」

「エリノアの無実を証明するものですね？」

「さあ、そうとはかぎらない」

ピーター・ロードはがっかりして、「まさか、まだ彼女が黒だと思っておいでではか？」

「その答を出すのには、もう少し待っていただかねばなりません」ポアロの声は重かった。

2

ポアロは、ロード医師宅の庭に向かって窓の開いた快い部屋で一緒に昼食をした。

「スラタリイから満足のゆくような話を聞きだせましたか？」

「ええ」

「いったいなんなんですか？」

「ゴシップですよ！　昔の話をね。ある種の犯罪は過去に根がある。これもそのひとつのようです」

ロードはもどかしげに言った。「いったいなんの話なんです」

ポアロは微笑《ほほえ》んだ。「これはなかなか結構な魚ですな」

ロードはいらだって言った。「そのはずですよ。今朝、朝飯前に釣ってきたんですから。ね、ポアロさん、何をもくろんでいるのか聞かせてはくれないんですか？　なぜ私を暗闇においたままにするんです？」

ポアロは頭を振った。

「今までのところ、まだ望みがないからです。私は常に、エリノア・カーライル以外には誰もメアリイ・ジェラードを殺す理由を持たないという事実に行きあたるんです」

「そうとは言い切れますまい。あの娘《こ》は、しばらく外地に行ってたんですよ」

「あなた自身、ドイツに行ったんですか？」

「私がですか、いいえ」くっくっと笑いながらポアロは言い足した。「私はスパイを抱えていますので」

「他人を信用できるんですか？」

「できますとも。安い金で玄人《くろうと》が立派にやってくれるようなことを、自分で素人《しろうと》くさく追いまわすようなことは、私はしませんよ。申しあげときますがね、私が手がけている仕事はこれでなかなか多いんですよ。腕っこきの助手もかなり使っています――なかの一人は、泥棒出身でしてね」

「何に使うんです、その男を？」

「最近その男を使ったのは、ウエルマン氏のフラットの徹底的調査です」

「何を探させたんですか？」

「いや、人に嘘をつかれた場合、その嘘がなんであるかを突きとめたいものでしてね」

「ウエルマンがあなたに嘘をついたということですか？」

「そうです」

「ほかに誰か嘘を言ってますか？」

「誰もかれも、と思いますね。オブライエンはロマンティックに。ホプキンズは頑強に。ビショップ夫人は毒を含ませて。あなたは――」

「じょうだんじゃない」ロードは無作法にも彼を遮った。「まさか、私までが嘘を言っていると思っているのでは？」

「今までのところはね」ポアロは認めた。

ロードはほっと椅子にもたれこんだ。「なんという疑りぶかい人だ、あなたは」そして彼は言った。「おすみでしたら、そろそろハンターベリイに出かけましょうか？ あとで患者も診なければならないし、手術もあるんです」

「おっしゃるとおりにいたしますよ」

二人は歩いてハンターベリイに向かい、裏門から邸に入っていった。家に続いている邸内路で、手押し車を押してくる背の高いようすのいい若者にあった。彼はロード医師に向かい、帽子に手をかけて敬意を表した。

「おはよう、ホーリック。ポアロさん、庭師のホーリックです。この男は、あの朝ここで仕事をしていました」

ホーリックは言った。「はい、旦那さま、さようで。あの朝、エリノアさまにお目にかかり、お話をしました」

「どんなことを言いましたか、あの方は？」

「お嬢さまが家が売れそうだとおっしゃいましたんで、びっくりしました、旦那。それでも、お嬢さまは、サマーヴェル少佐に私のことを話してやる、続けて使ってもらえるように頼んでやるとおっしゃってくださいましたんで――なんしろ、年が若いもんで、庭師頭にはどうかと言われるかもしれなかったんです。これでも、ここでスティーヴンさんの下で相当年季を入れてるんですが」

「エリノアさんは、いつもと変わったところはなかったかい、ホーリック？」ロードが訊いた。

「べつに気がつきませんでしたが、そう言えばちっとばかり気が立っておいでのようでした――何か考えてでもおいでのように」

「あんたはメアリイ・ジェラードを知っていたかい？」エルキュール・ポアロは訊いた。

「はい、旦那。が、あまりよく知っちゃいません」

「どんな娘だったかね？」

ホーリックはまごついたようだった。

「どんなって、旦那、見かけのことですか？」

「いや、どんな性質の娘だったか、ということなんだが？」

「そうですねえ。なかなかできた娘でしたよ。言葉づかいなんかも上品だったし、見識も高かったですねえ。とにかく旦那、ウエルマン奥さまがひどくかわいがっておいでだったんでね。それで、おやじはかんかんでしたよ。あの男ときたら怒りっぽい熊みたいでね」

「聞くところによると、あまり機嫌のいい男じゃないようだったな、あのじいさんは？」

「そうですとも。終始文句たらたらで無愛想でね。まともなことを言ったためしがなかったんです」

ポアロは言った。「あんたはあの朝ここにいた。どのへんで仕事をしてたのですか？」

「たいてい菜園にいました」

「そこからは家のほうは見えないね？」

「見えませんですよ、旦那」

ピーター・ロードは言った。「誰かが家のほうにまわったとしても——あの食器室《パントリー》の窓のほうへ――ホーリック、おまえ見えなかったわけだな？」

「そういうわけで、旦那」

「何時に食事に行ったかね？」

「一時です、はい」

「そのときにも何も見なかったかな――うろつきまわってる男とか――道に自動車があったとか、何かそういったものを？」

ホーリックはちょっとあきれたように眉をあげた。

「裏門の外にですか、旦那？　旦那の自動車はありましたが、ほかには誰の車も見えませんでしたぜ」

「私の車だって？　そりゃあ、私のじゃないよ。あの朝は、ウィゼンベリイのほうへ出かけていたんだから。三時すぎまで帰っていやしないよ」

ホーリックはきょとんとした顔になった。

「たしか旦那の車でしたがねえ」

「いや、まあどうでもいいさ。じゃまた、ホーリック」

二人が歩み去るのをホーリックはしばらく見送っていたが、また車を押していってしまった。

ピーター・ロードは、興奮をおさえきれぬ低い声で言った。「ついにあった——手がかりが。あの朝、裏門に止まっていたのは誰の車だろう？」

「あなたの車はなんですか？」

「フォード10型ですよ——紺青の。ざらにあるやつですよ、もちろん」

「そして、たしかにあなたのではない？　日を思いちがえてはいないですか？」

「絶対にまちがいありませんよ。ウィゼンベリイに出かけていって、遅く帰って昼食をとっているときに、メアリイ・ジェラードのことで電話がきたんで、とんできた始末ですよ」

「とすると、どうやらやっと手がかりらしいものが見つかったというわけですかな」

「あの朝、誰かがここにいたんだ——エリノア・カーライルとメアリイ・ジェラードとホプキンズ以外に」

「これはなかなかおもしろくなってきた。さあ、調査を始めますか。そう、まず手始めに、その男、もしくは女が、人目に立たないで家に近づくとしたら、どういうふうにやったか考えてみましょう」

邸内路のなかほどから分かれた小道が植込みのあいだを縫って走っていた。二人はこの道を進み、とある曲がり目に来たとき、ロードはポアロの腕をつかみ、ひとつの窓を指した。

「あれが食器室《パントリー》の窓ですよ、エリノア・カーライルがサンドイッチを切っていた」

「そしてここからなら、彼女がそれを切っていたのが見えた。窓は開いていた、そうでしたね、たしか？」

「開けはなしてありましたよ。ひどく暑い日だったんですから」

エルキュール・ポアロは思いにふけるように言った。「とすると、もしも誰かが、人から見られぬようにようすを探ろうと思ったとしたら、どこかこのあたりが格好な場所のわけだ」

二人は目星をつけ始めた。と、ピーター・ロードが言った。「ここかもしれない——この茂みの蔭の。や、草が踏みつけられている。もう元に戻りかけてはいるが、まだはっきり見える、今でも」

ポアロもその場へ行った。「なるほど、ここは格好の場所だ。小道からは見えないし、そこの茂みの切れめから、窓が見とおせる。さて、彼はここで何をしたか、ここに立った我らが友は？　たばこでもやったのですかな？」

二人はかがみこみ、草や小枝をかきわけて地面をしらべた。

突然、エルキュール・ポアロが低く声をあげた。

ピーター・ロードは背をのばした。

「なんです？」

「マッチの箱ですよ、あなた。空《から》のマッチ箱です。うんと踏みつけられて、泥まみれでこわれてますがね」

丁寧にその物体をすくいあげると、ポアロはポケットから取りだしたノートの一片にそれをのせた。

「外国ものだ。なんと、ドイツ製のマッチだ」ピーター・ロードは言った。

「そして、メアリイ・ジェラードは、最近ドイツから帰ったばかりだ、と」

「やっと何か手に入った。これこそ決め手だ」ロードは喜色満面だった。

ポアロはゆっくりと言った。

「それにきまってるじゃないですか。「たぶん」このへんの人間が外国のマッチをもってるわけがない」

「ええ、ええ、わかってますよ」

ポアロがわけがわからないといった目を、茂みの切れめに向け、窓を眺めた。

「だが、あなたが考えるほど事は簡単じゃあない。ここにひとつの難関がある。おわかりになりませんか？」

「なんです？　言ってください」

ポアロは溜め息をついた。

「おわかりでなかったら――まあいい、先へ行きましょう」

二人は家の前まで来た。ロードは裏口の鍵をあけた。

彼は先に立って洗い場から台所へ入り、そこから片側に納戸、片側に食器室《パントリー》のある通路へと出た。二人は食器室《パントリー》に入って、あたりを見まわした。

よくあるガラス戸つきの、コップや陶器を入れる食器棚がつくりつけになっていて、ガスコンロが一つ、やかんが二つ、〈紅茶〉〈コーヒー〉と書いた缶が二つ棚にのっている。水切り台のついた流しには洗い桶が置かれている。

ピーター・ロードは言った。「このテーブルでエリノアがサンドイッチを切ったんです。モルヒネのレッテルのきれっぱしは流しの下の床の隙間にはさまっていたのです」

「警察はなかなかゆきとどいた捜査をします。ほとんど何も見逃さない」

ロードは激しく言った。「エリノアが、あの薬剤を使ったという証拠は何もないんだ。たしかに、何者かがあの外の茂みから見ていたんだ。あの人がロッジに行ったあいだに、その男は得たりとばかりしのびこみ、筒の口を開けて、モルヒネの錠剤をつぶし、いちばん上のサンドイッチになすりつけたんだ。レッテルが少し破れたのも、下の隙間に落ちこんだのも、その男は気がつかなかったんだ。大あわてで外に出ると、車にエンジンをかけ、立ち去ったにちがいない」

ポアロは嘆息した。

「まだ、わからないのですか！　あなたみたいに知的な人が、どうしてそう頭がまわらないのですか」

ロードは怒って詰問した。「じゃ、きみは何者かがあの茂みに立って、窓を見ていたってことを信じないのですか？」

「それは信じますよ」

「じゃ、それがいかなる男か突きとめるべきだ」

「それはむずかしいことではなさそうですな」ポアロはつぶやいた。

「じゃ、もうわかっているって言うんですか？」

「私は頭がいいのでね」

「じゃ、ドイツで調査をしていたあなたの手先が、すでに手がかりを発見したんですね」

ポアロは額をトントンとたたいて言った。「あなた、すべてはここにあります、私の頭にね。さあ、家のなかを見てまわりましょう」

3

二人はついにメアリイ・ジェラードが死んだ部屋に立った。

その部屋には不思議な雰囲気があった。不吉な予感と記憶とがあたりにみちているようだった。

ロードはひとつの窓を広く開けはなった。

「ここは墓穴みたいだ」その声もふるえをおびていた。

「壁に舌あれば、ですな。すべてがここに、この家のこの場所にある——そもそもの始まりが」

一度黙ると、声を落として、ポアロは言った。「この部屋で、メアリイ・ジェラードは死んだのですね？」

「その窓のそばの椅子に坐っているのを二人が見つけたんです」

「若い娘——美しく、ロマンティックな。あの娘は謀略をめぐらしたのか？　お高くとまった、傲慢《ごうまん》な娘だったのか？　やさしく愛らしく、謀略などめぐらすことを考えもしない――人生を始めたばかりの――花のような娘だったのか？」ポアロは感慨ぶかげだった。

「ともかくどんな娘だったにしろ、何者かがその死を願ったんです」

ポアロはつぶやいた。「さあ、どうでしょうか――」

ロードは目をすえた。

「どういう意味です、それは？」

ポアロは頭を振った。

「まだまだ」

彼はあたりを見まわして言った。「これで家も全部見た。ここで見得るものはすべて見た。さて、次にロッジに行きますかな」

そこもすっかり片づいていた。部屋にはほこりがつもっていたが、私物は全部とりはらわれ、きちんとしていた。二人はほんの二、三分いたきりだった。外に出ると、ポアロは垣にはいのぼっているバラの葉にふれてみた。匂いのいいピンクのバラだった。

「このバラの名をご存じかな？　ゼフィライン・ドローインですよ」ポアロはつぶやいた。

ロードはじりじりして言った。「それがどうしたんです」

「エリノア・カーライルにあったとき、あの人はバラの話をしました。そのときですよ、私にやっと光が見え始めたのは――日の光ではないが、ちょうど汽車でトンネルから出るころにちらっと射してくるようなかすかな光です。明るい日の光ではない。が、それを予告するものです」

「いったいどんなことを話したんです？」

「子供のころのことをね。この庭で遊んだこと、ロデリック・ウエルマンと。二人は敵同士だったんですよ。彼はヨーク家の白バラ――あの冷たく厳しい花を好み、彼女は、そう、紅バラが、あのランカスター家の紅バラが好きだったと言いました。香りと色と情熱と温かさのある紅バラを。そして、それこそエリノア・カーライルとロデリック・ウエルマンの性格のちがいですよ」

「そのことが、何かの手がかりにでもなるんですか？」

「エリノア・カーライルという人を知るためには――情熱的で、誇り高く、そして彼女を愛することのできない男を死ぬほど愛していた人を」

「あなたの言うことはわからない」

「だが、私にはあの人がわかります。二人ともよくわかる。さて、もう一度、例の茂みのなかの小さな空き地に行きますかな」

二人は黙りこんで歩いていった。ピーター・ロードのそばかすだらけの顔には悩みと憤《いきどお》りが浮かんでいた。

と、突然、小柄な探偵はいらだたしそうに吐息を洩らした。

「じつに簡単なのだが。まだおわかりになりませんか、あなたの理論の致命的な誤謬《ごびゅう》が? あなたの論法によれば、何者か、たぶん男でしょうが、ドイツでメアリイ・ジェラードを知っていた人間が、彼女を殺す目的でここへ来たということになる。しかし、いいですかね、よく見てください、見るんですよ、肉体の目を使って。どうやら心の目のほうは役に立たないようだから。ここから、何が見えます? 窓でしょう? そして窓のところに、一人の娘が。サンドイッチを切っている娘ですよ。つまり、エリノア・カーライルです。しかし、ちょっとこれを考えてごらんなさい。そのサンドイッチがメアリイ・ジェラードに供されるということが、いったいどうして、その見張っている男にわかるんです? エリノア・カーライル自身以外に、そのことを知っている人間は一人もなかったんです――一人も。メアリイ・ジェラード自身も、ホプキンズも知らなかった。

で、どうなります――もし、その男がここに立って見張っていて、もしあとで窓からしのびこんでサンドイッチに仕掛けをしたのだとしたら? その男は何を考え何を信じていたか？　彼は、こう思ったにちがいないのです――エリノア・カーライル自身がそのサンドイッチを食べるだろうと」

第十三章

ポアロはホプキンズ看護婦のコテイジの戸口をノックした。ホプキンズは菓子パンを口いっぱい頬ばったまま戸を開いた。

「まあ、ポアロさん、まだ何かお訊ねになりたいんですか？」ホプキンズの声はとげとげしかった。

「入らせていただけますか？」

気が進まなそうに、ホプキンズは体をひき、ポアロはやっと敷居《しきい》をまたぐことを許された。ホプキンズはそれでもお茶の仕度を始め、やがてポアロは手にした黒っぽい液体を見つめて困惑した。

「入れたてですわ——濃くておいしいんです」ホプキンズは言った。

ポアロはおっかなびっくりその紅茶をかきまわし、やっとの思いでひとすすりした。

「ときに、私がなぜうかがったかおわかりですか？」

「さあ、ご用件をおっしゃるまでは、はっきりしませんわ。わたし、読心術などやりませんもの」

「私は、本当のことを訊きにきたんです」

ホプキンズは居丈高《いたけだか》になった。

「いったいどういうことなんです、それ？　わたしは嘘など言う人間じゃありません。隠しだてなんかしませんよ。あのモルヒネをなくしたことだって、ほかの人ならそのまま黙ってとおすにきまってますよ。わたしだって、鞄を置きっ放しにしといたことでお咎《とが》めを受けるのはわかってたんです。誰だってよくやるんです、あんなことは。思ったとおりお叱りを受けちまって――それがこの仕事にとっていいことじゃないのはおわかりでしょう。でも、そんなことはどうでもいいんです。この事件に関係がありそうだと思ったからこそ、正直に話したんですよ。だのに、ポアロさん、なんでそんな嫌味をおっしゃるんです。メアリイ・ジェラードの亡くなったことについてだって、わたしが隠したり、あなたの目をくらませたりしてることがあるとでも思うんなら、いくらでもでっちあげればいいでしょう。わたしは何ひとつ隠しだてはしてませんよ、申しあげときますが。いつだって法廷に立って、誓いにかけてそう言い切ってみせますよ」

ポアロは口を出そうともしなかった。憤《いきどお》っている女の扱い方にかけては、充分場かずを踏んでいるのだ。ホプキンズが勝手に怒りたけったあげく、気ぬけがするのを待っていたのだった。やっと、彼は静かにおだやかに口を切った。

「べつに、私はあなたがこの犯罪のことについて何かを隠しておられると言ったわけではありませんよ」

「じゃ、なんなんです、うかがいたいもんですね」

「私は本当のことを話していただきたいと言ったまでのことです――メアリイ・ジェラードの死についてではなく、生きているときのことを」

「あら」ホプキンズは一瞬たじろいだようだった。「そうですか、あなたが探ろうとしていらっしゃるのは。でも、この犯罪とは何も関係がないんですよ」

「関係があるとは申しませんよ。ただ、あなたが、メアリイについて知っていることを隠していると言っただけのことです」

「でも、それが当然じゃありません――犯罪と何も関係がないことでしたら？」

「当然とは？」ポアロは肩をすくめた。

ホプキンズは真っ赤になって言った。「だってそれが一応の礼儀ですわ。みんなもう亡くなっているんですもの――関係者たちが、他人がとやかく言う筋あいのもんじゃないですし」

「それがただの推測なら、まあそうも言えますね。しかし、たしかな事実を知っているとなると、問題がちがってきますな」

「何をおっしゃってるのか、よくわかりませんわ」

「よろしい、はっきり申しましょう。私はスラタリイ夫人と相当長いこと話しましてね、あの方は、二十年も前にあった事をひじょうによく覚えておいでですよ。私が知ったかぎりのことを申しましょう。つまり、二十年くらい前に、二人の人物のあいだに恋愛沙汰があった。一人はウエルマン夫人、当時未亡人として暮らしていて、恋への情熱を心にひそめていた。相手の方は、ルイス・ライクロフト卿、一生回復の見込みのない精神病の妻を持つという不幸な運命におかれていた。当時の法律は、離婚によってその状態から救われるということを許してはいなかった。しかも、ライクロフト卿夫人は肉体的にはひじょうに健康だったので九十代までも生きのびると予想されていた。このお二人のあいだにはひそかな交渉があったと思われるのだが、双方とも体面を重んじ、秘密に事を運んでいた。その後、ルイス・ライクロフト卿は戦死をとげた」

「で？」

「私が考えるに、彼の死後、子供が生まれ、その子供がメアリイ・ジェラードであったということなのですが」

「何もかもご存じのようですね」

「そう私も思ってはいます。しかし、あなたが、このことに関して決定的な証拠を握っているると考えられるのです」

ホプキンズは眉をよせてしばらく考えこんでいたが、いきなり立ちあがると、隅の机の引出しを開け、ひとつの封筒をとりだすと、それを手にしてポアロのそばに戻ってきた。

「これがどうしてわたしの手に入ったかお話ししますわ。ご存じのように、わたしは何かあるとかねがねにらんでいました。ウエルマン夫人があの娘をご覧になる目つきなどからしても。そこへ、輪をかけるように、例のゴシップを聞きましてね。それに、ジェラードじいさんが、機嫌の悪いときに、メアリイが自分の娘ではないなんてはっきり言ったもので。

メアリイが亡くなりましてから、わたし、ロッジの片づけをしましたとき、引出しのなかからあの老人の持ち物にまじっていたこの手紙を見つけたんです。まあ、なんと書いてあるかごらんください」

ポアロはインクの色もあせた表書を見た。

メアリイへ――わたしの死後送らるべきもの

ポアロは言った。「これはだいぶ古いものですな」

「ジェラードが書いたものではないんですわ。十四年前に亡くなったメアリイの母親なんです。娘のために書いておいたのに、あの老人は自分の持ち物のなかに突っこんどいたもので、メアリイは見たことがなかったんです。でもそのほうがよかったですよ。死ぬまで自分の出生のことを知らずにいたからこそ、ひけ目を感じないでいられたんですから――封がしてありましたわ、これ。でもじつを言うと、つい開けてしまいました。読んでみて、そんなことをしなければよかったとは思いましたけど、もうメアリイは亡くなってることですし、いずれにしてもその内容はもうその前に想像がついていたんですし、それにべつにほかの誰にも傷がつくようなことじゃあなかったんですから。それでもやはり、破いてしまうのはよくないような気がしたんですよ。まあ、ともかくお読みになってごらんなさい」

ポアロは、角ばった小さな字でびっしり書かれた手紙をとりだした。

何か必要の起きたときのために、わたしはここに真実のことを書いておきます。

わたしはハンターベリイのウエルマン夫人の小間使をしており、奥さまから親切にしていただいていました。わたしが不始末をしでかしたとき、奥さまは味方になってくださって、何もかもすんでしまうとまたおそばでつかってくださいました。赤ん坊はでも死にました。奥さまとルイス・ライクロフト卿は想いあっていらしたのですが、ライクロフトさまにはすでに奥さまがおありで――お気の毒なことに、その方は精神病院に入っていられたのです――そのためにお二人は結婚することができませんでした。ライクロフトさまは立派な方で、ウエルマン奥さまを深く愛していらしたのです。けれど、戦争で亡くなられ、そのあとで、奥さまは赤ちゃんがおできになっているとおっしゃったのです。奥さまはスコットランドに一時身をお隠しになり、わたしもお伴をしました。赤ちゃんはそこでお生まれになりました。ボブ・ジェラードは、わたしがまちがいをしでかしたときにはすっかり手をひいてしまっていたのですが、そのころまた手紙をよこし始めていました。結局、わたしたちは結婚してロッジに住み、その赤ちゃんをわたしのものだと彼に思わせるように事が運ばれました。わたしたちがそこに住んでいれば、ウエルマン奥さまが、その子供に愛着をお示しになって、教育をさずけたり、身を立てるようにはからっておやりになっても人に怪《あや》しまれるようなことがないだろうということだったのです。

奥さまは、メアリイが本当のことを知らないでいるほうがいいとお思いでした。奥さまはたくさんのお金をわたしたちにくださいました。けれど、そんなことをしていただくまでもなく、わたしはなんとかしてお助けしようと思っていました。わたしとボブは結構うまくいっていたのですが、あの人はどうしてもメアリイに情がうつらなかったようです。わたしは今まで誰にも一言もこのことを洩らしたりはしませんでした。けれど、わたしが死んだあとのためにこのことを書きものにして残しておくべきだと思い書いておきました。

イライザ・ジェラード
旧姓イライザ・ライレイ

エルキュール・ポアロは深く息をひき、その手紙をたたんだ。

ホプキンズは待ちかねたように言った。「で、これをどうなさるおつもりです? みんな亡くなってしまっていますのに、いまさらこんなことはあばきたてることはないと思いますね。このへんの人はみんなウエルマン奥さまを尊敬しています。今まで悪い噂なんか絶えてなかった方なんです。そこへもってきて、こんなスキャンダルを持ちだすのは、むごいというもんですわ。メアリイだって同じです。あの娘《こ》はかわいい娘でした。

いまさら不義の子だなんて汚名をきせることはいりませんわ。亡くなった人は静かに墓に眠らせてあげたらどうなんでしょう」

「だが、生きている人のことも考えなければならない」

「でも、このことは今度の事件とはなんの関係もないんですよ」

「いや、重要な関係がないとは言えない」ポアロの声は重かった。

コテイジをあとにするポアロの後ろ姿を、ホプキンズはポカンと口を開いて見送っていた。

いくらもいかないうちに、ポアロはためらいがちにあとを追ってくる足音に気がついた。足を止めて振りかえると、ハンターベリイの若い庭師のホーリックだった。彼はいかにも困り切ったように、手にした帽子を意味なくひねくりまわしていた。

「旦那、あのぅ、ちょっとお話ししたいことがあるんですが、聞いていただけますか？」

「聞くとも。なんだね？」

ホーリックはただ忙しく手を動かした。そしてポアロの視線をさけるように、目もあてられないほどの困惑を示しながら、「あの車のことなんです」と言った。

「あの朝、裏門のところにあった車のことかね？」

「へい、そうなんで。今朝、ロード医師《せんせい》はご自分のじゃないっておっしゃったけど、でも、たしかに医師《せんせい》のでしたんで」

「何か証拠でもあるかね？」

「へえ、旦那。番号なんで。たしかに、MS2022でした。はっきり見たんです。村じゃあみんなが知ってまして、いつも『ミス・トゥードゥー』って呼んでますんで。たしかにまちがいありません、旦那」

ポアロはほのかな微笑をうかべた。「しかし、ロードさんは、あの朝ウィゼンベリイに出かけておられたと言っとられる」

ホーリックは困りはてたようだった。「へい。私も聞きました。でも、たしかにあの旦那の車だったんです、神かけて誓ってもいいんで」

ポアロはやさしく言った。「ありがとう、ホーリック、そうしてもらわなければならないことになるだろうよ」

第三部

第一章

1

この法廷はひどく暑いのかしら？　それともひどく寒いのかしら？　エリノア・カーライルは燃えるように暑くなるかと思えば、すぐそのあとで震えてくるほど寒くなるのだった。

検事の論告の終わりのほうは彼女の耳には入ってこなかった。エリノアの思いは過ぎた日にかえっていた――あの嫌な手紙が来た日から始まったことを次々に追い、ついにあの怖ろしい瞬間にまでたどりついた。あのつるっとした顔の警官が、たえがたいほど流暢《りゅうちょう》に宣告をくだした時に。

「エリノア・キャサリーン・カーライルさんですね。去る七月二十七日のメアリイ・ジェラード毒殺容疑により拘引令状が出ています。今後発言されることはすべて記録のうえ、裁判の際、証拠資料として提出されることをあらかじめ承知していただきたい」

その言葉は、怖ろしいまでによどみなく言われた。エリノアは油のよくまわった機械の流れにほうりこまれたような思いがしたのだった。非人間的で、無情な。ところが、今、被告席に坐る彼女の上にはあまりにも人間くさい何百という目が集まっている。あからさまな、貪《むさぼ》るようにねめつける視線が。

陪審員だけが見ていない。困惑したように、努めて目をそらしている——あの人たちはあとで言わなければならないことを知っているからだ——エリノアは思った。

2

証言席についているのはロード医師だった。あれがあのピーター・ロードだろうか——ハンターベリイでいつもやさしく親切にしてくれた、そばかすだらけの陽気なお医者なのだろうか？　まるで別人のように堅くるしいようすで、厳しい職業的な態度をしている。その返答ぶりも単調きわまるものだった。電話でハンターベリイ邸に呼ばれた——すでに手のつくしようがなかった——到着後二、三分後にメアリイ・ジェラードは死亡した——死亡の状況はモルヒネによるものと認められ、ごく稀にある電撃性《フウドルワイアン》のものと同様の症状を呈していた。

エドウィン・ブルマー卿は反対訊問のために立った。

「あなたは、故ウエルマン夫人の主治医でいらっしゃったのですな？」

「そうです」

「さる六月、ハンターベリイ邸に行かれた折々に被告とメアリイ・ジェラードが同席したところを見る機会がありましたか？」

「何度もありました」

「被告のメアリイ・ジェラードに対する態度は、どのようなものだったでしょうか？」

「じつに自然な快活な態度でした」

エドウィン・ブルマー卿はちらっと傲慢《ごうまん》な微笑をうかべた。「では、たびたび言われた〝嫉妬の憎悪〟めいたものは一度も目にされなかったわけですな？」

ピーター・ロードは深く顎を引き、「そうです」と言い切った。

——でも、あの人は見たんだわ、たしかに。わたしのために嘘をついてくれている。

何もかも知っていたのに——エリノアは思う。

ピーター・ロードについで、警察医が立った。彼の証言は長く詳細にわたった。死亡原因は、電撃性《フウドルワイアン》モルヒネ中毒と言われるが、それをもっと細かく説明していただけますか、という求めに応じ、彼は嬉しそうに説明をした。つまり、モルヒネによる死はいろいろな症状をあらわすものであるが、もっとも普通に見られるのは、極度の興奮状態がある時間つづくと、次に睡気が襲い、昏睡に陥り、瞳孔《どうこう》が狭まる。ほかのあまり普通に見られない症状は、フランス人によって電撃性《フウドルワイアン》と名づけられている。この場合には深い睡眠がごく短い時間――約十分ほど起こり、瞳孔は広がる、と。

3

一時休憩に入り、ふたたび審問がつづけられた。専門的な医学上の証言が何時間にもわたって行なわれた。

著名な分析学者であるアラン・ガルシア博士は、学識ふかく専門語を駆使して、胃の内容物に関して、喜び勇んで発言をした。パン、バター、フィッシュ・ペースト、紅茶、モルヒネ――さらには博学を示す学術用語を駆使して詳細な分量の説明も加えた。死亡者のとった分量は、約四グレインと計出されたが、一グレインで充分致死量に達する、と。

ブルマー卿がふたたび立った。あい変わらず泰然《たいぜん》としている。

「はっきりさせておきたいのですが。あなたは、胃のなかに、パン、バター、フィッシュ・ペースト、紅茶、そしてモルヒネ以外には何も発見されなかった。ほかに何も食物はありませんでしたか？」

「そのとおりです」

「そのモルヒネが、とくにどの媒介を通じて与えられたかということを示すようなものがありましたか？」

「よくご質問がわかりませんが」

「もっと簡単に申しましょう。モルヒネは、フィッシュ・ペーストのなかにでも、パンのなかにでも、パンにぬられたバターのなかにでも、紅茶あるいはあとから加えたミルクのなかにでも入っていた可能性があったわけですな？」

「そうです」

「ほかの物ではなく、フィッシュ・ペーストのなかに入れられたという確実な証拠はないわけですな？」

「ありません」

「そのうえ、あるいは、モルヒネは別個にとられたものとも考えられる——つまり、媒介物を通さないで？　錠剤のまま飲みくだされたとも考えられますな？」

「もちろんそうです」

ブルマー卿は腰をおろした。

サミュエル・アテンベリイ卿は再訊問をした。

「ともかく、モルヒネがいかなる方法でとられたとしても、あなたの意見では、ほかの食物または飲物と同時にとられたのですね？」

「そうです」

「それだけです」

4

ブリル警部は、機械的な早口で宣誓を終えた。軍人のように姿勢をただし、無神経に、馴れきった証言を始めた。

「その家に呼ばれた……被告は、『きっとフィッシュ・ペーストにあたったんでしょう』と言った……部屋を調べた……フィッシュ・ペーストの一瓶は洗ってあり、食器室《パントリー》の水切り台の上にのっており、あとの半分残ったほうの瓶は……さらに食器室《パントリー》を捜査したところ……」

「何を発見しました？」

「テーブルのうしろにあたる床板の隙間に、小さな紙きれを見つけました」

証拠物件は陪審員席にまわされた。

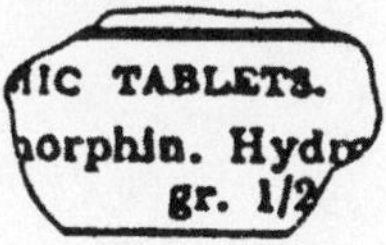

「あなたはこれを何だと思いましたか？」

「印刷されたレッテルの破れたきれはしだと思いました——モルヒネ錠剤を入れるガラスの筒の上に貼ってあるようなものです」

ブルマーは悠々と立った。

「あなたはこの紙片を床板の上で発見したのですね？」

「そうです」

「レッテルのきれはしですか？」

「そうです」

「そのレッテルの残りの部分も発見されましたか？」

「いいえ」

「では、そのレッテルが貼られていたとおぼしきガラス筒もしくはガラス瓶は発見されなかったというわけですね？」

「そうです」

「その紙片が発見されたときの状態は？　きれいでしたか、汚れていましたか？」

「まったく新しいもののようでした」

「まったく新しいとは？」

「床板のほこりが表面についていましたが、あとはきれいでした」

「そこに長いことはさまっていたというようなことは？」

「いや、ごくわずか前にそこに落ちたようでした」

「では、あなたがそれを発見された日にそこに落ちたと言われるのですな――それ以前ではないと？」

「そうです」

ブルマー卿は訊問をうちきった。

5

ホプキンズ看護婦が証言席についた。上気して、すっかり得意になっているようだった。

――でも、ホプキンズはあのブリル警部ほどは怖ろしくない。あの非人間的な警部には体をすくめてしまう。彼は疑いもなく大きな機械の一部分でしかないのだ。ホプキンズはすくなくとも人間の情をもっている。たとえそれが偏見というものであっても――

エリノアは思うのだった。

「ジェシー・ホプキンズですね？」

「はい」

「あなたは正規の地区看護婦で、ハンターベリイのローズコテイジに住んでいるのですね？」

「はい」

「さる六月二十八日に、あなたはどこにおられましたか？」

「ハンターベリイ邸におりました」

「迎えが行ったのですね？」

「はい。ウエルマン夫人が発作を起こされ——二度目のです、ほかに付添い看護婦が見つかるまで、オブライエンさんの手伝いをするためにまいりました」

「そのとき、小さな携帯用の鞄を持っていきましたか？」

「はい」

「なかに何が入っていたか、陪審の方々に説明してください」

「包帯、手あて用品、皮下注射器、そしていくつかの薬品、そのなかにモルヒネ剤の筒も入ってました」

「なんの目的でモルヒネを入れていたのですか？」

「村の患者に一人、朝晩、モルヒネの注射をしなければならない人がおりましたので」

「で、その筒の内容は？」

「二十錠の塩酸モルヒネの錠剤です。一錠につき、半グレインのモルヒネを含んでいます」

「あなたはその鞄をどうしました？」

「ホールに置きました」

「それは二十八日の夜ですね。その鞄を次に見たのはいつでしたか？」

「翌日の九時ごろです。家へ帰る仕度をしていたときです」

「何かなくなっていたものがありましたか？」

「モルヒネの筒がなくなっていました」

「そのことを話しましたか？」

「オブライエンさんに話しました。患者さんづきの看護婦です」

「その鞄は、人が始終出入りするホールにあったのですね？」

「はい」

アテンベリイ卿はちょっと間をおいて言った。「あなたはメアリイ・ジェラード、その亡くなった娘を知っていましたね、ひじょうに親しくしていたのですか？」

「はい」

「どういう娘でした？」

「かわいい、いい娘でした」

「明るい性質の娘でしたか？」

「とても明るい娘でした」

「何か問題を起こしていたようなことはありませんでしたか？」

「いいえ」

「メアリイ・ジェラードが亡くなるころ、とくに何か彼女が悩んでいたようなこと、もしくは将来のことで悲しんでいたようなことはありませんでしたか？」

「何もありませんでした」

「自ら命をたつというようなことをする理由は何もなかったわけですね？」

「何ひとつありません」

こうしたつまらぬ話がいつまでもいつまでも続いた。どうしてホプキンズがメアリイについてロッジに行ったか、エリノアの表情、何か興奮しているようなようす、サンドイッチを作ったからと誘ったこと、その皿がまずメアリイにまわされたこと。そしてエリノアが何もかも洗ってしまおうと言ったこと、さらに、ホプキンズに一緒に二階へ来て、衣類の整理をしてくれと言ったこと、等々。

その間、ブルマー卿は何度も遮ったり、異議を申したてたりした。

エリノアは思った――そう、何もかもそのとおりだわ――そしてホプキンズは信じている。たしかにわたしがやったのだと。それに、ホプキンズの言うことは何もかも本当なのだ――だからこそたまらないのだ。何もかも本当なのだから。

もう一度法廷に目をやると、エルキュール・ポアロの思いぶかげに見つめている顔が映った――まるでやさしいとさえ思える、何もかも知りつくして、じっと彼女を見つめている顔だった。

レッテルの破片が貼りつけてあるボール紙が、証人に手わたされた。

「これが何であるかがわかりますか？」

「レッテルのきれはしです」

「陪審員に、なんのレッテルであるか言えますか？」

「はい。モルヒネ剤の筒からはがれたレッテルの一部分です。半グレインのモルヒネ剤の――あのわたしがなくしたような」

「たしかにそうですね？」

「もちろんです。それは、わたしの持っていた筒からはがれたのです」

裁判長は言った。「それがあなたがなくした筒のレッテルであるということを証明する何か特別のしるしでもあるのですか？」

「いいえ。けれど同じものにちがいありません」

「つまり、あなたが言えることは、ひじょうによく似ているということだけですな？」

「ええ、まあそういう意味です」

訊問はそれで打ち切られた。

第二章

1

べつの日だった。エドウィン・ブルマー卿が反対訊問に立っていた。彼はもはや上機嫌ではなかった。言葉は鋭く刺すようだ。「このたびたびあげられた鞄のことですが。六月二十八日に、それは、ハンターベリイのホールに一晩中置きっ放しになっていたのですね？」

ホプキンズは承諾した。「はい」

「だいぶ不注意な行為ですな、ちがいますか？」

ホプキンズの顔が赤くなった。「はい、そう思います」

「あなたは、いつもそういう危険な薬品を誰でもが手を出せるところに置きっ放しにするのですか？」

「いいえ、とんでもない」

「ははあ、そうですか。が、この場合にはそうしたというわけですね？」

「はい」

「では、もしその気さえあれば、あの家の中にいた人は誰でも、そのモルヒネを手に入れることができたということは事実ですね？」

「はい、そう思います」

「そう思うじゃない。たしかにそうでしょう？」

「ええ、まあ」

「カーライルさんだけが手に入れられたということはないわけでしょう？　雇い人の誰かでも、ロード医師でも、ロデリック・ウエルマン氏でも、オブライエン看護婦でも、もしくはメアリイ・ジェラード自身でも？」

「そう思います――はい」

「たしかにそうでしょう？」

「はい」

「誰か、あなたがその鞄のなかにモルヒネを入れているということを知っている人がおりましたか？」

「さあ、どうでしょうかしら」

「誰かに話したおぼえはありませんか？」

「いいえ」

「とすると、カーライルさんは、そこにモルヒネがあるということを知ってはいなかったということになりますね、事実上は？」

「でも、探してみたかもしれません」

「そんなことはちょっと考えられないことではないですか？」

「さあ、わたしにはわかりません」

「カーライルさんよりも、モルヒネがあることを知っていたと信じられる人が何人かありますね。たとえば、ロード医師です。あなたはロード医師の命令でモルヒネを使っていたのでしょう？」

「もちろんそうです」

「メアリイ・ジェラードもあなたがそれを持っていることを知っていたかもしれないでしょう？」

「いいえ、知りませんでした」

「だが、よくあなたの家を訪ねていますね？」

「そう始終というわけではありません」

「彼女はしばしばあなたのところに行っていたので、あの家の誰よりも、あなたの鞄のなかにモルヒネがありそうだということを知っていたとは考えられませんか」

「そうは思いません」

ブルマー卿は間を置いた。

「あなたはオブライエン看護婦に、その朝、モルヒネがなくなっていることを話しましたね？」

「はい」

「あなたが本当に言ったのは、『わたし、あのモルヒネを家に置いてきたのだわ。取りにいってこなければ』という言葉だったことを思い出してほしいのですが」

「そんなことは言いません」

「あなたは、そのモルヒネをあなたの家のマントルピースの上に忘れてきたと言いませんでしたかね？」

「あのう、わたし、それが見つからなかったもので、たぶんそんなことだったろうと思っただけです」

「つまり、あなたはそのモルヒネをどうしたのか自分でもはっきりしなかったということですね？」

「はっきりしていました。わたしはそれを鞄に入れたんです」

「ではなぜ六月二十九日の朝、家に置いてきたなどと言ったのです」

「そうかと思ったものですから」

「あなたはひじょうに不注意な人だということになりますよ」

「そんなことはありません」

「ときに、あなたはときどき不正確なことを言うことがありますね？」

「ちがいます。わたしは自分の言うことには細心の注意をはらっています」

「あなたは、七月二十七日に、バラのトゲを刺したということを言いましたね――メアリイ・ジェラードが死亡した日ですが？」

「わたし、それがなんの関係があるのかわかりません」

裁判長は言った。「ブルマー卿、そのことは直接関連のあることですか？」

「はい、弁護の主要部分に関連を持ちます。私は、この言葉が完全なる嘘であることを証明する証人を何人か喚問するつもりでおります」

彼はまた訊問をつづけた。「あなたは、まだ七月二十七日にバラのトゲを手首に刺したと言い張りますか？」

「たしかに刺しました」

ホプキンズは反抗的に出た。

「いつ刺したのです？」

「七月二十七日の朝、ロッジを出て、邸のほうへ向かうときにです」

ブルマー卿は疑わしげに訊ねた。「では、どのバラの木です？」

「ロッジのすぐそばのつるバラです。ピンクの花の咲いている」

「たしかにそうですか？」

「たしかです」

「あなたは、六月二十八日にハンターベリイに行ったときに、その鞄のなかにたしかにモルヒネが入っていたと言い張りますか？」

「もちろんです。たしかに持っていったんですから」

「では、このすぐあとにオブライエン看護婦が証言席につき、あなたがたぶん家に置いてきたのだろうと言ったと断言したらどうします？」

「それはわたしの鞄のなかにありました。たしかにそうです」

ブルマー卿は嘆息した。

「あなたはそのモルヒネがなくなったことをぜんぜん心配しなかったのですか？」

「べつに――心配はしませんでした」

「ははあ、するとあなたは、危険な薬品が多量に紛失したにもかかわらず、気にもしなかったというわけですね？」

「あのときは、誰かがそれを取ったなどということは考えもしませんでしたから」

「なるほど。そのときは、そのモルヒネをどうしたかぜんぜんおぼえがなかったのですね？」

「そんなことはありません。それはわたしの鞄のなかにあったはずでした」

「半グレイン錠が二十粒――ということは十グレインのモルヒネということですね。五、六人の人間を楽に殺せる量でしょう？」

「はい」

「にもかかわらず、あなたは心配もしなかった――正式に報告書も出していなかった？」

「わたし、べつにたいしたことはないと思ったのです」

「しかし、そのモルヒネが本当にそういう状態で紛失したとしたら、良心のある人間ならそのことを正式に報告しないではいられないはずですよ」

ホプキンズは真っ赤になって言った。「わたし、いたしませんでしたけど、でも」

「しかし、そのことは刑罰に価する不注意と責められてもしかたがない。あなたは責任感がひじょうに薄いと見える。よくこういうことをやるのですか、危険な毒薬をどこへでも置くというような？」

「それまでには一度だってしたことがありません」

五、六分そうしたやりとりが続いた。へどもどしてのぼせあがり、辻褄の合わないことを言っているホプキンズは、ブルマー卿の腕にいいように操《あやつ》られていた。

「七月六日の木曜日に、死亡した娘、メアリイ・ジェラードが遺言書を作成したというのは事実ですね？」

「そうです」

「なぜそんなことをしたんです？」

「あの娘がそうするのがいいと思ったからです。たしかにそうなんですから」

「メアリイ・ジェラードが、将来について絶望したり不安をおぼえていたという理由からしたことではないとあなたは確信しますか？」

「そんなこと。きまってますわ」

「しかし、死という観念が心にあった、つまり、そういうことを始終考えていたということを示していますね？」

「いいえ、ぜんぜん。あの娘は、ただそうしたほうがいいと思ったからやっただけのことです」

「これがその遺言書ですか？　メアリイ・ジェラードによって署名され、菓子屋の手伝いをしているエミリイ・ビッグスとロージャー・ウエイドが証人になっており、死亡のさい所持していたものすべてを、イライザ・ライレイの妹、メアリイ・ライレイに遺すという？」

「そのとおりです」

その書類は陪審員席にまわされた。

「あなたの知るところでは、メアリイ・ジェラードは遺すべき財産を持っていましたか？」

「そのときはまだ持っていませんでした」

「しかし、すぐ持つことになっていた？」

「はい」

「相当の金額、つまり二千ポンドという金が、カーライルさんからメアリイに贈られることになっていたというのは事実ですね？」

「はい」

「カーライルさんにはそれを強制するものは何もなかった、つまり、寛大な情から進んでそうされたというわけでしたね？」

「カーライルさんが自分の意志でされたのは事実です」

「しかし、言われるごとくカーライルさんがメアリイ・ジェラードを憎んでいたとしたら、自ら進んで多額の金を贈るようなことをするでしょうか？」

「さあ、なんとも言えませんが」

「その答弁はどういう意味です？」

「べつにどういう意味もありません」

「そうでしょう。ときに、あなたは、メアリイ・ジェラードとロデリック・ウエルマン氏とのことについて、村で噂していたことを聞いていますか？」

「ウエルマンさんはあの娘を想っておられました」

「何か証拠でもあるのですか？」

「ただ知っていただけです」

「ははあ、〝ただ知っていただけ〟なのですか、そういう答弁は、陪審の方々に信じてはいただけますまい。ある折に、メアリイは、ウエルマン氏がエリノアさんと婚約の間柄だからかまっていただきたくないと言い、それと同様のことをロンドンでウエルマン氏に言ったのですか？」

「あの娘はそうわたしに申しました」

サミュエル・アテンベリイ卿が再訊問に立った。

「メアリイ・ジェラードが、その遺言書の書き方についてあなたと話をしていたとき、被告は窓からのぞいていたのですね？」

「はい、そうです」

「なんと言ったのです、そのとき？」

「『あなたは遺言書を作ってるの、メアリイ。おかしいわ』と言い、笑いだしました。大声で笑いつづけたのです。そして、わたしの考えでは」ホプキンズは悪意をむきだして、「そのときに、あの人の頭にその考えが起きたのです。あの娘を亡きものにしようという考えが。そのときすでに、心のなかでは殺人をやってのけていたのです」

裁判長はきびしく言った。「訊《たず》ねられたことだけに答弁すればよろしい。今の答弁の最後の部分は記録から削ります」

エリノアは思う――なんて妙な。誰かが本当のことを言うと、かならず記録から抹殺するんだわ。

彼女はヒステリックに笑いたくなっていた。

2

オブライエン看護婦が証言席に入っていた。

「六月二十九日の朝、ホプキンズ看護婦はあなたに何か言いましたか？」

「はい。鞄に入れておいたモルヒネ剤の筒がなくなっていると言いました」

「あなたはどうしました？」

「手伝って探しました」

「しかし、発見できなかった？」

「はい」

「あなたの知るところでは、その鞄はそのホールに一晩中置いてあったのですね？」

「はい」

「ウエルマン夫人が亡くなられたとき、ウエルマン氏も被告も、ともにその家にいたのですね——つまり六月二十八日から二十九日にかけて？」

「はい」

「六月二十九日、つまりウエルマン夫人が亡くなられた翌日にあったことを話してくださいますか？」

「わたし、ロデリック・ウエルマンさまがメアリイ・ジェラードと一緒におられるのを見ました。あの方は、メアリイを愛していると言われ、接吻しようとなさいました」

「そのとき、ウエルマン氏は被告と婚約の間柄でしたね？」

「はい」

「それがどうなりました？」

「メアリイはウエルマンさまをたしなめて、エリノアさまと婚約していらっしゃるのに、と言いました」

「あなたは、被告がメアリイ・ジェラードに対しどんな感情をもっていたと思いますか？」

「憎んでいたのです。いつもメアリイの後ろ姿を、まるで亡きものにでもしたいような目つきで見送っていました」

ブルマー卿が椅子からとびあがった。

——なぜああごたごたさわぎたてなければならないのかしら？　どうせどっちでも同じなのに——エリノアは思う。

ブルマー卿の反対訊問。

「ホプキンズ看護婦が、モルヒネを家に忘れてきたと思うと言ったのは事実ではなかったですか？」

「ええ、それは、つまりこうなんです。あの――」

「私の聞いたことに答えてください。彼女は、そのモルヒネをたぶん家に置いてきたのだろうと言ったのではありませんか？」

「はい」

「そのとき、ホプキンズ看護婦はたいして気にもしていなかったのでしょう？」

「ええ、そのときは」

「つまり、家に置いてきたと思っていたからでしょう？　だからこそ何も心配をしなかったわけですね」

「ホプキンズさんは、誰かがそれをとったなどとは思いもしなかったのです」

「そのとおり。メアリイ・ジェラードの死亡後はじめて、ホプキンズ看護婦の想像力が働きだしたのです」

裁判長が口を入れた。「ブルマー卿、あなたはすでにその点については、前の証人のときに論及されたようですが」

「おおせのとおりです。さて、被告のメアリイ・ジェラードに対する態度に関してですが、二人が言いあらそうようなことはぜんぜんなかったわけでしたね？」

「ありませんでした」

「カーライルさんはメアリイに対してはいつも感じのよい態度をしていましたね？」

「はい。ただ、エリノアさんの目つきのことなんです」

「ははあ——なるほど。だが、そういうことは証拠にはならない。あなたはアイルランド人でしたね？」

「そうです」

「アイルランド人というのは、なかなか想像力がたくましいということになっているようですが」

オブライエン看護婦は興奮した声をあげた。「わたしが申しましたことはすべて真実でございます」

3

乾物屋のアボットが証言席に入った。のぼせて多少どぎまぎしていた（しかし、自分の責任の重い使命に多少得意気味で）。彼の証言は短かった。フィッシュ・ペーストを二瓶買い求めた。被告は『フィッシュ・ペーストでよく中毒をおこす』と言った。被告は興奮していて、いつもとちがって見えた、と。

反対訊問はなかった。

第三章

1

冒頭弁護論告。

「陪審員の皆さま、私はここに、当被告に対する嫌疑がまったく無根のものであることを陳述させていただきます。検察側の提出いたしました証拠は——私の意見では——また皆さま方もご同様と存じますが——まったく何ひとつ有罪を証するものではないのです。検察側はエリノア・カーライルが、モルヒネを入手しメアリイ・ジェラード殺害の用に給したと主張しておりますが、そのモルヒネは当時家のなかにおりました者は誰でも盗みうる機会を有し、かつまた、それがはたしてたしかにそこにあったかどうかということさえ、はなはだ疑わしいものなのであります。また検察側は動機の発見に汲々としたようでありますが、私は、それは初めから無理なことであるということを申しあげます。すなわち、陪審員の皆さま、動機と称すべきものが存在しないからであります。検事は、破棄された婚約をとりあげております。破棄された婚約をです。もし、破棄された婚約が殺人の理由になるといたしましたら、毎日、いたるところで殺人が起こるはずではありませんか。かつまた、この婚約はそもそも激しい愛情の結果結ばれたものではなく、いわば自然のなりゆき、親族関係を考慮のうえ結ばれたものなのであります。ミス・カーライルとウエルマン氏は幼年時代から一緒に育っており、常に好意を持ちあっていました。次第にそれが愛情に変わっていったとはいえ、私は、双者間の感情は、けっして激しい恋愛だなどというものではなかったということを申しあげておきます」

(ああ、ロディー。そうではなかったのに)

「かつまた、この婚約は、ウエルマン氏によってではなく、被告によって破棄されております。私は、エリノア・カーライルとロデリック・ウエルマンとの婚約は、ウエルマン夫人を喜ばすことを主目的として結ばれたものであることをあらためて申しあげておきます。夫人が亡くなられると、二人は相互間の感情が、結婚生活に入るまでに熟してはおらなかったことを認識したのであります。しかしながら、二人のあいだはよき友情によって結ばれておりました。さらに、エリノア・カーライルは、叔母の財産を相続いたしますと、そのやさしい心情から、メアリイ・ジェラードに多額の金を贈る手続きをとっております。しかるに、この娘を毒殺したという嫌疑を受けているのはどういうわけでありましょう。私はただただ了解に苦しむのであります。

エリノア・カーライルにとって不利なことは、その毒殺がとり行なわれた状況のみであります。

検事は、こう断言しております。

エリノア・カーライル以外にはメアリイ・ジェラードを殺害しえた者がない、と。したがって検察側はもっともらしい動機を探しださなければなりませんでした。しかし、先に申しあげましたとおり、その動機はもともと存在しないのですから、検察側でも発見しえなかったのであります。

さて、はたしてエリノア・カーライル以外に誰もメアリイ・ジェラードを殺害しえなかったでしょうか？　事実はそうではないのであります。まず、メアリイ・ジェラードが自殺をしたのだという可能性があります。また、エリノア・カーライルがロッジに行くために家をあけたときに、何者かがサンドイッチに毒を仕込んだという可能性もあります。まだほかにも考えうる可能性があります。そして、もし、証拠がほかにも同様な可能性を包有する場合には、被告は放免されるべきであるというのが根本的原則なのであります。私は、ここに、メアリイ・ジェラードを毒殺する機会を被告同様に有し、さらにはるかに強い動機を有する人物が存在したことを皆さまの前にあきらかにいたす用意があります。皆さまに、ここに、モルヒネを所有し、かつまたメアリイ・ジェラード殺害の強力なる動機を有し、かつまた、被告同様にその機会を充分に与えられていた人物があることを証拠だててごらんに入れます。私は、ほかに単に機会があったというのみでなく、強力な動機を有する人物があることが証せられた際に、ただ機会があったということ以外何ひとつ証拠のない女性を殺人者と信ずる陪審員は、世界広しといえどもけっしていないことを申しあげておきます。さらに私は、検察側の証人の一人が、故意に偽証をおかしているということを証明する証人を喚問する用意があります。しかし、まず私は被告に立ってもらうことにいたし、被告自身の口から、この嫌疑がいかに無根拠であるかを陪審員の皆さまご自身、了解していただきたく存じます」

2

エリノアは宣誓を終えた。彼女は低い声でブルマー卿の訊問に答えていた。裁判長は体をのり出した。彼はもう少し大きい声で答弁するようにと命令した。

ブルマー卿はやさしくはげますように問いかけていた——エリノアがその答え方を練習ずみの質問を。

「あなたはロデリック・ウエルマンに好感をもっていましたね？」

「ええとても。ロデリックはわたしにとって兄か、従兄《いとこ》のようなものでした。いつもわたしは従兄《いとこ》に対するような気持ちをもっていました」

婚約……自然に事が運んだ……子供のころから知っている人と結婚するのは気持ちが楽なものだ……。

「いわゆる情熱をかけた恋愛というようなものではなかったわけですね？」

(情熱をかけた？　ああ、ロディー)

「あの、いいえ……わたしたちあまりにもよく知りすぎておりましたし……」

「ウエルマン夫人の死後、あなた方のあいだに一種の気まずさがありましたか？」

「はい」

「その理由は何だと思われますか？」

「わたし、お金の問題もあったと思います」

「お金ですか？」

「はい。ロデリックは不愉快な思いをしていたようです。人にお金目あてで結婚すると思われはしないかということで」

「あなた方の婚約は、メアリイ・ジェラードが原因で破棄されたのではありませんね？」

「たしかにロデリックはメアリイに心を魅かれていたと思いましたが、たいして本気だとは思えませんでした」

「もし本気だったとしたら、あなたは気持ちを乱されたでしょうか？」

「いいえ。もしそうだとしても、少し不釣合いだと思うだけのことだったと思います。それだけです」

「ときに、カーライルさん。六月二十八日に、あなたはホプキンズ看護婦の鞄からモルヒネの筒を取りだしましたか、取りだしませんでしたか？」

「取りだしません」

「かつて、モルヒネを所持されたことがありますか？」

「一度もありません」

「あなたは、叔母上が遺言書を作成しておられなかったことを知っていましたか？」

「いいえ。わたしもびっくりいたしました」

「六月二十八日の夜、つまり叔母上の亡くなられた日ですが、あなたは叔母上が何かを伝えようとしておられたと思いますか？」

「叔母がメアリイ・ジェラードの将来の保証をしていなかったので、それを正式に取りきめたがっていたように思いました」

「そして、叔母上の遺志をつぐために、メアリイ・ジェラードに対して相当の金を贈るように手筈《てはず》を整えましたね？」

「はい。ローラ叔母の志どおりに事を運びたかったのです。それに、メアリイが叔母にいつもやさしくしてくれていたことにたいへん感謝しておりましたので」

「七月二十六日に、あなたはロンドンからメイドンスフォードに行かれ、キングズ・アームズ・ホテルに宿をとりましたね？」

「はい」

「なんの目的で行ったのですか？」

「あの家に買い手がつきまして、お買いになった方が、できるだけ早くお移りになりたいご意向だったのです。わたしは叔母の身のまわりのものに目を通したり、いろいろと片づけものもしなければなりませんでした」

「七月二十七日にハンターベリイ邸に行かれる途中、いろいろと食料品を求められましたか？」

「はい。また村に戻るよりは、あちらで簡単にサンドイッチででもお昼をすませたほうがいいと思いましたので」

「そのあと邸に行かれ、叔母上の身のまわりのものを整理なさったのですね?」

「はい」

「それから?」

「食器室《パントリー》におりていき、サンドイッチを作りました。それからロッジに行って、ホプキンズ看護婦とメアリイ・ジェラードを邸のほうへ来るように誘いました」

「なぜそうなされたのですか?」

「そうすれば二人とも暑いなかを村まで行ってまた戻ってこないでもすむと思ったからです」

「するとあくまで自然な、親切な行為だったわけですな。二人はあなたの招きに応じましたか?」

「はい、わたしと一緒に邸にまいりました」

「あなたが作ったサンドイッチは、どこにあったのですか?」

「お皿に入れて食器室《パントリー》に置いておきました」

「窓は開いていましたか?」

「はい」

「あなたが出ていかれたあと、誰でも食器室《パントリー》に入ることができたわけですね？」

「ええ、もちろん」

「何者かが、あなたがサンドイッチを作っているときに外からうかがっていたとしたら、どういうことを考えたでしょう？」

「わたしが軽い食事の仕度をしていると考えたろうと思います」

「誰かがその食事をあなたと一緒にするということまでは考え及ばなかったでしょうね？」

「そうは思えません。あの二人を誘おうと思いましたのは、あまりサンドイッチがたくさんできてしまったのに気がついたからなのです」

「では何者かがあなたが部屋をあけていたあいだにしのびこみ、そのサンドイッチにモルヒネをしこんだとしたら、その者にとっては、毒殺する対象はあなたであったわけですね？」

「はい、まあそうでしょう」

「さて、あなた方はそろって家へ戻ってからどうしました？」

「わたしたち家族の居間に入りました。わたしはサンドイッチを持っていって二人に渡しました」

「あなたは二人と一緒に何か飲まれましたか？」

「わたしは水を飲みました。テーブルにはビールが出してありましたが、ホプキンズ看護婦とメアリイは紅茶のほうがいいと申しました。ホプキンズ看護婦は食器室《パントリー》へ行って紅茶を入れました。そしてお盆にのせて来たのをメアリイがつぎました」

「あなたはそれを飲みましたか？」

「いいえ」

「しかし、ホプキンズとメアリイは両方とも飲んだのですね？」

「はい」

「それからどうしました？」

「ホプキンズ看護婦がガスを止めに行きました」

「あなたとメアリイ・ジェラードを置いてですね？」

「はい」

「それから？」

「二、三分してから、わたしはお盆とサンドイッチのお皿をとって食器室《パントリー》にさげました。ホプキンズ看護婦がそこにいましたので、二人で洗いものをしました」

「ホプキンズはそのとき、カフスをはずしていましたか？」

「はい、ホプキンズ看護婦が洗って、わたしが拭いたのです」

「あなたはホプキンズの手首のひっかき傷について何か言われましたか？」

「何か刺したのかと訊ねました」

「ホプキンズは何と言いました？」

「『ロッジの外のバラのトゲを刺したんですわ。すぐ抜いとかなけりゃ』と言いました」

「そのとき、どんなようすをしていました？」

「暑気にあたったのじゃあないかと思いました。汗がふきでていましたし、顔色が妙でした」

「そのあと、どういうことがありました？」

「二人で二階に行き、ホプキンズ看護婦はわたしが叔母のものを整理するのを手伝ってくれました」

「あなた方が階下におりたのはどのくらいたってからですか？」

「一時間くらいあとだと思います」

「メアリイ・ジェラードはどこにいましたか？」

「居間に坐っていました。変な息づかいをして昏睡していました。わたしはホプキンズ看護婦に言われてロード医師《せんせい》に電話をしました。けれど医師《せんせい》が見えるとすぐメアリイは亡くなりました」

ブルマー卿は劇的に肩を張った。

「カーライルさん、あなたはメアリイ・ジェラードを殺害しましたか？」

(これがきっかけだ。はい、頭をあげ、しっかり目をすえて)

「いたしません」

3

サミュエル・アテンベリイ卿が立った。胸が早鐘のように鳴る。今度は、敵に立ち向かうのだ。やさしい声も、答え方を知っている質問も、もう終わりなのだ。

だが、彼は思いがけなくおだやかに口を切った。

「あなたは、ロデリック・ウエルマン氏と婚約していたと言いましたね？」

「はい」

「彼に好意を抱いていたとも？」

「はい、とても」

「あなたは、じつは、ロデリック・ウエルマンを深く愛し、彼がメアリイ・ジェラードを恋していたことでひじょうな嫉妬をおぼえていたのでしょう？」

「ちがいます」（こんな言い方でよかったのかしら、ちょうどいいくらい憤《いきどお》っているように聞こえたかしら？）

アテンベリイ卿は意地悪く言った。

「あなたはメアリイ・ジェラードを亡きものにする謀略を着々とたてていた。ロデリック・ウエルマンがふたたびあなたのもとに帰ってくることに望みをかけて。そうですね？」

「そんなことは絶対にありません」（軽蔑的な――面倒くさいといったような響きがでた。今度のほうがうまくいった）

訊問はつづいた。それはまるで夢のようだった――悪い夢、うなされるような夢……。

訊問につづく訊問――怖ろしい、心に突き刺さってくるような。そのなかのいくつかは予期して答を用意していた。が、なかには虚をつくようなものもあった。

いかなる場合も自分の役柄を忘れてはならないのだ。一度でも気をゆるしてこんなことを言ってはいけないのだ。

「ええ、わたしは心からあの娘を憎んでいました……ええ、たしかに死ぬことを望んでいました……ええ、サンドイッチを作っているあいだじゅう、わたしはあの娘が死ぬことばかり考えていました……」

冷静にとりみださず、できるだけ短く、感情を交えないで答弁をするということは、なんてつらいんだろう……。

闘いなのだ……。

一歩ごとに闘わなければ……。

やっとすんだ……あの怖ろしい人は腰をおろした。そして、エドウィン・ブルマー卿がやさしい声で親切に二、三の質問をした。たやすい、心を痛めない質問を。反対訊問の際に彼女が与えたかもしれない悪い印象を拭いさる目的の質問を。

エリノアはふたたび被告席についた。陪審員席のほうを、皆がどう思っているかをさぐるように眺めた……。

4

なんだか、本当のロディーのようではない）

（ロディーだ。ロディー。さぞいやでしょう、何もかもが。目ばたきをしている。なんだか、本当のロディーのようではない）

（でも何ひとつ本当じゃないんだわ、もう。何もかもが気ちがいじみてくるくるまわっている。支離滅裂で、さかだちして、西も東もめちゃめちゃ……そして、わたしはもうエリノア・カーライルじゃない。わたしは〝被告〟としか呼ばれない。それに、絞首刑になろうと、自由の身にされようと、もう何もかも元どおりにならないのだ。ああ、何かひとつでも、たったひとつでいい、何かしがみつく正気のものがあってくれたら……）

（ピーター・ロードの顔ならいいかもしれない——あのそばかすだらけの。何事にも動じないような、あたりまえの顔つき……）

エドウィン卿は今どのへんまで行っているのかしら？

「カーライルさんのあなたに対する気持ちがどんなものであったかうかがえますか？」

ロディーははっきりした口調で答えた。

「まあ、深い愛着を感じていたとは言えましょうが、けっして激しい恋愛感情は持ちませんでした」

「あなたはこの婚約に満足されておりましたか？」

「ええ、もちろん。ぼくたちはよく気が合っていました」

「ではなぜその婚約が破棄されたか、陪審員の方々にはっきり説明していただけますか？」

「そのう、つまり、叔母が亡くなりましてから、婚約問題をあらためて再考しなければならないことになったわけです。ぼくは、ぼく自身が一文も持たずに金持ちの女と結婚するという羽目になったことがいやだったのです。事実は、婚約は双方の同意によって解消され、そのおかげで、ぼくたちはほっとしたくらいです」

「では次に、あなたとメアリイ・ジェラードとはどういう間柄であったかをうかがいたいのですが？」

（ああ、ロディー。かわいそうに。どんなにいやでしょう、何もかも）

「ぼくはかわいらしい娘だと思っていました」

「愛しておられましたか？」

「そうたいしては」

「最後にメアリイにあわれたのはいつですか？」

「さあ。たぶん七月の五日か六日だと思います」

エドウィン卿はやや針を含めて言った。「そのあとにもあわれたはずですが」

「いいえ、ぼくは英国にはおりませんでした。ヴェニスからダルマシアにまわっていましたので」

「いつ、英国に戻りましたか？」

「電報を受けとったときです——ええと——八月の一日でしたか？」

「しかし、あなたはたしかに七月二十七日に英国にいたと思いますが」

「いません」

「いいですか、ウエルマンさん。あなたは宣誓をしたのですよ。あなたのパスポートが、あなたが七月二十五日に英国に帰り、二十七日の夜、ふたたび発ったということを示しているのは事実ではありませんか？」

エドウィン卿の声にはあきらかに悪意がこもっていた。エリノアは、突如として現実に引き戻され、眉をしかめた。なぜ、あの人は自分の証人をいじめるのだろう？

ロデリックの顔からは血の色がひき始めていた。一分か二分黙っていたが、やっとのことで、「ええ——そのとおりです」と言った。

「あなたは二十五日に、このメアリイ・ジェラードという娘をロンドンの住居に訪ねて行きましたね？」

「ええ、行きました」

「結婚を申しこんだのですか？」

「そのう──ええ」

「メアリイはなんと答えました？」

「拒絶しました」

「ウエルマンさん、あなたはお金持ちではありませんね？」

「ええ」

「しかも相当借財がおありですね？」

「そんなことをあなたから言われる筋あいはない」

「あなたは、ミス・カーライルが死去された場合には全財産をあなたに贈ることをご承知ですね？」

「初めて聞きました」

「七月二十七日の朝、あなたはメイドンスフォードにいましたね？」

「いません」

エドウィン卿は腰をおろした。

アテンベリイ卿が反対訊問に立った。

「あなたは、あなたのご意見では、被告はあなたに深い恋愛感情を持っていなかったと言いましたね？」

「たしかに言いました」

「あなたは騎士《ナイト》の精神をお持ちのようですな、ウエルマンさん」

「どういうことですか、それは」

「もし、レディがあなたに熱烈なる恋情を抱いており、あなたは愛情を感じないという場合、あなたはその事実を隠さないではいられないという気持ちになるのですか？」

「そんなことはありません」

「学校はどちらで、ウエルマンさん？」

「イートンです」

アテンベリイ卿は皮肉な微笑をうかべた。

「それだけです」

5

アルフレッド・ジェイムス・ワーグレイヴ。

「あなたはバラ作りで、バークシャー州のエムズワースに住んでいますね？」

「はい」

「あなたは、十月二十四日にメイドンスフォードに行き、ハンターベリイ邸のロッジのそばに生えているバラの木を調べましたね？」

「はい」

「その木の説明をしてくださいませんか？」

「それはつるバラで、ゼフィライン・ドローインです。いい匂いのピンクの花をつけます。トゲはありません」

「では今説明されたバラの木でトゲを刺すということは不可能なわけですね？」

「できっこありません。トゲのない種類ですから」

反対訊問なし。

6

「あなたはジェイムズ・アーサー・リトルデイルですね。あなたは正規の薬剤師であり、ジェキンス・アンド・ヘイルという薬剤卸店で働いているのですね？」

「はい、そうです」

「では、この紙片がなんであるか教えていただけますか？」

その証拠物件が彼に手わたされた。

「私どもの店のレッテルのきれはしです」

「なんのレッテルでしょう？」

「皮下注射用剤を入れるガラス筒に貼るレッテルです」

「このレッテルが貼ってあった筒にどんな薬品が入っていたか、この紙片からはっきりしますでしょうか？」

「はい。問題の筒には、$\frac{1}{20}$グレイン、アポモルヒネの皮下注射剤が入っていたことをはっきり申しあげられます」

「モルヒネ剤ではないのですね？」

「けっしてそうではありません」

「その理由は？」

「モルヒネ剤の筒でしたら、モルヒネという単語は大文字のMで書いてあります。この拡大鏡で見ますと、この紙の端に見えるmは、大文字のMの一部ではなく、小文字のmの一部であることがはっきりわかります」

「どうぞ陪審員の方々にその拡大鏡で見ていただいてください。あなたは、今言われたことをはっきり示すためのレッテルを用意しておられますか？」

二枚のレッテルが陪審員席にまわされた。

エドウィン卿は訊問をつづけた。

「あなたはこの紙片がアポモルヒネの筒からはがれたものだと言いましたね？　そのアポモルヒネというのはどういうものかはっきり説明していただけますか？」

「分子式は$C_{17}H_{17}NO_2$です。密閉した筒のなかで、希硫酸を加えて熱した鹼化モルヒネから製されたモルヒネ誘導剤です。モルヒネは水の一分子を失います」

「アポモルヒネの特性はなんですか？」

リトルデイル氏は静かに言った。「アポモルヒネは、もっとも強力かつ急速に効果をあらわす吐剤です。二、三分で効果をあげます」

「では、もし致死量のモルヒネを嚥下《えんか》して、二、三分以内にアポモルヒネの適量を注射すると、どういう結果になりますか？」

「ほとんど直ちに嘔吐がおこり、前に嚥下したモルヒネは全部排出されます」

「それでは、二人の人物が同じサンドイッチ、もしくは一つのポットからつがれたと同じ紅茶を飲み、その一人が適量のアポモルヒネをすぐ注射したとしたら、どういう結果になるでしょう、その食物か飲料にモルヒネが入っていたと仮定して？」

「アポモルヒネの注射をした人は食物も飲料もモルヒネと一緒に嘔吐します」

「そして、その人物は、中毒症状をおこさないわけですね？」

「そうです」

法廷は突然騒然とし、裁判長は静粛を命じなければならなかった。

7

「あなたはアメリア・メアリイ・シドレイ、現住所は、ニュージーランド、オークランド市、ブーナバナ、チャールズ・ストリート、十七番地ですね？」

「はい」

「あなたは、ミセス・ドレイパーという婦人を知っていますか？」

「はい。二十年も前から知っています」

「旧姓も知っていますか？」

「はい。わたし、結婚式に出ましたので。旧姓はメアリイ・ライレイでした」

「その婦人はニュージーランドの生まれですか？」

「いいえ、英国から渡ってきた人です」

「あなたはこの審問の初めから法廷にいましたね？」

「はい」

「あなたは、そのメアリイ・ライレイ、もしくはドレイパーをこの法廷で見かけましたか？」

「はい」

「どこで見ました？」

「この証言席で証言をしておりました」

「なんという名で？」

「ジェシー・ホプキンズです」

「そしてあなたはジェシー・ホプキンズが、あなたの知っていたメアリイ・ライレイ、もしくはドレイパーと同一人物であることを確信していますね？」

「絶対にそうです」

法廷の後ろのほうが少しばかりざわめいた。

「メアリイ・ドレイパーを最後に見たのはいつですか――今日はべつとして？」

「五年前です。あの人は英国に帰りましたので」

エドウィン卿は一礼して、「反対訊問をどうぞ」と言った。

戸惑ったような顔つきで立ちあがったアテンベリイ卿は口を切った。

「あなたは何か勘ちがいをしているのではありませんか、シドレイさん？」

「そんなことはありません」

「他人の空似《そらに》ではありませんか？」

「わたしはメアリイ・ドレイパーを見まちがえたりはしません」

「ホプキンズ看護婦は、正規の地区看護婦ですよ」

「メアリイ・ドレイパーは、結婚以前に病院づき看護婦をしていました」

「あなたは、検察側の証人に偽証の嫌疑を負わせているのを承知のうえですか？」

「わたしは自分の言っていることにまちがいないことを承知しています」

8

「エドワード・ジョーン・マーシャル、あなたは、ニュージーランドのオークランド市に住んでいたことがあり、現在はデプトフォード、ウレンストリート、十四番地に住んでいますね？」

「そうです」

「あなたはメアリイ・ドレイパーを知っていますか？」

「ニュージーランドで五、六年もつきあっていました」

「あなたは今日この法廷でドレイパーを見ましたか？」

「はい。ホプキンズと名のってはいましたが、たしかにミセス・ドレイパーにまちがいありません」

裁判長は頭をあげ、はっきりしたよくとおる声で告げた。「ジェシー・ホプキンズ証人に再訊問が行なわれることが望ましいと思われます」

しばらく間があり、あたりはざわめいた。やがて小声で、「裁判長閣下、ジェシー・ホプキンズは五、六分前に姿を消しました」と報告があった。

9

「エルキュール・ポアロ」

エルキュール・ポアロは証言席に入り、宣誓を終え、口ひげをひねり、頭を少しかしげて待った。彼は名前と住所と職業を問いに応じてのべた。

「ポアロ、あなたはこの書類に見おぼえがありますか？」

「もちろん」

「どういう次第で、これがあなたの手に入ったのですか？」

「地区看護婦、ホプキンズがくれました」

エドウィン卿は言った。「裁判長のおゆるしを得て、私はこれを読みあげます。そのあと、陪審席にまわしていただきましょう」

第四章

1

「陪審員の皆さま、なにとぞ慎重なる答申をお願いします。エリノア・カーライルが放免されるべきであるのならそう答申し、もしくは、陳述された証拠がエリノア・カーライルのメアリイ・ジェラード毒殺を証するに足ると思われるなら、有罪であると言われるべきであります。

しかし、ここに、エリノア・カーライルに対すると同等な、もしくはそれ以上強力な証拠が他の人物に対して存在しうると思われる場合は、躊躇《ちゅうちょ》することなく被告を自由の身にされることが皆さまの義務であります。

すでにご承知と存じますが、この事件の真相は当初に考えられていたところとはまったく異なる様相を呈してまいりました。

昨日、エルキュール・ポアロ氏によって決定的証拠が提出されましたあと、私は、メアリイ・ジェラードがローラ・ウエルマンの庶子《しょし》であったということを疑いの余地なく証言する証人たちを喚問《かんもん》いたしました。裁判長閣下が当然皆さまに教示されることと思われますが、これが事実であるからには、ウエルマン夫人にもっとも近い親族は、その姪エリノア・カーライルではなく、メアリイ・ジェラードと名づけられていた庶子である娘であったということになります。したがって、メアリイ・ジェラードは、ウエルマン夫人の死去の際には巨額な財産を相続するわけになります。皆さま、ここが要点なのであります。二十万ポンド前後の大金がメアリイ・ジェラードによって相続されるということが。しかし、メアリイ自身はその事実を知ってはおりませんでした。また、ホプキンズという女が事実は何者であるかということも知りませんでした。皆さまは、メアリイ・ライレイ、もしくはドレイパーが、ホプキンズと名を変える正当な理由があったのではないかと思われるかもしれません。が、しかし、正当なる理由があるのなら、ホプキンズは堂々とその理由を陳述しうるはずではありませんか？

判明した事実をまとめて申しあげてみます。ホプキンズ看護婦の教唆により、メアリイ・ジェラードは、所有するすべてのものを〝イライザ・ライレイの妹であるメアリイ・ライレイ〟に遺すという遺言書を作成いたしました。ホプキンズ看護婦は、職業柄、モルヒネもアポモルヒネも所有しえ、かつまたその特質にも通暁《つうぎょう》しておったのであります。これに加うるに、ホプキンズは、手首にバラのトゲを刺したという虚偽の発言をしているということが証せられました。なぜそのような偽りを言う必要があったのでしょう？　皮下注射の針でつけたばかりの痕をごまかそうとしてあわてたからにほかならないのではないでしょうか？　さらに、被告が、食器室《パントリー》に入っていってみると、ホプキンズは気分の悪そうなようすをしており、妙に蒼い顔をしていたと陳述したことを思い出していただきたいのであります。それはホプキンズが、激しい嘔吐をしたばかりであったことを証明することにほかなりません。

私は、この人物が被告と同等の機会、そして被告以上に強力な動機を有していることを示すことに止まり、この人物に対しての容疑を申し立てるのは私の職分ではございません。

陪審員の皆さま、以上申しあげました観点から見ますと、私は、エリノア・カーライルに対する嫌疑はまったく事実無根であると言わざるをえないことを申しあげます」

2

ベディングフィルド裁判長の要点摘示より。

「……あなた方は、この婦人が、事実として、七月二十七日において、メアリイ・ジェラードにモルヒネの致死量を与えたということを、完全に納得しなければなりません。納得しないのならば、被告を放免しなければなりません。

検事は、メアリイ・ジェラードに対し毒薬を用いる機会を有した唯一の人物は被告であると陳述しました。弁護人は、ほかにも同等な機会を有した者があることを立証しました。メアリイ・ジェラードが自殺したという説もありましたが、その説を支持しうる証拠は、メアリイ・ジェラードが死去に先立ち遺言書を作成したということ以外には何ひとつありません。彼女が自らその命を絶つほど憂鬱になっていたとか悲嘆にくれていたとかいう証拠は、ぜんぜん見あたらないのであります。かつまた、エリノア・カーライルがロッジに行っていたあいだに、何者かが食器室《パントリー》に入り、サンドイッチにモルヒネを投入したかもしれないということが言われました。その場合には、そのモルヒネはエリノア・カーライルを目指して投入されたのであり、メアリイ・ジェラードの死は予期されなかったたまちがいの結果であるということになります。弁護人のあげた第三の場合は、ほかにモルヒネを与えうる機会を有した人物があり、その場合にはモルヒネはサンドイッチではなく紅茶のなかに投入されていたということであります。この説を支持するために、弁護人はリトルデイル証人を喚問し、同証人は食器室《パントリー》で発見された紙片は、ひじょうに強力な吐剤である、アポモルヒネ剤が入っていたガラス筒のレッテルの一部分であると誓言いたしました。あなた方は、双方のレッテルの見本をごらんになったわけです。私の意見では、警察はその紙片を綿密に調べることなく、それがモルヒネのレッテルだと早急に結論をくだしたことにおいて、ひじょうに不注意であった責を負うべきと思います。

ホプキンズ証人は、ロッジのところにあるバラの木のトゲで手首を刺したと陳述しております。ワーグレイヴ証人は、その問題の木を調べ、トゲのないバラであることを立証しました。あなた方は、ホプキンズ看護婦の手首の傷が何によってつけられたものであり、またなぜそのことについて嘘を言わざるを得なかったかを判断されるべきです……。

検事の論告により、被告以外にその犯罪を犯した者がありえぬと信じられましたならば、あなた方は被告を有罪と認めねばなりません。

弁護人によって説かれた説が可能であり、証拠も充分であると思われましたなら、被告は放免さるべきであります。

私は、あなた方が今まであげられた証拠のみを熟考のうえ、細心かつ正当なる答申をされることを望みます」

3

エリノアはふたたび法廷に連れだされた。

陪審員も次々と席に戻った。

「陪審員諸氏は答申の一致を見ましたか？」

「はい」

「被告席の被告人に向かい、有罪であるか無罪であるかをおっしゃってください」

「無罪」

第五章

わきの出口からエリノアは外に連れだされた。

喜んで迎える人々の顔が目に入ってきた――ロディ――大きな口ひげを立てた探偵。

だが、彼女が声をかけたのはピーター・ロードだった。

「わたし、早く出たいの」

今、エリノアはロードと二人、滑るように走るダイムラーで一刻も早くロンドンを離れるために急いでいた。

彼は一言も口をきかない。エリノアはかえがたい沈黙に憩っていた。

毎刻毎刻、彼女は遠ざかっていくのだ。

新しい生活……。

エリノアの望んでいるのはそれなのだ……。

新しい生活。

彼女は突然口をきいた。「わたし——わたし、どこか静かなところへ行きたいんです——人に逢わないようなところへ」

ピーター・ロードは静かに、「すべて手筈が整えてありますよ。あなたは、サナトリウムに行くところなのです。静かなところです。庭がきれいで。誰もあなたの邪魔をしたり、煩《わずら》わしたりしませんよ」

エリノアはほっと息をついた。「そう——わたし、それを望んでいるんだわ」

ロードがよく気持ちをわかってくれるのは、彼が医者だからなのだろうか、とエリノアは思った。よくわかっているからこそ、神経をいたわってくれるのだ。彼と一緒にこうしているとなんという安らぎをおぼえるのだろう。何もかもから逃げさり、ロンドンから離れ、そうして安らかなところへ行くのだ。

エリノアは忘れたかった——何もかも。すべてが本当にあったこととは思えないのだ。今までの生活、今までの感情のすべてが、遠いものになり消えてしまった。彼女は生まれたばかりのかよわい傷つきやすい膚《はだ》をした生きもののように、怯《おび》えもの怖じしていた。何もかもが新しくもの馴れないのだ。

だが、ピーター・ロードと一緒にいるおかげで心が安まってくる。

もうロンドンを離れ、郊外にかかっていた。

エリノアはやっと言った。「何もかもあなたのおかげですわ」

ピーター・ロードは言った。「エルキュール・ポアロのおかげですよ。あの男はまるで魔法つかいだ」

が、エリノアは頭を振って、「ちがいますわ、あなたよ。あなたがあの人を探しだして、ああいうことをさせてくださったんです」と言い張った。

ピーターは笑った。

「たしかにだいぶ骨は折りましたね」

「あなたは、わたしがあんなことをしなかったのを知っていらしたの、それとも半信半疑でいらしたの？」

「確信はもてなかったな」ピーターは正直に言った。

「いちばん初めに、わたし、もうすこしで『罪を認めます』って言いそうになったの――わかっていらっしゃるでしょう、わたし、事実考えたんですもの。……あのホプキンズのコテイジの外で笑ったとき、あの日に、そのことを思いついたんです」

「そうでしょう、わかってました」

「今になってみると、本当に妙だったと思いますわ――何かに魅《み》いられたみたいでした。ペーストを買って、サンドイッチを作ったあの日、わたしは、『この中に毒をまぜたのよ、あの娘はこれを食べて死ぬんだわ――そしてロディーはまたわたしのところへかえってくるのよ』と自分に言いきかせて、そうしたつもりになっていたんですわ」

「人によっては、そういったことをやったつもりになることだけで救われることがあるんです。それはけっして悪いことじゃないんです。幻想を描くことによって心からそうした気持ちを追いだせるのです。汗をかくことによって余分なものを体から排出するようにね」

「本当にそうだわ。突然、消えてしまったんですもの。暗い想いがっていうことですけど。あの女が、ロッジの外のバラのことを口にしたとき、何もかも――何もかもが急転して、そしてわたしはやっと普通な状態に戻れたんです」

身を震わすとエリノアはつづけた。「あのあとで、部屋に戻ってみると、あの娘は死んでいました――いいえ、すくなくとももうとても助からないという気がしたんです……殺人を心に描くことと実際に手をくだすことに大きなちがいがありますかしら……」

「たいへんなちがいですよ」

「でも、本当にそうでしょうか？」

「本当ですとも。心に描いただけの殺人はなんらの害を及ぼしません。心に描くということが、殺人を計画するのと同じだということを言う人がありますが、ばかげた考えですよ。絶対にちがいます。人は、長いこと殺人を心にあたためていると、かならず突然その暗黒の想いから脱け出し、何もかもが、なんかばかげていたような気になるものなんです」

エリノアは声をあげた。「まあ、あなたって。お話ししていると心がすっかり安まります」

「いや、そんなことは。これは常識ですよ」ピーター・ロードはどぎまぎした。

エリノアの目に急に涙がうかんだ。「法廷で――始終、わたし、あなたを見ましたわ。そうすると勇気が出たんです。あなたは、ぜんぜん普通で平凡な顔をしていらしたから」

と、エリノアは笑いだした。「こんなこと言って失礼ですわね」

「わかりますよ。ちっとも気になさることはない。悪夢にとりつかれているようなときには、何か平凡なものだけが頼みの綱なんですから。ともかく、平凡てことはいちばんいいことなんですよ。私はいつもそう思ってますがね」

車に乗って以来初めて、エリノアは彼のほうを向いた。

彼の顔はエリノアの心に痛みをおぼえさせなかった――ロディーの顔はいつも心がうずくような想いをさせたのに。苦痛と歓びがまざりあったあの想いのかわりに、ピーター・ロードの顔はやすらぎと心あたたまるものを感じさせた。

——なんていい顔だろう——やさしくてユーモアがあって——そして、そうだわ、心をやすめてくれる。エリノアは思った。

やがて車は一つの門をくぐり、のぼりになっている邸内路をまわり、丘腹の静かな白塗りの建物の前に止まった。

「さあ、ここなら大丈夫ですよ。あなたは誰にも煩わされないですむ」

思わずエリノアは彼の腕に手をかけた。

「でも、あなたは訪ねてくださる？」

「もちろん」

「たびたび？」

「あなたがお望みなだけ」

「じゃ、できるだけたびたびいらして、お願い」

第六章

エルキュール・ポアロは言った。「おわかりでしょう、あなた、皆のついた嘘も真実同様に役に立ったということが」

ピーター・ロードは言った。「皆、嘘をつきましたか？」

「もちろん、各自各様の理由のゆえにね。なかに一人だけ真実を語ることを至上の義務とこころえ、良心的に過敏すぎるほど真実を尊んだ人がいた——その人は、私をもっとも迷わせましたね」

「エリノア自身だ」ロードはつぶやいた。

「そのとおり。証拠はすべて彼女の黒をさしていた。そして彼女自身もまた、その過敏すぎる潔癖な良心のゆえに、その仮定をくつがえすような動きを見せてくれなかった。たとえ行為にうつさなくとも、その意志を持っていたということで自らを責めるあまり、彼女はあのたえがたい下劣な闘いを投げだし、犯《おか》しもしなかった罪を危うく認めるところまでいっていたのです」

ピーター・ロードは憤然として言った。「信じられないことだ」

ポアロは頭を振った。「いや、信じられますとも。彼女は自ら罪を認めていたのです——なぜなら、彼女は通常の人間社会におけるよりはるかに厳しい法をもって自らを裁いていたから」

「そうだ、あの人はそういう人だ」ピーター・ロードは思いぶかげだった。

「調査を始めた当初から、エリノア・カーライルはその容疑のとおりの罪を犯したという強い可能性に私は始終ぶつかった。しかし、私はあなたに対する義務を遂行していくうちに、ほかにもう一人、強力な嫌疑に価する人物があるのを発見しました」

「ホプキンズですか？」

「いやまだまだ。ロデリック・ウエルマンがまず私の注意をひきました。彼の場合にも、嘘が手がかりだった。彼は、七月九日に英国を発ち、八月一日に帰ってきたと私に言った。が、ホプキンズ看護婦は、なにげなく、メアリイ・ジェラードがロデリック・ウエルマンに肘鉄《ひじてつ》をくわしたと言った。メイドンスフォードでと〝ロンドンでまた会ったとき に〟とね。あなたが知らせてくださったとおり、メアリイ・ジェラードは、七月十日、つまりロデリック・ウエルマンが英国を発った翌日にロンドンに行った。ではいったい、いつメアリイ・ジェラードがロンドンでロデリック・ウエルマンと会ったのだろう？ 私は泥棒先生に働いてもらって、ウエルマンのパスポートを調べたあげく、彼が七月二十五日から二十七日にかけて英国に戻っていたということを知りました。そうして彼は意識的にそのことで嘘を言ったのです。

私の心には、エリノア・カーライルがロッジに出かけていき、サンドイッチが食器室《パントリー》の皿の上に置きっ放されていた時間というものが始終ひっかかっていました。しかし、私は、同時に、その場合は、犯人の目あてはメアリイではなく、エリノアでなければならないということを考えていました。ロデリック・ウエルマンはエリノア・カーライルを殺害するような動機を持っていたであろうか？ たしかに、立派な動機がありました。エリノアは彼に全財産を贈るという遺言書を作成しており、私は、ロデリック・ウエルマンがその事実を知りうる機会に恵まれていたということをうまく訊きだせました」

「では、なんであなたは彼が潔白であるという結論に達したんですか？」

「もうひとつの嘘によって。じつにばかげた、愚かきわまる、不注意な、けちな嘘だった。ホプキンズは手首をバラの木でひっかいた、トゲを刺したと言いました。ところが、私が出かけていってその木を見ると、なんと、トゲのないバラだったではないか。したがって、あきらかにホプキンズは嘘をついたことになった。ところでその嘘はあまりにもばかげている、一見なんの意味もないように思えたので、かえって私の注意は彼女に集中したのです。

私はホプキンズを怪しみ始めました。そのときまでは、あの女は信じるに足る証人としか私の目に映っていなかった。亡くなった娘に対する愛情から自然の結果として生まれた、被告に対する強烈な偏見に終始している人物として。ところで、このばかげた、意味のない嘘を心において、ホプキンズという人間と、その証言とを考え直してみると、私はそれまでに不覚にも見落としていたあることに気がついた。ホプキンズは、メアリイ・ジェラードに関することで、何かぜひとも明るみに出したがっているものを腹に持っていたのです」

「私は反対に隠したがってたのかと思ってましたが?」ロードは驚いたように言った。

「表面的にはたしかにそうです。あの女は、何か知ってるが絶対に洩らさない、という役柄を見事に演じてみせました。しかし、よく考え直してみると、あの女の言った一言一言が、じつは口にしているのとはぜんぜん逆な結果をねらったうえで、計算されて言われていたことがわかりました。オブライエン看護婦との会話がその私の考えをさらにたしかなものにしました。ホプキンズは、オブライエンにまったく気づかれることなく、彼女をじつに巧妙に利用していたのです。

そうしてみると、私にはホプキンズがひと芝居うっていることがはっきりわかってきました。私は、二つの嘘、ロデリックのとホプキンズのとを較べてみました。そのいずれもが事件となんの関係もないという説明がつくかどうか？

ロデリックのほうの答はすぐ出ました。ロデリック・ウエルマンはどこから見てもまことに神経の細い人間です。自分が外国に行っているというプランを譲ることができず、こそこそと帰ってきて、肘鉄をくわすにきまっている女の子のまわりをうろついたなんてことを認めるのは、プライドの高い彼のような男にしてみればとても我慢できなかったのでしょう。彼が殺人の現場の近くにいたとか、それについて何か知っているだろうという疑いは全然もたれていなかったので、ウエルマンははかない反抗を試みて、不愉快なことを避け（彼特有の性質です！）、例のとんぼ返りの帰国のことは伏せといて、殺人のしらせを受けとった八月一日に英国に帰ったと陳述したんです。

さて、ホプキンズについても、その嘘を説明しうるようなものがあるだろうか？　考えれば考えるほど、私にはその嘘が異常なものに思えてきました。いったいなぜ、ホプキンズは手首のかき傷のことで嘘をつく必要があったのだろうか？　その傷痕に何か意味があるのだろうか？　私は自問自答を始めました。あの盗まれたモルヒネは誰の持ち物だったか？　ホプキンズだ。老ウエルマン夫人にそのモルヒネを服用させえたのは誰か？　ホプキンズだ。だが、なぜそれがなくなったことに人の注意を向けさせたか？　それに対する答はただひとつしかない。もうひとつの殺人、メアリイ・ジェラードの殺人をすでにホプキンズは計画していて、その罪を負わせる自分の身代わりをすでに選定していたが、その身代わりの人物がモルヒネを手に入れる機会をもっていたということを示さなければならなかったからです。

ほかのいろいろな事もそれで辻褄があってきました。エリノア宛てに書かれた匿名の手紙。それは、エリノアとメアリイのあいだに悪感情をかもしだすためだった。つまりエリノアにハンターベリイにやってきて、メアリイがウエルマン夫人にとりいりすぎると抗議を申したてさせるのが目的だったのです。ロデリック・ウエルマンがメアリイに熱をあげたということは、もちろん予期しなかった展開にちがいない——が、ホプキンズはおおいにほくそ笑んだにきまっている。これで、身代わり人物エリノアには、立派な動機ができたというものですから。

だが、この二つの犯罪はいったいなんのために犯されたのだ？　メアリイ・ジェラードを亡きものにする必要がなぜホプキンズにあったのだろう？　私はかすかに光明を見出し始めた——もちろんじつにおぼろな光でしたが。ホプキンズはメアリイを意のままに操《あやつ》るだけの影響力をもっていた。そしてそれを利用してあの女は遺言書を書かせることに成功していた。が、その遺言書はホプキンズを益するものではなかった。それは、ニュージーランドに住んでいるメアリイの叔母に利益を及ぼすものでしかなかった。そのときです、私が、あの村の誰かがなにげなく洩らした言葉を思いだしたのは。その叔母というのが病院づき看護婦だということを。

これで私の目がひらけました。この犯罪の型が、はっきりつかめてきたのです。次の段階は容易でした。私はもう一度ホプキンズを訪ね、私もホプキンズもちょいとした喜劇芝居をうった。とうとうあの女は初めから話したくてうずうずしていた例の件を、さもったいぶって言ってのけた。だが、あの女は計算を誤ったんです。少しばかり早すぎたというわけですよ。が、素晴らしい機会に恵まれたことに目がくらんで、ついに辛抱しきれなくなったんでしょう。それに、いずれはそのことは明るみに出す必要がありました。そこで、芝居けたっぷりに、いやいやあの手紙を出してみせたというわけです。ところが、それが運のつき。その手紙を一読した私には、すべてがわかったのです。もう推測の段階は終わってしまったのです」

「どうしてです？」ピーター・ロードは眉を寄せた。

「モン・シェル！ その手紙の表書はこうだった。〝メアリイへ――わたしの死後送らるべきもの〟と。ところが、その手紙の要旨は、メアリイ・ジェラードに、真相を知らせてはならない、ということをあきらかにしているのですよ。そのうえ、封筒に書かれた送る(与えるではない)という言葉はいい手がかりになりました。その手紙は、メアリイ・ジェラードにあてて書かれたものではなかった。イライザ・ライレイが真相を伝えようとした相手は、ニュージーランドにいたメアリイ・ライレイ、つまり彼女の妹だったのです。ホプキンズは、メアリイ・ジェラードの死後、初めてあの手紙を手に入れたのではなかった。ずっと前から、あの手紙をあたためていたのです。姉の死後、送られたのをニュージーランドで受けとっていたのです」

ポアロはちょっと息をついだ。

「いったん心の目で真相をとらえれば、あとはわけなかった。飛行機というありがたいもののおかげで、ニュージーランドでメアリイ・ドレイパーと近づきだった証人が、法廷に出ることが容易にできました」

「だが、もしあなたがまちがっていて、ホプキンズとメアリイ・ドレイパーがぜんぜんべつの人物だったとしたらどうなったでしょう?」

「私は絶対にまちがうことはありません」ポアロは冷然として言った。

ロードは笑いだした。

エルキュール・ポアロは先をつづけた。

「ときに、あなた、このメアリイ・ライレイもしくはドレイパーという女について、またべつな事実がわかってきましたよ。ニュージーランドの警察は、確実な決め手がどうしてもつかめなかったものの、あの女にだいぶ長いこと目をつけていたところ、あの女は突然姿を消してしまった。英国に帰ったのです。あの女が付き添っていた一人の老婦人が〝愛するライレイ看護婦〟に相当な資産を遺して死んでいるのだが、その婦人の死は、主治医の首をかしげさせるようなものだった。メアリイ・ドレイパーの夫は、かなりの額の生命保険をかけており、受取り人を妻の名にしておいたのだが、やはり突然、原因不明の死に方をした。だが、彼女にとってあいにくなことに、彼は保険会社あての小切手を書いてはいたのだが、それを保険会社に発送するのを忘れていたんです。まだまだほかにもあの女の身辺にはそういった死に方をした人がいるにちがいない。あの女は、疑いもなく冷酷無残な女性なんです。

姉の手紙が、あの女のよくまわる頭に、ある可能性を描かせたことは察するにあまりありますね。ニュージーランドがいよいよ危なくなってきたと知ると、あの女はこちらに戻り、またもとの職業につき、ホプキンズと名のった（もと病院で一緒だった同僚で、外国で死んだ女の名でした）。目的地はメイドンスフォードでした。あの女は、脅迫状を出すことも考えたかもしれない。が、ウエルマン夫人は、脅迫状なんかに目をくれるような人じゃあなかった。早くもそれを悟ったライレイもしくはホプキンズは、そんな手間をかけはしなかった。疑いもなくあの女は、ウエルマン夫人がたいした金持ちであることを聞き出し、夫人自身の口から、何かの折りに老夫人がまだ遺言書を作っていないことを知ったのです。

そこで、あの六月の夜、同僚のオブライエンから、ウエルマン夫人が弁護士を呼ぶように命じたということを耳にすると、ホプキンズは一刻も躊躇しませんでした。ウエルマン夫人は遺言なしで死なねばならなかったのです。隠し子のメアリイがその遺産をつぐためには。ホプキンズはすでにメアリイと仲よくしていたし、意のままに彼女を動かすだけの力を持っていた。ホプキンズに残された仕事は、娘に母親の妹に財産のすべてを遺すという趣旨《しゅし》の遺言書を作らせることでした。そこで、あの女はじつに綿密に言葉の使い方まで干渉した。ただ〝メアリイ・ライレイ、イライザ・ライレイの妹〟とばかりで、あとは何ひとつ書かせなかった。それさえ書かせてしまえば、メアリイ・ジェラードは用ずみでした。あの女にとっては、あとは機会を待つばかりだったのです。私が思うに、あの女はすでに、自分のアリバイを作るためにアポモルヒネを使うことを計算にいれて殺人の計画をたてていたにちがいない。あるいはエリノアを自分の家に誘うつもりだったかもしれない。ところが、エリノアのほうから二人に邸へ来て一緒にサンドイッチを食べないかと誘われると、あの女は素晴らしいチャンスの到来に小躍りしたにちがいない。それこそ、エリノアにかならず殺人の判決がくだるにちがいない状況だったのだから」

「あなたが尽力してくださらなかったら――あの人はその判決を受けたかもしれない」

ピーター・ロードは思いぶかげだった。

ポアロはすぐに言った。「いやいや、あの人が命の恩人として感謝をささげるべき相手は、あなたですよ」

「私に？　私は何もしやしません。私はただ――」

彼は口ごもり、エルキュール・ポアロは微笑をうかべた。

「いやいや《メ・ウイ》、あなたはずいぶん熱心につくされましたね？　私がなかなか埒《らち》をあけないのでじりじりしていた。それに、あなたは、あの人はやはり罪を犯したのではないかと内心おそれていた。そのために、なんと失礼にも、あなたまでが私に嘘を言った。だが、モン・シェル、あなたの嘘はあまりうまくありませんでしたよ。これからは、あなたは、やはり、はしかだの百日咳だのと取り組むだけにして、探偵などには手を出さないほうがいい」

ピーター・ロードは真っ赤になった。

「あなたはわかっていたのですか――初めから？」

「あなたは手をとって私をあの茂みのなかの空き地に連れていき、たった今あなたが踏みつけたばかりのドイツ・マッチの箱を私に拾わせた。こどもだましですね《セ・ランファンティラージュ》！」

ロードは顔をしかめて言った。「もうかんべんしてください」

ポアロはつづけた。「あなたは庭師と話をして、彼にあなたの車を道で見たと言わせ、そのあとで、あなたの車ではないとしきりに主張した。そして、誰か外国人が、あの朝あの家をうろついていたということを私が納得したかどうかたしかめるように、しげしげと私の顔を見た」

「まったく、私はばかだった」

「ときに、あの朝、あなたはハンターベリイで何をしてなすったんです？」

ピーター・ロードはまた赤くなった。

「お恥ずかしい次第です。私は、そのう、あの人が来ることを耳にしたんで、もしかしたらあの人の姿が見られるかと思って行ってみたんです。話をする気はなかったんです。ただ、そのう、つまり見たかっただけなんです。あの植込みのあいだの小道から、私はあの人がサンドイッチを作っているのを見ました――」

「シャーロッテと若きヴェルテルですな。どうぞ先を」

「それだけですよ。私はただあの茂みにしのんで、あの人が行ってしまうまで見ていたのです」

ポアロはやさしく言った。「あなたはエリノア・カーライルに初めてあったときに心を奪われたのですか？」

「そうだと思います」

そのあとしばらく沈黙がつづいた。

やがてロードは言った。「よかったです。きっとあの人とロデリックはこれからは幸福に暮らすでしょう」

「愛する友よ、それはあたっていない」

「なぜです？　エリノアは、メアリイ・ジェラードのことは許すでしょう。いずれにしても、あれは彼にしてみても一時のつきものみたいなものでしかなかったんですから」

「いや、そう簡単にはいかないでしょう、過去と未来とのあいだに大きな溝《みぞ》ができることがときにはあるものです。死の影の谷をさまよったあげく、ふたたび日の光のもとに戻ってきたときには、モン・シェル、新しい生活が始まるのです。過去とはなんのかかわりもない」

彼は間を置いてつづけた。

「新しい生活――エリノア・カーライルはもう新しく生き始めている――そして、その生活を与えたのは、誰でもないあなたなんですよ」

「そんなことはないです」

「いや、そうですとも。あなたの決意、あなたの執拗なまでの強要がなければ、私は動かなかったでしょう。さあ、白状なさい。あの人が感謝をささげたのはあなたにだったでしょう?」

ロードはゆっくりと言った。「ええ、とても感謝してくれています――今は。私に逢いにきてくれと言っていました――たびたび」

「そうでしょう、あの人にはあなたがいるんだ」

ロードは激しく言った。「でも、あの男を必要とするほどじゃない」

エルキュール・ポアロは頭を振った。

「いや、あの人はロデリック・ウエルマンを一度だって必要としたことはない。もちろん恋してはいた。たしかに、悲しい、いや絶望的な恋を」

ピーター・ロードの顔は暗くなり、吐きだすように言った。「あの人は、あんなに私を愛しはしないだろう」

「たぶん。だが、あの人はあなたがいるんですよ。新しい生活は、あなたなしには始められないのだから」ポアロは低く言った。

ピーター・ロードは何も言わない。

「ロードさん、真相を認めたらどうです？　あの人はロデリック・ウエルマンを恋している。だが、それがなんです？　あの人を幸福にできるのは、あなただけなんですよ」

エルキュール・ポアロの声は、心にしみるほどやさしかった。

図書館の天使

イラストレーター・文筆家　山野辺若

〝図書館の天使〟

久し振りにポアロ作品の何冊かを手に取り、つらつらと読み返していると、ふとそんな言葉が私の頭をよぎった。

探していた資料を偶然としか思えない状況で手に入れる……。そんな現象を、作家コリン・ウィルソンが〝図書館の天使〟の導きという言葉で表現している。仕事柄、資料を探すことの多い私も似たような経験をたびたびする。たとえば絵蠟燭のことを調べていた時、写真だけではなくやはり職人さんの実際の動きを見てみたいと思っていると、たまたまつけたテレビでまさに蠟燭を作っているシーンを放映していた……などということもあった。本とテレビと媒体は違うが、これも広い意味で天使の導きと言えなくもない。

今回の話をもらう直前、たまたま私は『顔を読む　顔学への招待』（レズリー・A・ゼブロウィッツ著、羽田節子・中尾ゆかり訳、大修館書店）という本を読んでいた。三年も前に買ったものだが読む機会を逸していた本だ。何に使うあてもなく読み進めていると電話が鳴った。『杉の柩』の解説を書かないかとの話だ。電話を切った私はそれまで読んでいた本のことなどすっかり忘れて、早速、本棚の奥からクリスティーの文庫本を数冊引っ張り出す。

正直な話、最近の私にとってのポアロものと言えばミステリチャンネルで放映しているデヴィッド・スーシェ主演のドラマといった具合で、本を読み返す機会は久しくなかった。数年前、児童向けの短篇小説にポアロのイラストを描いたことがあったなあなどと考え、はてさて……と頭を掻きながら『スタイルズ荘の怪事件』のページを捲った。

話はかわるが、私の小説の読み方は二種類ある。一つは娯楽としてテンポ良く楽しみながらの読み方。もう一つは、挿絵や装丁の絵を描くための〝仕事読み〟。仕事読みなどというと字面だけを追うような無味無感想な読み方と感じられるかもしれないが、イラストを描くとなると、もちろん作品の雰囲気を掴まなければならないのでそれなりに味わってもいる。だが、登場人物や情景の手がかりを探しつつシーンを具体的に頭に浮かべながら、極力作品に飲み込まれないよう冷静に読むので、自ずと前者の〝娯楽読み〟とは速度も読後感も違ってくる。

『スタイルズ荘の怪事件』を手に取った私は、編集者の方からの依頼に対する絵描きの条件反射なのか、自然と〝仕事読み〟のモードに入っていた。すると、ストーリーの流れに任せて読んでいた昔とは違い、強烈な人物像が目の前に現れ始める。二冊目の『ポアロ登場』に至って、ふとドーミエの諷刺画が私の頭を掠めた。

オノレ・ドーミエは、フランス十九世紀、諷刺新聞『カリカチュール』を中心に四千枚に及ぶ諷刺画を発表し、『洗濯女』や『三等車』などに代表される油絵を今に残す写実主義の画家である。彼は守衛や商店主から政治家、弁護士、銀行家、資本家など、中産階級の人々を痛烈な皮肉と笑いを込めて描き続けた。彼の描くデフォルメされた人物の表情には社会的地位からくる特有の性格が見事に描き出されており、二十一世紀に生きる私たちが見ても彼が言わんとしたことが一目で伝わってくる素晴らしいものが多い。

初期のクリスティー作品のコミカルともとれる極端な人物像の設定と、その事件の舞台がほとんど中産階級層で起こることが、私にドーミエを連想させたのだろう。もちろん、クリスティーが処女作を発表したのは一九二〇年、ドーミエが一八七九年に亡くなっていること、イギリスとフランスという国の違いがあることを考えれば、彼らに直接的な関わりがあろうはずはない。が、ドーミエが諷刺画を描く上で、十八世紀スイスの人相学者ヨハン・カスパル・ラヴァターの影響を受けていたということ（ラヴァターの『人相学断章』は一七七二年に初版が出て以来、ヨーロッパを中心に一〇〇年に渡って増刷され続け、母国スイスでは一九四〇年にも現代版が出版されている）を考えれば、クリスティーもやはりヨーロッパの大きな流れの中に身を置く一表現者だったのだから、間接的にではあれドーミエの人物描写の影響を受けていても不思議ではないだろう。連綿と続くヨーロッパの歴史の中で、人々の顔は個人の性格だけでなく、その時代や社会を表していたのだ。

「二つの大戦のあいだ、つまり、一九二〇年代から一九四〇年代の中期までの二十五年間は、まさにクリスティー的殺人舞台の黄金時代ではなかったか、とぼくは思うんです。退役軍人、提督、地主貴族、金利生活者、舞台俳優、外交官、牧師、医師……そういった類型が類型として社会に生きていた時代。人間の性格が、だれの目にもはっきりと見えた時代」と田村隆一氏がハヤカワ・ミステリ文庫版『スタイルズ荘の怪事件』の解説で言及されている通り、初期のポアロ作品にはドーミエの描いていた世界と同質のものが色濃く残っていた。

だが、それも時代が下ると様相が変わってくる。中期から後期の作品を読むに従って、私の中にあったドーミエのイメージはクリスティーの作品から徐々に薄れていった。『杉の柩』が出版されたのが一九四〇年。ドイツのポーランド侵攻が一九三九年の九月。再び世界が悲劇の戦乱に突入しようとしていた実に焦げ臭い時期に書かれている。

「法廷だ。顔で埋まった。幾列にも並んだ顔々！」

作品の冒頭、法廷に立つ容疑者エリノアは、「怖ろしい、残忍な喜びを体中にみなぎらせ」「冷酷に一言でも聞きもらすまいと聞き耳をたてて」いる聴衆にその身を晒していた。その顔々としか表されていない悪意ある人々の中で、ポアロや彼女の想い人、看護婦や医師が、彼女の心象というかたちで描かれている。

この緊迫した冒頭以降、貴族の名残とでもいえる存在のエリノア、自立を目指す新しい女性メアリイ、因習に縛られ思い出に生きる過去の遺物ローラ、物欲に囚われた犯人、これら四人の心理が物語を紡ぎ上げていく。クリスティーお得意の上層中産階級を舞台にしてはいるが、個人の心理を事細かに描いているため初期の作品のように類型化された人物による事件という印象は全くない。これは、作品を重ねるにつれてクリスティーの技にいっそうの磨きが掛かったためなのはもちろんだろうが、その一方、混迷を深めながら加速度的に個の時代へと拡散していく流れの中で類型の人物像がもはや対応しきれなくなった結果ともいえるのだろう。この作品を読み始めた時点で、私の中でドーミエのイメージはほぼその効力を失っていた。現代に生きる私にも、エリノアの心の揺れは実感をもって受け止められるものだったのだ。

『杉の柩』は良質の推理劇でありながら、同時にエリノアの心を細やかに描いた恋愛劇、そして四人四様の生き様を追うことでビクトリア朝の残像と新たなる〝個〟の時代の訪れを匂わせた時代劇ともなっている。この作品は、その時代を描きながらも真っ向から普遍的な男女の心理を扱うことで、現代にも十分通用する作品となっているのだ。いつの世でも、良質なものはいともたやすく時を越える。

私自身、今回改めてポアロ・シリーズを時代を追いながら、かつイラストレーターという立場で見直せたことは非常に有意義なことだった。読む年齢で作品の印象も変わる。クリスティー文庫の発刊は、これからクリスティーに触れる人ばかりでなく、すでに読んでしまった人にも新たな感覚を呼び起こすに違いない。

さて、実は私が再びクリスティーの作品を手に取る直前に読んでいた『顔を読む』にドーミエが登場していたことを最後に書いておこう。『ポアロ登場』を読みながらドーミエの諷刺画を連想した私は、その時、したり！　と膝を打った。これで新たなる視点から再びクリスティーの作品を読めると！

「まったくみごとだ《セ・マニフィック》！」

絵を生業とする私にとって、ポアロ作品とドーミエの取り合わせは、まさに〝図書館の天使〟の導き以外のなにものでもなかった。本と親しくお付き合いしていると、こんな贈り物のような瞬間を味わうこともできるのだから止められない。では、みなさんにも〝図書館の天使〟のお導きがありますように！

灰色の脳細胞と異名をとる
〈名探偵ポアロ〉シリーズ

本名エルキュール・ポアロ。イギリスの私立探偵。元ベルギー警察の捜査員。卵形の顔とぴんとたった口髭が特徴の小柄なベルギー人で、「灰色の脳細胞」を駆使し、難事件に挑む。『スタイルズ荘の怪事件』（一九二〇）に初登場し、友人のヘイスティングズ大尉とともに事件を追う。フェアかアンフェアかとミステリ・ファンのあいだで議論が巻き起こった『アクロイド殺し』（一九二六）、イニシャルのABC順に殺人事件が起きる奇怪なストーリーが話題をよんだ『ABC殺人事件』（一九三六）、閉ざされた船上での殺人事件を巧みに描いた『ナイルに死す』（一九三七）など多くの作品で活躍し、最後の登場になる『カーテン』（一九七五）まで活躍した。イギリスだけでなく、イラク、フランス、イタリアなど各地で起きた事件にも挑んだ。

映像化作品では、アルバート・フィニー（映画《オリエント急行殺人事件》）、ピーター・ユスチノフ（映画《ナイル殺人事件》）、デビッド・スーシェ（TVシリーズ）らがポアロを演じ、人気を博している。

1 スタイルズ荘の怪事件
2 ゴルフ場殺人事件
3 アクロイド殺し
4 ビッグ4
5 青列車の秘密
6 邪悪の家
7 エッジウェア卿の死
8 オリエント急行の殺人
9 三幕の殺人
10 雲をつかむ死
11 ABC殺人事件
12 メソポタミヤの殺人
13 ひらいたトランプ
14 もの言えぬ証人
15 ナイルに死す
16 死との約束
17 ポアロのクリスマス
18 杉の柩
19 愛国殺人
20 白昼の悪魔
21 五匹の子豚
22 ホロー荘の殺人
23 満潮に乗って
24 マギンティ夫人は死んだ
25 葬儀を終えて
26 ヒッコリー・ロードの殺人
27 死者のあやまち
28 鳩のなかの猫
29 複数の時計
30 第三の女
31 ハロウィーン・パーティ
32 象は忘れない
33 カーテン
34 ブラック・コーヒー〈小説版〉

好奇心旺盛な老婦人探偵
〈ミス・マープル〉シリーズ

本名ジェーン・マープル。イギリスの素人探偵。ロンドンから一時間ほどのところにあるセント・メアリ・ミードという村に住んでいる、色白で上品な雰囲気を漂わせる編み物好きの老婦人。村の人々を観察するのが好きで、そのうちに直感力と観察力が発達してしまい、警察も手をやくような難事件を解決するまでになった。新聞の情報に目をくばり、村のゴシップに聞き耳をたて、それらを総合して事件の謎を解いてゆく。家にいながら、あるいは椅子に座りながらゆったりと推理を繰り広げることが多いが、敵に襲われるのもいとわず、みずから危険に飛び込んでいく行動的な面ももつ。

長篇初登場は『牧師館の殺人』（一九三〇）。「殺人をお知らせ申し上げます」という衝撃的な文章が新聞にのり、ミス・マープルがその謎に挑む『予告殺人』（一九五〇）や、その他にも、連作短篇形式をとりミステリ・ファンに高い評価を得ている『火曜クラブ』（一九三二）、『カリブ海の秘密』（一九六四）とその続篇『復讐の女神』（一九七一）などに登場し、最終作『スリーピング・マーダー』（一九七六）まで、息長く活躍した。

35　牧師館の殺人
36　書斎の死体
37　動く指
38　予告殺人
39　魔術の殺人
40　ポケットにライ麦を
41　パディントン発4時50分
42　鏡は横にひび割れて
43　カリブ海の秘密
44　バートラム・ホテルにて
45　復讐の女神
46　スリーピング・マーダー

冒険心あふれるおしどり探偵

〈トミー&タペンス〉

本名トミー・ベレズフォードとタペンス・カウリイ。『秘密機関』（一九二二）で初登場。心優しい復員軍人のトミーと、牧師の娘で病室メイドだったタペンスのふたりは、もともと幼なじみだった。長らく会っていなかったが、第一次世界大戦後、ふたりはロンドンの地下鉄で偶然にもロマンチックな再会をはたす。お金に困っていたので、まもなく「青年冒険家商会」を結成した。この後、結婚したふたりはおしどり夫婦の「ベレズフォード夫妻」となり、共同で探偵社を経営。事務所の受付係アルバートとともに事務所を運営している。トミーとタペンスは素人探偵ではあるが、その探偵術は、数々の探偵小説を読破しているので、事件が起こるとそれら名探偵の探偵術を拝借して謎を解くというユニークなものであった。

『秘密機関』の時はふたりの年齢を合わせても四十五歳にもならなかったが、

最終作の『運命の裏木戸』（一九七三）ではともに七十五歳になっていた。青春時代から老年時代までの長い人生が描かれたキャラクターで、クリスティー自身も、三十一歳から八十三歳までのあいだでシリーズを書き上げている。ふたりの活躍は長篇以外にも連作短篇『おしどり探偵』（一九二九）で楽しむことができる。

ふたりを主人公にした作品が長らく書かれなかった時期には、世界各国の読者からクリスティーに「その後、トミーとタペンスはどうしました？　いまはなにをやってます？」と、執筆の要望が多く届いたという逸話も有名。

47　秘密機関
48　NかMか
49　親指のうずき
50　運命の裏木戸

訳者略歴　1917年生，1938年東京女子大学英文科卒，英米文学翻訳家　訳書『ジェゼベルの死』ブランド，『満潮に乗って』クリスティー（以上早川書房刊）他多数

杉《すぎ》の柩《ひつぎ》

〈クリスティー文庫18〉

二〇〇四年五月　十　日　印刷
二〇〇四年五月十五日　発行

（定価はカバーに表示してあります）

著　者　アガサ・クリスティー

訳　者　恩《おん》地《ち》三《み》保《ほ》子《こ》

発行者　早　川　　浩

発行所　株式会社　早川書房

東京都千代田区神田多町二ノ二
郵便番号一〇一-〇〇四六
電話　〇三-三二五二-三一一一（大代表）
振替　〇〇一六〇-三-四七七九九
http://www.hayakawa-online.co.jp

乱丁・落丁本は小社制作部宛お送り下さい。
送料小社負担にてお取りかえいたします。

印刷・信毎書籍印刷株式会社　製本・株式会社明光社

Printed and bound in Japan

ISBN4-15-130018-X C0197